HEYNE

Das Buch

Von heute auf morgen wurde Esther von ihrem Freund Marcus, einem berühmten Filmschauspieler, sitzengelassen. Jetzt hat sie vor allem zwei Ziele: Sie will ihre eigene Schauspielkarriere wieder auf die rechte Bahn bringen – und sie will Rache. In der Tourneetruppe von Marcus' Erzfeind Christopher hofft sie beides verwirklichen zu können. Wie würde Marcus schäumen, wenn Esther auf der Bühne Erfolg hätte und zugleich Christophers neue Begleiterin würde! Christopher scheint nicht uninteressiert, denn erstens ist Esther eine gute Schauspielerin, die seine Truppe bereichert, und zweitens findet er den Gedanken reizvoll, die Exfreundin seines größten Konkurrenten zu verführen. Doch Christopher ist mit Rebecca liiert, din ihre Position keineswegs aufgeben will. Sie möchte die Nächte lieber zu dritt verbringen! Im Lauf der Tournee finden sich die Ensemblemitglieder in den unterschiedlichsten erotischen Kombinationen zusammen, aber für Esther gibt es nur einen Mann, den sie wirklich attraktiv findet und der ihr helfen kann, ihre Rachepläne auszuführen …

Die Autorin

Fredrica Alleyn ist Engländerin und hat bereits mehrere erotische Romane geschrieben.

FREDRICA ALLEYN

EINE DRAMATISCHE AFFÄRE

Roman

Aus dem Englischen
von Thomas Saur

WILHELM HEYNE VERLAG
MÜNCHEN

HEYNE ALLGEMEINE REIHE
Nr. 01/12328

Titel der Originalausgabe
DRAMATICS AFFAIRS

Umwelthinweis:
Dieses Buch wurde auf
chlor- und säurefreiem Papier gedruckt

Taschenbuchausgabe 2/2002

Printed in Germany 2002
http://www.heyne.de
Umschlagillustration: The Image Bank/
Marc Romanelli und Stefan Hagen
Umschlaggestaltung: Nele Schütz Design, München
Druck und Bindung: Elsnerdruck, Berlin

ISBN: 3-453-19537-X

1

Am Montag hatte Esther erfahren, daß Marcus mit ihr Schluß gemacht hatte. Jetzt war es Sonntag; sie saß am Küchentisch und starrte auf die Boulevardzeitungen, die ausgebreitet vor ihr lagen. Auf jeder Titelseite ein Foto von Marcus und seiner neuen Liebe. Auch die Schlagzeilen unterschieden sich nicht sehr. Am meisten schmerzte sie jedoch der Satz, mit dem Marcus zitiert wurde: ›Endlich habe ich eine verwandte Seele gefunden.‹ Esther konnte es kaum glauben. Sie erinnerte sich, daß Marcus vor drei Jahren genau das gleiche zu ihr gesagt hatte. Ihr kam der Gedanke, Claudine, der neuen Liebe seines Lebens, diese Information zu faxen, wenn sie sich besser fühlte, aber im Herzen wußte sie, daß sie es doch nicht tun würde. Es entsprach nicht ihrem Wesen, und sie wollte der anderen Frau nicht den Schmerz zufügen, den sie verspürte – selbst wenn sie es verdienen sollte.

Mit einem Seufzer erhob sie sich vom Küchentisch und schaute aus dem Fenster. Noch immer belauerten Reporter und Fotografen das kleine Haus im Norden Londons, das drei Jahre lang das Zuhause von ihr und Marcus gewesen war, nachdem sie beide die Schauspielschule beendet hatten. Zunächst war es ein richtiges Spießrutenlaufen für sie gewesen, sich ihnen zu stellen. Es war nicht so, als sei die Trennung in gutem Einvernehmen erfolgt und als sei sie auch nur absehbar gewesen. Marcus hatte sie nicht einmal davon unterrichtet, daß ihre Beziehung vorbei war. Vor sechs Monaten war er nach Amerika gegangen und über Nacht zum Star geworden. Bald würde er einen großen Film drehen, und Esther sollte nachkommen, sobald sie die Dreharbeiten für ein Fernsehspiel beendet hatte.

Zum erstenmal hatte sie etwas von seiner neuen Freundin mitbekommen, als sie eine Freundin aus Amerika anrief und ihr erzählte, daß man Marcus in letzter Zeit häufig mit Claudine sehe. Vierundzwanzig Stunden später hatte die Nachricht England erreicht. Und selbst jetzt hatte Marcus nicht den Anstand, den Hörer in die Hand zu nehmen und es Esther persönlich zu sagen.

Sie mußte noch etwas einkaufen. Dann würden die Paparazzi sie wieder verfolgen, sie belästigen und ihr Fragen zurufen – wie es ihr ginge und wie sie sich fühlte. Sie fragte sich, ob sie ernsthaft glaubten, daß sie ihnen die Wahrheit sagen würde oder ob sie nur darauf hofften, daß sie in Tränen ausbrach und auf dem Gehweg zusammensackte, damit sie die wunderbaren Fotos schießen konnten, auf die ihre Redakteure zweifellos warteten. Als Schauspielerin hatte sie anderen Frauen in einer ähnlichen Situation eines voraus: ein kleiner Teil von ihr konnte sich stets von dem, was sie tat, distanzieren, sie konnte ihre eigenen Auftritte beobachten. Zunächst hatte sie diesen Umstand höchst irritierend gefunden, aber nun erwies er sich als ausgesprochen nützlich. Sie wußte, daß ihre Rolle als tapfere Frau mit gebrochenem Herzen Oscar-verdächtig war, und sie hoffte, daß sie in der Zukunft noch zwischen Wahrheit und Fiktion würde unterscheiden können. Allerdings – wenn die echte Trauer verflogen war und sie nur noch eine Maske für den Rest der Welt trug, wie sollte sie dann wissen, wie verletzt sie wirklich war? Du bist widerlich, Esther, absolut widerlich, sagte sie zu sich, aber sie konnte nichts daran ändern. Der Beruf brachte es wohl mit sich.

Der Weg zum Laden, für den sie sonst fünf Minuten brauchte, dauerte heute fünfundzwanzig, und als sie mit der Einkaufstüte mit fettarmer Milch, fettarmem Yoghurt und fettarmem Sonstigen zurückkam und die Tür hinter sich zuschlagen konnte, fühlte sie sich unendlich erschöpft, während draußen die Meute weiter wartete. Sie dachte an die Fotos der bleistiftdünnen Claudine, die sie dazu gebracht hatten, etwas mehr auf ihr Gewicht zu achten. Dabei mochte sie ihre Kurven – es hatte Zeiten gegeben, als Marcus nicht die Hände davon lassen konnte –, aber wenn sie ihr Repertoire erweitern wollte, wäre es wahrscheinlich besser, etwas weniger üppig zu sein. Insgeheim traute sie diesem guten Vorsatz nicht richtig, aber gerade jetzt verschaffte er ihr eine gewisse Befriedigung.

Sie aß einen Toast mit Margarine und einen fettarmen Yoghurt, während sie noch einmal die Fotos betrachtete und die Artikel las. Irgendwann hatte sie es dann satt, etwas über sich und Marcus zu erfahren; sie stapelte die Zeitschriften zusammen und warf sie mit Schwung in eine Ecke. Während sie noch überlegte, ob sie den ganzen Haufen nicht einfach verbrennen sollte, klingelte das Telefon. Sie ließ den Anrufbeantworter übernehmen, damit sie entscheiden konnte, ob sie mit dem Anrufer sprechen wollte. Das tat sie, seit die Neuigkeit bekannt geworden war. Journalisten hatten angerufen, und auch ihre Mutter hatte ihr nicht sehr geholfen, als sie ihr mitteilte, daß Marcus sie schon immer dominiert und in ihrer Karriere nur behindert hätte. Andere Schauspieler und Schauspielerinnen hatten ihr Mitgefühl ausgedrückt, aber Esther war sicher, daß sie insgeheim mit Häme den Zusammenbruch der einen Hälfte des Traumpaars der Nation verfolgten. Es hatte aber auch die Anrufe echter Freunde gegeben, und dieser gehörte dazu. Erfreut hörte sie Lydias Stimme im Lautsprecher und nahm hastig den Hörer ab.

»Lydia, schön, daß du anrufst. Tut mir leid wegen dem Anrufbeantworter, aber ich werde noch immer von diesen ›Ach, es tut mir ja so leid‹ und ›Wie geht es dir, Esther‹-Anrufen geplagt.«

»Das ist schon okay«, sagte Lydia lachend. »Ich hatte gar nicht erwartet, daß du rangehst. Ich kann mir denken, wie du dich gerade fühlst. Eigentlich rufe ich an, weil ich aufregende Neuigkeiten habe, die dich vielleicht interessieren.«

Esther konnte sich eigentlich nichts vorstellen, was sie momentan interessiert hätte, außer vielleicht der Nachricht, daß Marcus' Filmvertrag geplatzt und Claudine mit einem amerikanischen Muskelprotz durchgebrannt war. Trotzdem siegte ihre Höflichkeit. Außerdem war sie mit Lydia befreundet, seit sie mit Marcus zusammen war. »Dann raus damit«, sagte sie mit so viel Enthusiasmus, wie sie eben aufbringen konnte.

»Es geht um Christopher Wheldon«, sagte Lydia aufgeregt. »Es heißt, er habe die Royal Shakespeare Company verlassen, um eine eigene Theatergruppe zu gründen. Er will Gleichgesinnte um sich versammeln, die mit ihm durchs Land ziehen und klassische Stücke im traditionellen Stil aufführen. Das heißt, daß er in Dörfern spielen möchte, in kleinen Theatern, aber auch in bekannteren Häusern. Er sagt, daß er das Theater dem Volk wieder näher bringen will.«

»Was meint er damit?« fragte sie.

»Du weißt ganz genau, was er damit meint«, entgegnete Lydia leicht verschnupft. »Das ist genau die Sache, die Marcus interessiert hätte, bevor er dem ganzen Hollywood-Hype erlegen ist. Außerdem kann ich mich erinnern, daß du auf der Schauspielschule immer gesagt hast, daß es nur am Theater wahre Schauspieler gibt.«

»Habe ich das wirklich gesagt?« Esther überlegte kurz. »Ja, das stimmt. Aber alles ändert sich, und die Wahrheit ist nun mal ...«

»Die Wahrheit ist nun mal«, unterbrach Lydia sie ernst, »daß Marcus deine Karriere ruiniert hat. Ich sage es dir ungern, Esther, aber ich glaube, letzten Endes ist es ein großes Glück, daß er dich sitzengelassen hat. Ich meine, ich weiß, daß es weh tut und so, aber du hast alles aufgegeben, was du für dich selbst wolltest, nur um an seiner Seite zu sein – und kaum bist du es mal nicht, was passiert dann? Er macht sich an eine andere ran, irgendeine französische Bohnenstange.«

Esther mußte kichern. »Das solltest du nicht sagen. Sie ist sehr attraktiv.«

»Sicher, wenn man perfekt gekleidete, perfekt geschminkte Frauen mit einem Gesicht wie eine leere Leinwand mag«, sagte Lydia. »Ich persönlich halte ihn für einen Idioten. Du bist zehnmal mehr wert als sie, und zumindest bist du jetzt frei. Du kannst aufhören, jemandes blonde, dumme Freundin in diesen blöden Fernsehfilmen zu spielen; jetzt hast du die Möglichkeit, allen zu zeigen, was du kannst. Für jemanden wie mich ist es anders, ich werde gar nichts erreichen, bevor ich älter bin. Ich bin nicht hübsch genug, um für etwas anderes als fürs Charakterfach zu taugen, und dahin kommt man erst ab vierzig. Was bleibt mir übrig – ich muß den größten Teil meines Lebens Nebenrollen spielen, bis ich alt genug bin, um als Charakter groß rauszukommen.«

Esther lachte. Lydia war die einzige, die es in der vergangenen Woche geschafft hatte, sie zum Lachen zu bringen. »Ich glaube nicht, daß Marcus mich behindert hat«, sagte sie. »Ich habe alles selbst so gewollt. Aber ich muß zugeben, daß Christophers Idee ziemlich faszinierend ist. Es wäre nett, mal keinen Regisseur zu haben, der Ophelia in einem Minirock auftreten läßt, während die Männer Armani-Anzüge tragen.«

»Genau«, triumphierte Lydia. »Und er spielt die ganzen Klassiker – Coward und Priestley, Shakespeare und Marlowe.«

»Wie groß soll denn seine Truppe sein?« fragte Esther verwundert.

»Oh, nicht so groß: es sollen wohl abgespeckte Versionen werden.«

»Wenn du mich fragst, ich finde ihn etwas komisch«, meinte Esther. »Marcus mochte ihn nie.«

»Marcus mag keinen, den er als Konkurrent empfindet«, entgegnete Lydia.

»Aber Christopher ist kein so guter Schauspieler wie Marcus«, protestierte Esther. »Er hält sich dafür, aber er ist es nicht. Genauso, wie er behauptet, einsachtzig groß zu sein. Ich glaube nicht, daß er größer als einsfünfundsiebzig ist.«

»Du solltest dich hören«, sagte Lydia. »Du klingst wie Marcus.«

Esther holte tief Luft. Es stimmte, daß sie Marcus' Meinungen übernommen hatte. Aus Christopher Wheldon machte sie sich aber wirklich nicht viel. Allerdings kannte sie ihn auch nicht besonders gut, und immerhin hatte sie seinen Henry V. für den besten gehalten, der ihr je vor Augen gekommen war. »Ich könnte meinen Agenten anrufen und fragen, wie man einen Termin zum Vorsprechen erhält«, sagte sie zögernd.

»Stell dir nur vor, wie sauer Marcus sein wird, wenn er hörte, daß du klassisches Theater spielst«, krähte Lydia.

»Wenn ich es mache, dann nicht deswegen«, entgegnete Esther verstimmt. »Ich muß einfach etwas tun, um nicht dauernd an Marcus zu denken, und vielleicht könnte das hier etwas sein, das mich ablenkt. Weißt du vielleicht, wie lange die Tournee dauern soll?«

»Keine Ahnung«, sagte Lydia. »Ich komme für so etwas nicht in Frage. Ich hab' nur den Klatsch gehört, aber dein Agent wird dir alle Details nennen können. Tu es, Esther, wenn sonst für keinen, dann für mich. Eine ganz neue Welt könnte sich für dich auftun.«

»Ich bezweifle, daß er mich nimmt«, sagte Esther. »Ich habe nicht viel Bühnenerfahrung.«

»Genau, und zwar wegen Marcus. Da hab' ich doch recht, oder?«

»Nicht ganz«, sagte Esther. »Aber es stimmt, daß ich die Bühne vernachlässigt habe. Die Angebote sind mir allerdings auch nicht gerade ins Haus geflattert. Es ist schon schwer genug, Fernsehjobs zu kriegen. Aber ich werde meinen Agenten anrufen. Wenn ich weiß, wie es läuft, melde ich mich bei dir.«

»Großartig«, frohlockte Lydia. »Ich freue mich schon auf deinen Anruf, und denk daran – der Loser ist Marcus, nicht du.«

»Du errätst nie, wer das war«, sagte Christopher Wheldon, als er den Hörer auflegte und zum anderen Ende des Schlafzimmers sah, wo sich Rebecca auf dem großen Himmelbett räkelte.

»Sag's mir«, entgegnete sie.

»Der Agent von Esther Reid. Es sieht so aus, als wolle Miss

Reid für meine neue Truppe vorsprechen. Was hältst du davon?«

Rebecca zuckte mit den Schultern, schob sich ihr schulterlanges Haar aus dem Gesicht und sah ihn mit schmalen Haselnußaugen an. »Ich wußte nicht, daß sie überhaupt auf der Bühne arbeitet«, meinte sie. »Ich hab' sie vorgestern noch in einem absolut öden Fernsehspiel gesehen.«

»Mal abgesehen von dem Film, wie war sie?« fragte Christopher interessiert.

»Hab' eigentlich kaum darüber nachgedacht. Sie ist blond und hübsch, hat viele Kurven und einen leeren Blick.«

»Miau!« sagte Christopher lachend und kam auf das Bett zu. »Nun, ich habe gesagt, daß sie auf ein Gespräch mit mir vorbeikommen soll. Ich fand das höflicher, als sie zum Vorsprechen zu bitten. Nach dem, was Marcus ihr angetan hat, ist sie wahrscheinlich scharf darauf, eine Weile aus dem Licht der Öffentlichkeit zu verschwinden.«

»Indem man sich einer Theatergruppe anschließt, die durch das Land zieht, verschwindet man kaum aus dem Licht der Öffentlichkeit«, meinte Rebecca trocken.

»Ich meinte auch mehr, daß sie aus dem Haus kommt, nicht mehr so oft fürs Fernsehen arbeitet und sich eine neue Karriere aufbaut«, entgegnete Christopher.

Rebecca sah zu ihm auf. Er war wirklich unglaublich attraktiv. Sein hellblondes Haar fiel ihm in die Stirn, er hatte ein markantes Gesicht, graue Augen und war äußerst gut gebaut. Natürlich achtete er sehr auf seine Fitneß, und das war eines der Dinge, die sie an ihm liebte. Ein anderes war sein Enthusiasmus, was Sex anbetraf, ein Enthusiasmus, den sie mit ihm teilte. Sie war nur eine Nebendarstellerin der RSC gewesen, als sie sich vor zwei Monaten begegnet waren, aber dennoch hatte sich Christopher zur Überraschung aller an sie herangemacht. Sie hatte ihr Glück kaum fassen können. Und jetzt, wo sie ihn hatte, wollte sie ihn nicht mehr loslassen.

Sie war selbst eine gute Schauspielerin, das wußte sie, aber ihr war bereits klar, daß es unklug wäre, Christopher diese Tatsache zu früh vor Augen zu halten. Wenn sie mit ihm spielte, würde sie sich bereitwillig unterordnen, bis er ihr ganz ergeben war; erst dann sollte er ihr wahres Talent erkennen. Für einen Mann wie Christopher Wheldon gab es nur Platz für einen Star – und dieser Star mußte er sein.

Rebecca wußte auch, wie eifersüchtig er auf Marcus' Erfolg in den USA war. Christopher hatte fest damit gerechnet, daß Hollywood nach seinen Erfolgen in der RSC, der Royal Shakespeare Company, seine Fühler nach ihm ausstrecken und daß er in die Fußstapfen von Kenneth Branagh und Ralf Fiennes treten könne. Leider war Marcus ihm zuvorgekommen, und indem Christopher jetzt seine eigene Theatergruppe gründete, schien er sagen zu wollen, schaut her, Ruhm und Reichtum sind nicht alles. Dahinter verbarg er seine Enttäuschung und konnte gleichzeitig den englischen Theaterbesuchern verkünden: ›Seht mich an. Ich bin loyal, ich bin ehrlich, und ich lasse mich nicht vom großen Geld fortlocken.‹ Die Öffentlichkeit brauchte ja nicht zu erfahren, daß Hollywood nicht das geringste Interesse an ihm gezeigt hatte.

»Was willst du Esther Reid vorsprechen lassen, wenn sie kommt?« fragte sie.

Christopher seufzte. »Darüber habe ich noch nicht nachgedacht«, murmelte er.

Rebecca mochte das kaum glauben. Christopher tat nie etwas, ohne sich Gedanken zu machen, und es überraschte sie schon, daß er überhaupt daran dachte, Esther in seine Truppe aufzunehmen. Sie wußte nicht, welches Motiv er hatte, aber zweifellos hatte er eines.

Sie war noch nicht angezogen, obwohl es schon Nachmittag war, und bemerkte jetzt, daß Christophers Blick auf dem Teil ihres Busens ruhte, den der tiefe Ausschnitt ihres roten Satinnachthemds freigab. Während sie ihn ansah, versuchte sie seine Stimmung einzuschätzen. Christopher mochte zwei Arten von Sex, und es war wichtig, daß sie seine Neigung erriet.

Manchmal gefiel es ihm, sie zu dominieren. Sie ahnte, daß ihn ihre schlanken Glieder und ihr Schwanenhals anzogen. Es erregte ihn ungemein, wenn er seine langen Finger um ihre Handgelenke schloß; manchmal legte er sogar seine Hände so fest um ihren Hals, als wolle er sie würgen. Aber manchmal auch, meistens spät in der Nacht, nach ein paar Drinks, zeigte sich der wahre Christopher. Dann änderte sich alles, und er überließ Rebecca die Führung.

Diese Situationen genoß Rebecca am meisten. Das Gefühl der Macht, das durch sie hindurchschoß, wenn sie Christopher in ihrer Gewalt hatte, diese beglückenden Augenblicke, wenn er stöhnend, bettelnd oder winselnd zu ihren Füßen lag, war für sie der aufregendste Sex, den sie je gehabt hatte. Eines wußte sie jedoch genau: die private Seite Christophers – das Verlangen, dominiert zu werden – durfte sie nie jemandem anvertrauen. Wenn es bekannt würde, dann hätte das nicht nur ihr Verschwinden aus Christophers Leben, sondern womöglich aus der Theaterwelt bedeutet. Christopher Wheldon war ein einflußreicher Mann. Er konnte einem Türen öffnen, oder sie vor einem versperren. Und Rebecca hatte nicht vor, sich irgendwelche Türen vor der Nase zuschlagen zu lassen.

»Du bist doch nicht eifersüchtig wegen Esther, oder?« fragte Christopher. Er saß auf der Bettkante und ließ einen Finger langsam die Innenseite von Rebeccas rechtem Arm hinuntergleiten.

»Warum sollte ich denn auf sie eifersüchtig sein?« fragte Rebecca erstaunt. »Ich meine, was hat sie schon geleistet? Sie agiert im Fernsehen und war die Freundin von Marcus Martin.«

Christophers Hand wanderte ihren Arm hinauf und hielt auf ihrer schmalen Schulter inne. Er strich über die zarte Haut ihres Schlüsselbeins. »Nun ja, was hast *du* schon groß geleistet, außer meine Freundin zu sein?«

»Ich kann nun mal nichts für sie empfinden, außer vielleicht Mitleid«, sagte Rebecca scharf.

Christopher lachte. »Ich glaube, du lügst mich an«, sagte

er leise. »Ich glaube, du möchtest nicht, daß Esther in unsere Truppe kommt. Ich glaube, du hast Angst, ich könnte mich in sie verlieben.«

Rebecca blieb das Lachen im Halse stecken, als sie merkte, daß Christopher es ernst meinte. Er wollte sie wirklich eifersüchtig auf Esther machen, und nur aus diesem Grund hatte er vor, sie aufzunehmen. Nun, sie war nicht eifersüchtig, und sie konnte sich auch nicht vorstellen, daß Esther ihm die sexuellen Reize bieten konnte, die er brauchte. Aber wenn es das war, was er wollte – sie würde mitspielen.

»Nun, vielleicht bin ich ja ein kleines bißchen eifersüchtig«, räumte sie mit leiser Stimme ein.

Christophers Hände glitten ihren Hals hinauf; er drückte den Daumen unter ihr Kinn und zog sie hoch, so daß ihre Gesichter ganz nah aneinander waren. »Ich wußte es«, sagte er triumphierend. »Aber mach dir keine Sorgen, Rebecca. Hier und jetzt genügst du mir vollkommen.«

Er beugte sich zu ihr. Rebecca schloß die Augen und spürte, wie sein Mund den ihren zu erkunden begann. Seine Zunge spielte zwischen ihren Lippen, und eine Hand wanderte ihr Nachthemd hinunter, um sie scharf in eine Brustwarze zu kneifen. Rebecca hielt den Atem an und wich instinktiv etwas vor ihm zurück, aber er zog sie wieder an sich, und seine Finger schlossen sich um ihre Brust. Ihre Erregung steigerte sich langsam, ihr Atem ging heftiger. Manchmal wünschte sie sich, ihm länger widerstehen zu können, es ihm schwerer zu machen, aber seine körperliche Anziehungskraft und die Attraktivität, die darin lag, daß er der große Christopher Wheldon war, erwiesen sich stets als zu stark.

Mit einem leisen Stöhnen schlang sie ihre Arme um ihn und zog ihn auf sich herab. Christopher ergriff den Saum ihres Nachthemds und schob es höher. Sie hörte, wie er den Reißverschluß seiner Hose öffnete, und dann lag er auf ihr. Sie spürte, wie hart er war, spürte, wie die Spitze seines Penis über ihre Schamlippen glitt. Rebecca bewegte die Hüften, streckte sich ihm entgegen und versuchte trotz des beengenden Nachthemds die Beine möglichst breit zu machen. Christopher stieß sie aufs Bett zurück.

»Nicht so eilig. Du bist immer so gierig, nicht wahr, Rebecca?« spottete er und spielte mit der Zunge an ihrem Ohr.

»Ich kann nicht anders«, stöhnte Rebecca und wand sich vor Lust, als sie spürte, wie sein steifer Schwanz ganz langsam in sie eindrang. »Bitte – schneller.«

Manchmal ließ Christopher sie gerne zappeln, dieses Mal jedoch nicht, denn er hatte es selbst eilig. Sofort drang er mit kräftigen Stößen in sie ein, und während er sich bewegte, packte er im Rhythmus seiner Hüften ihre Brust und ließ sie wieder los. Rebecca spürte einen Orgasmus nahen, aber sie brauchte noch etwas anderes, ein kleines Extra, wenn sie so schnell kommen wollte wie Christopher es zweifellos tun würde.

Plötzlich hörte Christopher auf, schob ihr das Nachthemd weiter hinauf und führte seine Hand unter ihren Po. Mit einem dankbaren Seufzer gab sich Rebecca ganz ihren Gefühlen hin, während Christopher seinen Zeigefinger zwischen ihre Pobacken legte. Behutsam kreisend bewegte er ihn dort, und dann, als sie spürte, wie sich ihre Muskeln kurz vor der Explosion spannten, stieß er wieder kraftvoll zu, während er mit einem Finger in ihre Rosette eindrang. Mit einem Schrei der Verzückung kam Rebecca genau in dem Augenblick, als auch Christopher aufstöhnte, bevor er sich auf sie fallen ließ.

Einige Minuten blieb er dort liegen; sein Kopf ruhte an ihrem Hals, ihr langes, dunkles Haar floß über seine Schultern. Aber es war wie immer bei ihm, wenn er fertig war, konnte er sich sofort anderen Dingen zuwenden.

Manchmal wünschte sich Rebecca, er würde danach länger neben ihr liegen, aber das geschah nur nach der anderen Art von Sex – wenn sie die Kontrolle übernahm. Der heutige Tag war keine Ausnahme. Zehn Minuten später hatte Christopher das Schlafzimmer verlassen, und sie blieb allein zurück. Wahrscheinlich traf er Vorbereitungen für das Treffen mit Esther.

Drei Tage später erschien Esther in dem kleinen Pfarrsaal in Clapham, wo ihr Agent das Treffen mit Christopher Wheldon arrangiert hatte. Sie war sehr nervös, und sie wußte, daß ein Teil dieser Nervosität daher kam, daß sie Angst davor hatte, wie Christopher auf sie reagieren würde. Marcus hatte aus seinen Gefühlen für Christopher nie ein Geheimnis gemacht und hatte in diversen Interviews in recht verächtlichem Tonfall über seinen Rivalen gesprochen. Obwohl Esther selbst nie ein Wort über Wheldon verloren hatte, ging sie davon aus, daß er glauben mußte, daß sie Marcus' Ansichten teilte.

Sie hatte erwartet, noch andere Schauspieler in dem Saal anzutreffen, aber außer Christopher war niemand da. Er stand am anderen Ende des Raums, und als er hörte, wie sich die Tür öffnete, drehte er sich um und wurde von einem Sonnenstrahl erfaßt, der durch ein hochgelegenes Fenster auf ihn herabfiel. Esther erkannte sofort, daß er diese Szene so geplant hatte, um buchstäblich sich von seiner besten Seite zu zeigen. Es war ihr nie aufgefallen, wie gut er auf seine jungenhafte Weise aussah, und als er sie anlächelte, wurde ihr klar, wieviel Charme er versprühen konnte, selbst wenn er nicht ganz echt sein sollte.

»Esther, wie schön, dich zu sehen!« rief er aus.

»Es ist sehr nett von dir, mich zu empfangen«, entgegnete Esther. »Mein Agent hat dir ja schon gesagt, daß ich lange nicht mehr am Theater gespielt habe. Ich fürchte, alles ist ein bißchen eingerostet.«

»Darüber würde ich mir keine Sorgen machen«, entgegnete Christopher lachend und kam mit ausgestreckter Hand auf sie zu. »Wenn wir genügend geprobt und uns aneinander gewöhnt haben, sind sicherlich alle Kanten abgeschliffen. Außerdem bewundere ich deine Fernseharbeit.«

Esther war überrascht. Soviel sie wußte, hielt Christopher Fernsehspiele für wenig besser als den Auftritt in Fernsehwerbung. Nichtsdestotrotz wußte sie zu schätzen, daß er freundlich war und sich bemühte, eine lockere Atmosphäre zu schaffen.

»Ich fand, wir sollten uns einfach mal unterhalten«, sagte Christopher. »Aber vielleicht wäre es auch eine gute Idee, wenn wir beide gemeinsam einen Text lesen. So kriegen wir eine Vorstellung davon, ob es mit einer Zusammenarbeit klappen könnte – denn, seien wir ehrlich, in einer Truppe, die so klein ist wie meine, ist es wichtig, daß alle gut miteinander auskommen. Es soll wirklich ein Ensemble sein, in dem jeder wichtig ist.«

Esther verließ fast der Mut. Sie haßte solche Aussagen, und außerdem wußte sie, daß Christopher nicht meinte, was er sagte. Niemand mit seinem Ego würde freiwillig in den Hintergrund treten. Er wollte der Star sein, und er würde von jedem in seiner Truppe erwarten, daß der Betreffende ihn ins rechte Licht setzte. Das allerdings machte ihr nicht viel aus, und sie hatte auch gar nichts anderes erwartet. Was sie irritierte, war die Tatsache, daß Christopher so tat, als sei es anders.

»Und?« fragte er. »Was meinst du?«

Esther lächelte ihn schüchtern an. »Hattest du an etwas Spezielles gedacht?«

»In der Tat, das habe ich«, sagte Christopher brüsk, und mit einem Mal fiel der jungenhafte Charme von ihm ab, und der besessene Schauspieler, den sie eigentlich erwartet hatte, trat hervor. »Ich dachte, wir lesen eine Stelle aus Hamlet; Akt III, Szene 1. Du liest die Ophelia, ich natürlich den Hamlet.«

Esther wurde blaß. Wie die meisten Schauspielerinnen hielt auch sie die Rolle der Ophelia für äußerst undankbar. Sie schien unerklärlich schnell von leichter Depression in kompletten Wahnsinn zu verfallen, und es war fast unmöglich, sie glaubhaft zu spielen.

»Gibt's da ein Problem für dich?« fragte Christopher.

»Nein, nein, natürlich nicht«, sagte Esther hastig. »Hast du einen Text für mich? Ich meine, ich kenne die Rolle nicht sehr gut. Ich meine ..., ich hab' sie nie gespielt oder so.«

»Ich schätze, daß du noch keine der Rollen gespielt hast, die auf dich zukommen, wenn du dich der Truppe anschließt«, sagte Christopher. »Das ist nur ein kleiner Test, um zu sehen, wie du und ich zusammen funktionieren. Um ehrlich zu sein, ich hätte dich wirklich gern dabei, und wenn es mit dem Lesen einigermaßen klappt, kannst du davon ausgehen, daß du Teil meines Ensembles wirst.«

Esther war verwirrt. So ging es bei einem Vorsprechen nicht zu, und sie hatte nichts Derartiges erwartet. Es schien, als wolle Christopher sie auf jeden Fall dabei haben; es sei denn, sie vermasselte alles und benahm sich beim Lesen wie eine Idiotin. Und das, obwohl sie für das Theaterpublikum nichts weiter als die Ex-Freundin Marcus Martins war.

Christopher reichte Esther eine Hamlet-Ausgabe. »Wir beginnen dort, wo mein Monolog mit den Worten endet: ›Die schöne Ophelia? Nymphe, erinnere dich aller meiner Sünden in deinem Gebete.‹«

Esther ließ ihren Blick die Zeilen hinabwandern. Es war furchtbar. Sie wußte nicht, was sie damit anfangen sollte und hatte das unangenehme Gefühl, daß Ophelia bei ihr absolut weinerlich klänge. Mühsam erinnerte sie sich an alles, was sie auf der Schauspielschule gelernt hatte, verlangsamte ihre Atmung, entspannte ihre Muskeln und bereitete sich geistig auf das Lesen vor.

»›Mein Gnädiger Prinz, wie habt Ihr Euch diese vielen Tage über befunden?‹« Kaum hatte sie angefangen, fand sie es leichter als erwartet. Das kam auch daher, daß Christopher den Hamlet sehr gut las. Er las nicht nur, um sie sprechen zu hören, sondern spielte seine Rolle aus und machte es ihr so um vieles leichter, zu reagieren. Als sie zur letzten Zeile kam – »›Oh! Wehe mir! daß ich leben mußte, um zu sehen, was ich gesehen habe.‹« – wußte sie, daß sie viel besser gewesen war, als sie sich eine halbe Stunde vorher hatte vorstellen können.

Sie klappte das Textbuch zu und sah Christopher an, der ihr strahlend zulächelte. »Nun«, sagte er erfreut, »das war ziemlich gut, nicht wahr? Ich denke, du könntest eine sehr gute Ophelia abgeben. Möchtest du irgend etwas wissen?«

Esther fragte sich, ob sie damit bereits aufgenommen war, und ging schließlich davon aus, daß es sich so verhielt. Es gab eine Menge Fragen, die sie ihm stellen wollte, aber mit einigen sollte sie wohl besser warten, bis er eindeutig bestätigt hatte, daß sie mit an Bord war. »Wie viele Leute werden eigentlich in deiner Truppe sein?« fragte sie.

»Insgesamt zwölf«, antwortete Christopher. »Sechs Männer und sechs Frauen. Ich brauche nur zwei Charakterdarsteller, einen Mann und eine Frau. Die anderen zehn sind alle ziemlich jung, und, um ehrlich zu sein, sie sehen recht gut aus, besonders die Mädchen. In den Stücken, die ich aufführen will, gibt es nicht viele Rollen für unattraktive Frauen. Außerdem sollen sie ehrgeizig sein; man braucht diesen Hunger, um gute Leistungen zu erbringen.«

Esther stimmte zu, auch wenn sie glaubte, daß Christophers Vorstellungen bezüglich der Rollenbesetzungen mehr seinen persönlichen Neigungen als denen der Autoren entsprach. Mit Hilfe der Maske war es nicht schwer, ganz normal aussehende Frauen höchst attraktiv wirken zu lassen. Aber es interessierte sie nicht, wie die Mädchen aussahen, so lange sie selbst Rollen bekam, in denen sie ihre schauspielerischen Fähigkeiten zeigen konnte.

»Hast du schon an bestimmte Stücke gedacht, oder mußt du dich noch entscheiden?« fragte sie.

»Nun, das Hauptstück habe ich bereits gefunden«, antwortete Christopher. »Es wird Priestleys *Die Zeit und die Conways* sein. Was hältst du von Priestleys *Zeit* –Stücken?«

»Ich mag sie sehr«, meinte Esther. »Mein Lieblingsstück ist wohl *Ein Inspektor kommt,* aber *Die Zeit und die Conways* gefällt mir auch gut.«

»Für welche Rolle hältst du dich am besten geeignet?« erkundigte sich Christopher und lächelte ihr ermunternd zu.

»Vielleicht die der Hazel«, schlug Esther vor. »Sie ist eine ziemliche Herausforderung, weil sie sich so sehr verändert. Ich meine, am Anfang ist sie jung und hübsch, und die Welt liegt ihr zu Füßen, aber am Ende ist alles für sie schiefgelaufen, ist es nicht so?«

»Gewiß«, pflichtete Christopher ihr bei. »Und ich bin sicher, daß du sie auch spielen könntest, aber eigentlich denke ich bei dir eher an Kay.«

Esther sah ihn erstaunt an. Kay war eine größere Rolle mit einigen langen Monologen. Sie hatte sich Kay immer als groß, elegant und dünn vorgestellt. Außerdem zeigte Kay gegen Ende des Stückes eine Art von Melancholie, die Esther nie mit sich selbst assoziiert hatte. Es schmeichelte ihr, daß sie für die Rolle in Frage kam, bis ihr einfiel, daß er das vielleicht zu jeder Bewerberin sagte.

»Würdest du die Kay spielen wollen?« hakte Christopher nach.

»Natürlich, liebend gern«, sagte Esther. »Jede Schauspielerin würde sich die Chance, die Kay zu spielen, nicht entgehen lassen. Ich bin nur ein wenig überrascht, das ist alles.«

»Gut«, sagte Christopher. »Aber es gibt noch eine Menge Dinge zu regeln, bevor wir die Stücke endgültig besetzen können, und, um deine Frage genauer zu beantworten, ich möchte auch was von Coward machen, wahrscheinlich *Privatleben.* Das Problem ist, daß es darin nur vier wichtige Personen gibt, aber vielleicht kann man die Besetzung von Spielort zu Spielort ändern. Dann noch ein paar Shakespeare-Stücke, gekürzt, du weißt schon, wie bei Opern, das ist derzeit schwer in Mode. Und, um ehrlich zu sein, wenn wir in den kleineren Städten auftreten, dann wollen die Leute dort gar keinen ungekürzten *Hamlet* oder den kompletten *Heinrich V.* Egal, wo man hinkommt, das Publikum mag Mord und Totschlag. Und dabei kommt die Komödie Gott sei Dank zu kurz. Für das moderne Publikum ist Humor das Schlimmste.«

»Das klingt alles sehr aufregend«, sagte Esther. »Sind schon größere Häuser gebucht oder hast du dich noch nicht entschieden?«

Zum ersten Mal sah Christopher etwas unschlüssig drein. »Das ist momentan alles noch in der Schwebe«, gab er zu. »Aber erst wenn die gesamte Truppe steht und wenn ich mich für bestimmte Stücke entschieden habe – außer *Die Zeit und die Conways* steht eigentlich noch nichts fest – kann ich mich an die Theaterleiter wenden und ihnen konkret sagen, was wir spielen wollen. Ich denke aber nicht, daß es ein Problem damit gibt. Auf die Gefahr hin, unbescheiden zu wirken, aber ich glaube, daß mein Name in diesem Land etwas zählt.«

Nach ihren Jahren mit Marcus wußte Esther, was sie bei solchen Stellen an dieser Stelle zu sagen hatte: »Ich glaube nicht, daß du unbescheiden bist, Christopher«, entgegnete sie mit einem Lächeln. »Es wäre sehr dumm von dir, so zu tun, als hättest du keinen berühmten Namen.«

»Das Problem ist«, entgegnete Christopher zögerlich, »daß ich keinen Fernsehnamen habe. Ich sage es nicht gern, aber es sind die Fernsehstars, die Sitzreihen füllen. Das finde ich zwar furchtbar, aber wir müssen damit leben.«

»Heißt das, daß du Fernsehstars für deine Truppe haben willst?« fragte Esther.

»Aber nein«, antwortete Christopher. »Ich will damit sagen, daß wir in den kleineren Orten vielleicht nicht immer vor ausverkauftem Haus spielen werden.«

»Das ist kein Problem für mich«, sagte Esther. »Im Gegensatz zu dir bin ich nicht daran gewöhnt, vor ausverkauftem Haus zu spielen. Aber nach der RSC ist es doch sicher auch für dich eine Herausforderung, oder?«

»Eine Herausforderung in mancher Hinsicht«, meinte Christopher mit einem vielsagenden Lächeln. Sein Blick überraschte Esther. Christopher zeigte unverhohlen, daß er sie attraktiv fand, und offenbar betrachtete er auch sie als Teil der Herausforderung.

»Nun, dann gib mir doch Bescheid, wenn du dich endgültig entschieden hast«, sagte sie hastig, stand auf und warf sich den Träger ihrer Baumwolltasche über die Schulter.

»Habe ich mich denn nicht eindeutig ausgedrückt?« sagte Christopher überrascht. »Was dich betrifft, Esther, habe ich mich schon entschieden. Ich möchte dich in meiner Truppe haben. Die einzige Frage lautet – interessierst du dich für mich?«

Esther bemühte sich, ihre Aufregung nicht zu deutlich zu zeigen. Innerlich strahlte sie vor Freude, aber sie war zu schlau, um sich das anmerken zu lassen. »Es klingt alles sehr interessant, und sobald ich mit meinem Agenten gesprochen habe, wird sich einer von uns mit dir in Verbindung setzen«, sagte sie mit ihrem bezauberndsten Lächeln.

»Nur recht und billig«, stimmte Christopher freundlich zu. Als sie gerade gehen wollte, legte er ihr die Hände auf die Schultern und hauchte ihr zwei Küsse auf die Wangen. Das war an sich nichts Ungewöhnliches, aber dann glitten seine Hände ihre Arme hinab, und diese so unscheinbar wirkende Geste löste winzige Wellen der Erregung in ihr aus.

Als Esther aus dem Saal ging, ein attraktives Erröten auf den Wangen, lächelte Christopher Wheldon zufrieden vor sich hin. Er hatte sowieso vorgehabt, Esther in seiner Truppe aufzunehmen, egal wie schlecht das Vorsprechen gewesen wäre. Zu seiner Überraschung war sie wirklich gut. Das war ein Bonus. Der wahre Grund für ihre Aufnahme bestand darin, daß er Marcus zeigen wollte, welchen Fehler er begangen hatte, als er sich dafür entschied, mit Esther Schluß zu machen und sie durch Claudine zu ersetzen. Wenn alles so lief, wie Christopher es sich vorstellte, dann würden am Ende der Tour die Hollywood-Scouts an seine Haustür hämmern. Konnte er dann endlich nach Amerika fliegen, würde er das mit Esther an seiner Seite tun. Es sollte die vollkommene Rache werden.

Als Christopher in das Londoner Haus zurückkehrte, das er sich mit Rebecca teilte, war es sieben Uhr. Sie wartete bereits auf ihn und hatte sich für das Essen fein gemacht, zu dem sie an diesem Abend eingeladen waren. Erst jetzt fiel Christopher diese Dinner-Party wieder ein.

»O Gott, es tut mir leid, Becky, heute herrschte das komplette Chaos!« rief er, während er nach oben eilte, um schnell zu duschen. Erleichtert sah er, daß Rebecca ihm sein Dinnerjackett sowie Hemd und Krawatte aufs Bett gelegt hatte, so daß er keine Zeit verlor. Sie folgte ihm die Treppe hinauf. Ein knöchellanges, besticktes Seidenkleid – ärmellos und mit rechteckigem Ausschnitt – schmiegte sich an ihren Körper wie eine zweite Haut. Um den Hals lag eine schmale Kette aus schwarz- und kristallglitzernden Steinen, ein antiker Schmuck, den er ihr geschenkt hatte, um ihr zweimonatiges Beisammensein zu feiern. Sie trug extreme High Heels mit langen Bändern, und als Christopher aus der Dusche kam und sich anzog, streifte sie ein Paar ellbogenlange schwarze Handschuhe über. Christopher seufzte glücklich. Genauso wünschte er sich Rebecca an solchen Abenden.

»Ich kann das Ende der Party kaum abwarten«, sagte er beiläufig.

»Das klingt vielversprechend.« Ein verhaltenes Lächeln umspielte Rebeccas Lippen. Sie hatte alles so geplant, in dem Wissen, daß Christopher den ganzen Tag in Gesellschaft schöner junger Frauen verbracht hatte, die für seine Theatertruppe vorsprachen. Es war wichtig, daß sie heute ihren Status als seine Geliebte sicherte.

Um ein Uhr nachts kehrten sie zurück. Christopher hatte im Taxi kein Wort gesagt, doch kaum waren sie im Haus, als er sich an Rebecca wandte. »Ich hoffe, du bist nett zu mir, heute nacht«, murmelte er.

»Ich glaube kaum«, entgegnete Rebecca. »Du warst nicht sehr artig.«

Christopher sah sie angemessen schuldig an, und Rebeccas Puls beschleunigte sich. Diese Nacht würde aufregend werden. »Was habe ich falsch gemacht?« fragte er.

»Du hast mich links liegen lassen und dich viel zu lange mit fremden Frauen unterhalten«, sagte Rebecca zornig. »Dafür verdienst du Strafe.«

Sie drehte sich auf dem Absatz um und stieg schnell die Treppe hinauf, wobei sie sich genau bewußt war, wie provozierend sie dabei auf Christopher wirken würde, der von unten zu ihr hinaufsah. Während sie ins Schlafzimmer ging, streifte sie die langen Handschuhe ab, und gleich darauf betrat Christopher den Raum.

»Du hast recht«, sagte er mit der Stimme eines kleinen Jungen. »Ich war unartig, und du solltest mich bestrafen.«

»Also gut«, sagte Rebecca. »Dann zieh deine Kleider aus und hänge sie ordentlich auf.« Christopher zögerte keine Sekunde. Wenig später stand er splitternackt vor ihr. Sein Schwanz war bereits steif. Rebecca hatte bis auf die Handschuhe kein einziges Kleidungsstück abgelegt. Sie schaute den aufgerichteten Penis an und verzog ärgerlich die Oberlippe.

»Vielen Dank, ich glaube nicht, daß wir das sehen wollen«, sagte sie.

Hastig bedeckte Christopher seine Männlichkeit mit den Händen. Rebecca ging zu ihm und schlug ihm auf die Finger.

»Ich meinte nicht, daß du es verstecken sollst. Ich meinte, daß dieses Ding kleiner werden soll«, sagte sie kalt. »Ich werde mich wohl selbst darum kümmern müssen.«

»Es tut mir sehr leid«, murmelte Christopher und strich sich mit einer unbeholfenen Geste das Haar aus der Stirn.

»Es wird dir wirklich leid tun«, versprach Rebecca. Bei diesen Worten wurde Christophers Erregung sichtbar größer, und Rebecca wandte sich ab, um ihre Zufriedenheit zu verbergen. »Leg dich mit dem Gesicht nach unten aufs Bett«, befahl sie. Christopher gehorchte ohne Widerspruch. »Strecke Arme und Beine wie ein X aus«, fuhr Rebecca fort, und als Christopher das getan hatte, band sie seine Hände und Füße mit langen, seidenen Schals an den vier Bettpfosten fest.

Christopher verdrehte den Kopf und sah zu ihr hinauf. »Was hast du vor?« fragte er, etwas zu eifrig für Rebeccas Geschmack. Sie beugte sich über ihn und zog mit einem ihrer langen Fingernägel eine Spur über seinen Rücken. Eine dünne rötliche Linie erschien. Christopher zitterte vor Erregung am ganzen Körper.

»Ich werde etwas ganz Besonderes machen«, sagte Rebecca schließlich. »Etwas, das ich nur tue, wenn ich sehr, sehr böse auf dich bin.«

Christopher seufzte leise und stieß kurz darauf einen spitzen Schrei aus, als Rebecca ihn an seinem blonden Haar hochriß und seinen Kopf vom Kissen hob, so daß sie in seine faszinierenden grauen Augen sehen konnte. »Also«, sagte sie mit furchterregender Sanftheit. »Ich denke, jetzt kann es losgehen.«

2

Rebecca ging zum Kopfende des Bettes, damit Christopher zusehen konnte, wie sie langsam ihr langes schwarzes Kleid abstreifte, das gleich darauf wie ein seidener Hügel zu ihren Füßen lag. Darunter war sie nackt, bis auf glänzende schwarze Seidenstrümpfe und einen winzigen schwarzen Slip. Sie sah, wie Christopher schluckte und mit der Zunge über die trockenen Lippen fuhr, drehte ihm dann den Rücken zu und ging mit provozierendem Hüftschwung durchs Zimmer zu ihrem Schminktisch. Dort nahm sie eine Haarbürste mit silbernem Rücken, wobei sie darauf achtete, daß sie nicht aus seinem Blickfeld trat. Oft hatte er mit dieser Bürste ihr langes, dunkles Haar gekämmt, aber dieses Mal wußten sie beide, daß sie einen anderen Zweck erfüllen sollte.

Als sie wieder neben dem Bett stand, schob Rebecca ihre Daumen unter den Slip und zog ihn langsam die Beine hinunter. Nun trug sie nur noch die schwarzen Strümpfe. Dann suchte sie die anderen Dinge zusammen, die sie für ihre Sitzung brauchte. Sie ließ sich absichtlich Zeit, so daß Christopher, der jeden ihrer Schritte beobachten konnte, immer erregter wurde.

Schließlich stieg sie zu ihm ins Bett und setzte sich auf seinen Rücken, das Gesicht seinen Füßen zugewandt. Dann fuhr sie ganz sanft mit den Borsten der Bürste über seine Pobacken. Zunächst rührte sich Christopher nicht, doch dann bewegten sich seine Hüften, und er preßte sich gegen die Matratze. Sofort nahm Rebecca die Bürste hoch.

»Wenn du nicht stillhalten kannst, dann lasse ich dich so gefesselt hier liegen und schlafe im Gästezimmer«, drohte sie.

»Es tut mir leid«, murmelte Christopher, und Rebecca lächelte zufrieden. Sie wußte genau, wie schwer ihm das fallen würde und wie erregt er bereits war. Auch ihre eigene

Erregung wuchs, aber die Sitzung war noch lange nicht zu Ende.

Erst als Christopher sich nicht mehr bewegte, machte sie weiter. Dieses Mal fuhr sie jedoch viel energischer über seine straffen Pobacken, und langsam zeigte sich eine Rötung auf der Haut. Als beide Backen förmlich glühten, ging sie mit der Bürste über die Unterseite seiner Oberschenkel und hörte erst auf, als sie das weiche Fleisch seiner Kniekehlen erreicht hatte. Dann richtete sie sich wieder gerade auf und legte die Bürste zur Seite.

Langsam stieg sie vom Rücken ihres Liebhabers herunter, stellte sich neben das Bett und schob ihre schmale Hand mit den langen Fingern unter seinen hilflosen nackten Körper. Sie fühlte, daß Christophers Schwanz extrem steif war, und er gefährlich nahe vor dem Höhepunkt stand. Als sie begonnen hatten, diese Spiele zu spielen, hatte das immer ein Problem dargestellt. Aber mittlerweile war Rebecca Expertin darin geworden, ihn daran zu hindern, zu früh zu kommen. Sie nahm seinen Schwanz vorsichtig, aber fest in die Hand, den Daumen auf der Unterseite, direkt unter der Eichel. Als sie den Druck verstärkte, stöhnte Christopher enttäuscht auf, aber die Technik erwies sich wie immer als wirkungsvoll, und nach ein, zwei Minuten, das wußte sie, war sein übermächtiger Drang erst einmal verschwunden.

»Du scheinst es heute abend ziemlich eilig zu haben«, sagte sie so herrisch, wie sie konnte. »Es sieht so aus, als würdest du mir viel Arbeit machen.«

Christopher antwortete nicht. Er vergrub sein Gesicht nur noch tiefer ins Kissen und begann leise zu stöhnen, was sowohl Frust als auch Erregung bedeuten konnte. Diese Augenblicke liebten beide am meisten, und Rebecca begann vor Geilheit zu zittern. Was seine Bewunderer jetzt wohl von ihm denken würden, wenn sie ihn so sehen könnten. Gespreizt aufs Bett gefesselt, ihr völlig ausgeliefert und jede Sekunde genießend.

Rebecca nahm wieder ihre alte Position auf seinem Rücken ein, doch dieses Mal hielt sie eine Flasche mit Massageöl in der Hand. Vorsichtig begann sie seinen Rücken einzuölen. Mit langsamen, kreisenden Bewegungen beugte sie sich immer weiter vor, bis ihre Hände die noch immer leicht geröteten Pobacken erreichten. Dann träufelte sie Öl in ihre Handfläche, rieb es sich auf ihre Brüste und duckte sich auf alle viere, um mit ihren Brüsten über seine Pobacken zu streichen. Beide konnten kaum noch an sich halten, und Rebeccas Vagina zuckte, als sie die Haut von Christophers Po und seinen Oberschenkeln an ihren steif werdenden Brustwarzen spürte. Es erregte sie so sehr, daß sie Christopher ganz vergaß. Erst als er erneut zu stöhnen begann, wurde ihr klar, daß er schon wieder kurz vor dem Orgasmus stand.

Hastig drehte sie sich herum, griff unter ihn und wandte die Drucktechnik an, bis seine anschwellende Erektion zurückgegangen war. An diesem Punkt geschah es häufig, daß Christopher wütend wurde. Auch wenn es ihm gefiel, dominiert zu werden, kam unwiderruflich der Augenblick, wo er zum Orgasmus kommen wollte und zwischen seiner Sehnsucht nach Dominierung und der Sehnsucht nach Erfüllung hin und her gerissen wurde. Rebecca hatte irgendwann einmal entschieden, daß es das beste war, wenn sie die Kontrolle behielt. Auch wenn er zunächst fluchte, hinterher war er ihr stets ungeheuer dankbar.

Nachdem sie ihm eine kleine Pause erlaubt hatte, nahm sie ihre ursprüngliche Position wieder ein und hielt die Ölflasche so, daß einige Tropfen in die Ritze zwischen seine Pobacken liefen. Sie begann, die Backen langsam und sinnlich mit den Händen zu kneten, während sich Christophers Muskeln anspannten und er wieder die Hüften bewegte.

Rebecca trieb es immer weiter, bis sie wußte, daß es fast schon über das Maß an Grausamkeit hinausging, das Christopher sich wirklich wünschte, aber sie konnte nicht anders – so sehr berauschte sie sich an ihrer Lust und ihrer Macht über ihn.

Ihre Brüste fühlten sich groß und fest an, und tief in ihrem Unterleib begann es zu flattern, während sie zwischen den Beinen schon längst feucht und mehr als bereit für ihn war.

Schließlich verschloß sie die Ölflasche und nahm das Gerät, das für die Schlußrunde des abendlichen Vergnügens benötigt wurde. Christopher drehte den Kopf und versuchte zu sehen, was sie vorhatte, aber sie befahl ihm in scharfem Ton, wegzuschauen. Vorsichtig legte sie den dünnen, biegsamen Stab bereit, auf den eine Reihe von Thai-Perlen aufgeschoben war.

Es handelte sich um die Art der Stimulierung, die Christopher am liebsten hatte. Rebecca spreizte seine Pobacken und verrieb das Öl dazwischen, doch erst als sie den Stab in die sternförmige Öffnung schob, spürte Christopher, welche Freuden sie für ihn geplant hatte und stieß einen leisen Schrei der Lust aus. Ganz langsam führte Rebecca den Stab ein, wobei sie ihn immer wieder drehte, so daß die Perlen die ungeheuer sensible Haut stimulierten. Dann überlegte sie. Sie konnte weiter drehen oder das herausragende Ende mit dem Finger antippen, so daß die Perlen heftig vibrierten ... Ihre Entscheidung stand fest, sie schnippte kurz gegen den Stab. Augenblicklich bäumte sich Christopher auf.

»Muß ich dir schon wieder sagen, daß du dich nicht bewegen darfst?« zischte sie. »Sonst beendete ich das Spiel und gehe. Dies ist die letzte Warnung, hast du verstanden?«

»Ja«, stöhnte Christopher. Seine Stimme klang belegt, war kaum wiederzuerkennen, und neben der sich steigernden Erregung hörte sie einen drohenden Unterton, weil ihm klar war, wie sehr sie ihn beherrschte. Gnadenlos schnippte Rebecca immer wieder gegen den Stab, bis Christopher noch lauter stöhnte, weil mit der heftigeren Stimulation auch sein Drang zu kommen immer stärker wurde.

Schließlich entschied Rebecca, daß die Zeit reif war; jetzt würde auch sie zu ihrem Vergnügen kommen. Während sie weiter gegen den Perlenstab schnippte, glitt sie über Christophers öligen Rücken und spreizte dabei die Schenkel, so daß ihre Klitoris von seinem harten, muskulösen Körper stimuliert wurde.

Zuerst bewegte sie sich langsam, dann jedoch immer rascher, während dieses herrlich warme, fließende Gefühl ganz tief in ihr immer heftiger wurde. Dabei massierte sie ihre ölbedeckten Brustwarzen mit den Fingern, und nach einer Weile sorgte die doppelte Stimulation dafür, daß ihr ganzer Körper zitterte und zuckte und sie eine kurze Erleichterung in ihrem ersten Orgasmus fand.

Unter ihr machte Christopher, dem es noch nicht erlaubt war, zu kommen, einen wütenden Buckel bei dem Versuch, sie abzuwerfen. Für ihn bedeutete es doppelte Qual, wenn Rebecca sich befriedigte, während er vor Verlangen außer sich geriet. Aber gerade das erregte Rebecca um so mehr.

Plötzlich packte sie die Lust auf einen weiteren Orgasmus, bevor sie ihm irgendeine Form der Erleichterung gewährte. Sie drehte sich um, das Gesicht zu Christophers Hinterkopf gewandt, und legte sich flach auf seinen Rücken. Mit den Händen auf seinen Schultern zog sie sich auf seiner öligen Haut hin und her. Sie wußte, daß ihn das Gefühl ihrer Brüste und ihres Bauches auf seinem Rücken zum Wahnsinn treiben würde; hinzu kam das Gefühl ihrer Strümpfe auf seinen Beinen. Er liebte das Gefühl von Seide auf seiner Haut, und während sie sich immer schneller bewegte und die flackernde Flamme ihrer Erregung schließlich in einem Orgasmus explodierte, hörte sie, wie er wilde Flüche ins Kissen murmelte.

Nach ihrem zweiten Orgasmus zog Rebecca vorsichtig den Stab heraus. Sie tat es bewußt langsam und achtete darauf, daß jede Perle einzeln aus der engen Öffnung glitt; jedesmal zuckte Christopher zusammen. Erst als der Stab entfernt war, stieg Rebecca aus dem Bett und löste die Seidenschals, mit denen sie ihn gefesselt hatte.

Obwohl er jetzt frei war, wußte Christopher genau, daß er auf keinen Fall aktiv werden durfte. Er blieb mit dem Gesicht nach unten liegen, bis Rebecca ihm die Erlaubnis gab, sich auf den Rücken zu legen. Dann fesselte sie ihn erneut und verband ihm auch noch die Augen mit einem schwarzen Tuch. Christopher sollte nicht sehen, auf welche Weise er zu seinem lang ersehnten Orgasmus kommen würde, aber als Rebeccas Blick über seinen nackten Körper glitt, sah sie, daß jeder Muskel angespannt war und erwartungsvoll zitterte. Seine Erektion war gewaltig, die purpur glänzende Eichel bedeckt von kleinen, hellen Tröpfchen.

Rebecca beschloß, Christopher genau über das zu informieren, was sie tat. Das war etwas vollkommen Neues, bei dem sie das Gefühl hatte, daß es vielleicht mehr war, als er ertragen konnte. Doch heute nacht befriedigte sie gerade dieser Gedanke auf eine seltsame Weise, vielleicht weil sie daran dachte, daß er den Nachmittag damit verbracht hatte, mit attraktiven Schauspielerinnen zu sprechen. Abgesehen davon, daß ihnen beiden die Sitzung höchste Lust verschaffte, handelte es sich um eine Art sinnlicher Rache.

»Ich setze mich jetzt über dich«, murmelte sie betörend, hockte sich auf ihn und rieb seinen Penis an ihrer Klitoris.

»Jetzt werde ich meine Hüften bewegen, aber du darfst dich nicht rühren«, beschied sie ihm ruhig. Christopher preßte die Lippen zusammen, ein verzweifelter Versuch, sich zu beherrschen, aber dennoch entfuhr ihm ein leises Stöhnen. Rebecca war selbst so erregt, daß es ihr egal war, ob es Christopher gefiel oder nicht. Er würde seine Belohnung schon noch bekommen. Sie hatte jetzt schon ihren Spaß. Als sie ihre Klitoris mit seinem Penis stimulierte, setzte tief in ihr ein heißes Pulsieren ein, irgendwo hinter dem Kitzler, und sie wußte, daß sie gleich einen weiteren Höhepunkt erleben würde. Sie wollte ihn jedoch so lange wie möglich zurückhalten, wollte, daß er noch intensiver würde und griff nach Christophers Schwanz. Mit einer raschen Bewegung ließ sie ihn in sich hineingleiten, ganz tief.

»Jetzt beweg' ich mich gleich auf und ab«, flüsterte sie.

»Ich kann nicht länger warten«, stieß er hervor.

Das kümmerte Rebecca nicht, aber sie tat so, als sei es doch der Fall. »Das solltest du aber, Christopher«, sagte sie drohend. Sie spürte, wie er in ihr noch härter wurde, und bei dem Gedanken, daß ein einfacher Befehl im richtigen Tonfall eine solche Wirkung auf ihn hatte, mußte sie lächeln. Noch immer gab sich Christopher Mühe, ihren Befehlen zu gehorchen, auch wenn er kurz davor stand, zu kommen! Der Gedanke erregte sie noch mehr auf dem Weg zu ihrem eigenen Orgasmus.

Grausam langsam ließ sie ihre Hüften kreisen, ließ sich auf ihn sinken und hob ihre Hüften wieder, so daß nur noch die Spitze seines Penis in ihr war, um sich dann fallen zu lassen. Dabei beschrieb sie, was sie tat und was sie dabei empfand.

Sie beschrieb, wie sich ihre Muskeln anspannten, wie heiß und aufgelöst sie sich fühlte und wie fest und angeschwollen ihre Brüste waren, wie sehr ihre steifen Brustwarzen spannten. Plötzlich spürte sie, wie sich die Wärme in ihrem ganzen Bauch ausbreitete, während die Hitze zwischen ihren Beinen unerträglich wurde, ein süßes, schmerzendes Gefühl. Sie wußte, daß sie Sekunden vor einem gewaltigen Orgasmus stand, und während sie sich mit den Händen zu beiden Seiten seines Kopfes abstützte, ließ sie ihre Brüste auf Christophers Gesicht sinken.

Er konnte sie nicht sehen, aber nur allzu gut spüren. Sein Mund öffnete sich, er hob den Kopf und versuchte blind, eine ihrer Brustwarzen zwischen die Lippen zu bekommen. Gnädig ließ Rebecca es zu, daß er eine der harten Spitzen in den Mund nehmen konnte, und gierig saugte und leckte Christopher daran. Seine Zunge kreiste um den Warzenhof, während Rebecca sich immer schneller auf ihm bewegte.

Plötzlich zuckte Christophers Kopf nach hinten, die Brustwarze rutschte aus seinen Lippen, und er stieß einen Schrei der Ekstase und des Schmerzes aus. Rebecca wußte, daß er sich jetzt nicht mehr bremsen konnte. Sofort rutschte sie zurück, und während sie sich bewegte und seinen zuckenden Penis stimulierte, rieb sie sich mit der rechten Hand den Kitzler.

Rebeccas Timing war perfekt. Im gleichen Augenblick, als sich Christopher mit einem erlösten Schrei aufbäumte, wurde Rebecca von einem der intensivsten Orgasmen durchflutet, die sie je zusammen mit ihrem Liebhaber erlebt hatte. Es war, als jage elektrischer Strom durch ihren Körper, und als ihre Muskeln sich endlich beruhigt hatten und die Gefühle langsam abebbten, konnte sie nur noch auf ihm zusammensinken und den Kopf auf seine Brust legen.

Sie hörte sein heftige klopfendes Herz, und während er Worte der Dankbarkeit und Zuneigung murmelte, wußte sie, daß sie sich dieses Mal übertroffen hatte. Es spielte keine Rolle mehr, wie hübsch die Mädchen gewesen waren, die er am Nachmittag getroffen hatte; wenn sie ihn weiterhin auf diese Weise befriedigen konnte, würde Christopher keine andere Freundin brauchen.

Nachdem sie sich von ihm gelöst hatte, als sie dösend nebeneinander lagen, zog Christopher sie fest an sich. »Das war unglaublich, Becky«, murmelte er. »Du bist die einzige Frau, die immer weiß, was ich brauche – und das beste ist, daß du es auch brauchst.«

»Wir geben ein gutes Paar ab«, pflichtete Rebecca ihm leise bei. Dann kuschelte sie sich an ihn und schlief zufrieden ein.

Genau zwei Wochen nach dem Vorsprechen kehrte Esther in den Saal in Clapham zurück, um die anderen Mitglieder von Christophers Theatergruppe kennenzulernen. Er hatte bereits die Presse wissen lassen, daß seine neue Truppe ›Das Volkstheater‹ heißen würde. Esther und Lydia hatten sich ziemlich darüber amüsiert, da es vollkommen klar war, daß dies Christophers Theater war und ›das Volk‹ lediglich dazu benötigt wurde, zahlreich zu erscheinen und ihn zu bewundern.

Christopher stand an der Tür und begrüßte jeden Neuankömmling persönlich. Die Geste hätte sicherlich noch herzerwärmender gewirkt, wenn auf der anderen Seite der Straße nicht mehrere Pressefotografen gestanden hätten, die ablichteten, mit welchem Enthusiasmus Christopher seine Schauspieler begrüßte. Esther wurde mit Umarmungen und Küssen empfangen, während sie das Klicken der Kameras hörte. Sie lächelte heimlich. Das Beste wäre, wenn eines dieser Fotos in einer amerikanischen Zeitung erscheinen würde und Marcus es sähe, aber das war unwahrscheinlich. Aber es zeigte dennoch, daß sie die richtige Entscheidung getroffen hatte. Der Job brachte eine Menge Publicity, und vielleicht hatte sie sich am Ende der Tournee schon als Bühnenschauspielerin etabliert. Soweit sie wußte, war Claudine nichts weiter als ein Model, auch wenn sie sich selbst als Model und Schauspielerin bezeichnete. Vorher hatten Esther und Marcus immer spöttisch die Lippen verzogen, wenn sich jemand so nannte, und im allgemeinen sahen ausgebildete Schauspielerinnen auf solche Typen verächtlich herab.

Als sie im Saal stand, sah sich Esther neugierig um. Sie hoffte sehr, daß sie mit den anderen Leuten in der Truppe gut auskommen würde. Davon hing so vieles ab, besonders wenn man gemeinsam auf Tournee ging.

In der Mitte des Raumes war ein Stuhlkreis aufgestellt worden, und nach zehn Minuten saßen alle beisammen. Christopher begann mit der Vorstellung der Anwesenden, und Esther erkannte entsetzt, daß hier gleich so etwas wie eine Verbrüderungsszene auf sie zukam.

Davon hatte sie schon auf der Schauspielschule mehr als genug erlebt, und sie hielt es für einen der großen Vorteile des Fernsehens, daß es dort diese Rituale nicht gab. Man hatte einfach nicht genug Zeit dafür. Man lernte seinen Text, erschien am Drehort und spielte. Sie wußte, auch von Marcus, daß es am Theater anders zuging und daß dort diese Gruppenbildung aus irgendeinem Grund als wichtiger Bestandteil der Ensemblearbeit betrachtet wurde. Sie persönlich fand diese Inszenierungen lächerlich.

»Also«, sagte Christopher, während er außen um den Kreis herumging, »zuerst möchte ich die Mädchen vorstellen. Das hier ist Rebecca Leslie. Rebecca und ich kennen uns von der RSC, ich weiß also, wie gut sie ist. Sie teilt meinen Enthusiasmus für dieses Projekt genauso wie – das hoffe ich wenigstens – ihr alle. Gibt es etwas, das du uns mitteilen möchtest, Rebecca?«

Esther fragte sich, ob alle anderen auch etwas über sich sagen mußten. Sie versuchte verzweifelt, sich etwas Intelligentes und Witziges auszudenken, doch ihr Kopf war plötzlich völlig leer. Während sie noch überlegte, äußerte sich Rebecca, die, wie Esther fand, ein wunderschönes Gesicht mit hochdramatischen Zügen hatte: »Ich möchte nur sagen, daß ich Christopher sehr dankbar bin, daß ich bei der Verwirklichung dieser wunderbaren Idee helfen darf.« Sie lächelte. »Ich hoffe, ich werde ihn nicht enttäuschen. Diese Sache wird bestimmt ein riesiger Erfolg, und ich bin sicher, daß wir alle prächtig miteinander auskommen.«

Esthers Blick glitt über die Runde und traf sich mit dem eines großen, dunkelhaarigen Mannes, der ihr gegenüber saß. Er wirkte völlig unbeteiligt und zeigte nichts von dem gezwungenen Enthusiasmus, der sich auf den Gesichtern der anderen Schauspieler spiegelte. Eigentlich sah er eher so aus, als müsse er sich gleich übergeben.

Christopher ging weiter. »Das ist Rosie Meyer. Wie ihr vielleicht wißt, hatte Rosie eine kleinere Rolle in *Brookside*. Nachdem sie viel Kneipentheater gemacht hat, ist sie jetzt Feuer und Flamme für unser Projekt. Stimmt doch, Rosie?«

Rosie lächelte und nickte eifrig. Sie hatte braunes, gelocktes Haar und war ein recht natürliches Mädchen mit frischer Gesichtsfarbe, die echter wirkte als Rebecca. »Hi, Leute«, sagte sie und sah die anderen an. »Ich stimme Rebecca zu. Ich finde es toll, dabeisein zu dürfen.«

Christopher lächelte anerkennend – offensichtlich erwartete er geradezu, daß jeder betonte, wie glücklich er sei, Mitglied seines Ensembles zu sein – und ging auf ein rothaariges Mädchen zu. »Das ist Theresa Wilson«, sagte er. »Theresa war großartig beim Vorsprechen. Eine sehr ungewöhnliche Interpretation der Lady Macbeth. Ich glaube, sie wird einen sehr kreativen Beitrag liefern, etwas, das wir sicherlich alle als Ziel haben. Ich glaube, daß man Stücke traditionell, aber dennoch kreativ spielen kann.«

»Sehr interessant«, murmelte der dunkelhaarige Mann.

Christopher sah etwas irritiert zu ihm hinüber und öffnete den Mund, als wolle er etwas erwidern, überlegte es sich jedoch. »Möchtest du etwas sagen, Theresa?« fragte er.

»Eigentlich nicht«, antwortete sie. Sie hatte eine so sanfte Stimme, daß Esther sich lebhaft vorstellen konnte, wie kreativ ihre Lady Macbeth gewesen sein mochte. Wahrscheinlich hatte es sich um das leiseste Vorsprechen aller Zeiten gehandelt. Andererseits sah Theresa wie das typische stille Wasser aus. »Es freut mich, daß dir meine Textprobe gefallen hat«, sagte Theresa dann doch. »Und wie die anderen bin ich total aufgeregt. Ich kann kaum erwarten, daß es losgeht.«

Es blieben noch zwei Frauen, die Christopher vorstellen mußte. Die eine, Ellie Ford, sah zwar fast noch aus wie ein Kind, aber ihren Zügen haftete etwas Raubvogelartiges an, und Esther fiel auf, daß Ellie die meiste Zeit damit verbrachte, die männlichen Mitglieder des Ensembles zu beobachten. Als sie gefragt wurde, ob sie etwas sagen wolle, schüttelte sie nur den Kopf und gab murmelnd ihrer Freude Ausdruck, Mitglied von Christophers Truppe sein zu dürfen.

Mary Fuller, die Charakterdarstellerin, war vielleicht Ende fünfzig. Sie hatte silbergraues Haar, war etwas größer als die anderen Frauen und hatte noch immer eine schlanke Figur. Esther wußte, daß sie ihre Theaterlaufbahn als ›Naive‹ begonnen hatte, jedoch ohne Karriereknick ins Charakterfach gewechselt war, als sie älter wurde. Sie hatte auch gehört, daß es Gerüchte um Marys sexuelle Vorlieben gab, wußte aber nicht mehr, ob sie jungen Männern oder jungen Frauen den Vorzug gab. Esther würde schon noch erfahren, was stimmte.

Als Esther selbst vorgestellt wurde, wand sie sich fast vor Verlegenheit, als Christopher eine überschwengliche Lobeshymne vom Stapel ließ. Er betonte, wie brillant ihre Textprobe der Ophelia gewesen sei und sagte, wie glücklich er darüber wäre, daß sie die Zeit habe, sich dem Projekt anzuschließen. Esther merkte schnell, daß die anderen Schauspieler ebenso verblüfft waren wie sie selbst. Schließlich hatte sie außer ein paar Fernsehrollen und ein paar Auftritten an Marcus' Seite nicht viel vorzuweisen. Und was die Ophelia betraf; sie war besser gewesen, als sie geglaubt hatte, aber einen Preis als beste Schauspielerin des Jahres hätte sie dafür auch nicht unbedingt gewonnen. Offenbar hatte Christopher seine Gründe, warum er einen solchen Wirbel um sie veranstaltete, aber es gefiel ihr nicht. Er hatte sie dadurch in eine sehr schwierige Lage gebracht. Jetzt würde sie jeder genau beobachten und darauf warten, daß sie einen Fehler machte. Wenn man der Liebling des Regisseurs war, durfte man sicher sein, daß einen alle anderen nicht leiden konnten.

Für die Vorstellung der Männer brauchte Christopher weit weniger Zeit, und während seine Hand oft auf den Schultern der Schauspielerinnen geruht hatte, berührte er keinen einzigen der Männer. Der dunkelhaarige Schauspieler, der fast zu gut aussah, wäre da nicht dieses leicht Bedrohliche in seinen Zügen gewesen, hieß Damon Dowden. Esther erinnerte sich, daß er vor einigen Monaten einen brillanten Jago am National gegeben hatte. Abgesehen davon wußte sie nur sehr wenig über ihn, aber es schien ihr, als habe Christopher weitaus mehr Glück, Damon in seinem Ensemble zu haben, als sie. Damon ließ sich überhaupt keinen Kommentar entlocken. Er nickte dem Ensemble nur kurz zu und starrte dann auf den Boden.

Ein anderer Schauspieler, Nicholas Maxwell, war ziemlich oft im Fernsehen aufgetreten. Mit stolzgeschwellter Brust teilte er den Anwesenden mit, daß er früher einen Stand auf einem Straßenmarkt gehabt habe, um damit seine Ausbildung auf der Schauspielschule finanzieren zu können. Esther hatte das Gefühl, daß er Schauspieler wie Christopher im Grunde verachtete, aber wußte, daß er sie brauchte, wenn er weiterkommen wollte. Sie fragte sich, welche Rollen Christopher eigentlich für ihn vorgesehen hatte, bis ihr klar wurde, daß er wegen seiner Fernsehauftritte in den kleineren Städten sicherlich ein gutes Zugpferd war.

Zwei der anderen Männer waren fast kaum zu unterscheiden. Noel Daniels und Michael Lester waren beide mittelgroß, hatten halblanges, hellbraunes Haar, hellbraune Augen, und Esther ging davon aus, daß sie auch beide mittelmäßig talentiert waren. Sie wirkten gut gelaunt und steckten voller Energie, genau die Sorte Schauspieler, die das Tourneeleben angenehmer machten. Offensichtlich kannten sie einander sehr gut. Michael sagte dann auch, daß er Noel am LAMDA kennengelernt habe, daß sie seitdem befreundet seien und nur dann und wann wegen eines Mädchens Streit gehabt hätten. Zum ersten Mal ertönte Gelächter.

Schließlich war da noch George Hickey. Er mußte mindestens sechzig sein, dachte Esther. Er hatte graues Haar, hellblaue Augen und sah aus, als sei er früher mal schlank gewesen; mittlerweile war er aber ziemlich in die Breite gegangen. Als Christopher ihn fragte, ob er etwas sagen wolle, erhob er sich und hielt eine zweifellos einstudierte Rede, in der er Christopher und seine vergangene und zukünftige Arbeit über alle Maßen pries. Esther hatte das Gefühl, daß George auch auf die Knie gefallen wäre und Christopher die Füße geküßt hätte, wenn das notwendig gewesen wäre. Immerhin merkte man, daß er eine herrliche Stimme und eine ausgezeichnete Diktion hatte. Mehr als man von Nicholas Maxwell behaupten konnte, dem die Schauspielschule seine Herkunft als Straßenhändler nicht völlig ausgetrieben hatte.

Als schließlich alle vorgestellt waren, erfüllten sich Esthers schlimmste Befürchtungen. Christopher setzte sich und bedachte den Kreis mit einem strahlenden Lächeln. »Also«, sagte er fröhlich, »wenn wir gut zusammenarbeiten wollen, dann ist es wirklich wichtig, daß wir unsere Vorbehalte ablegen und einander vertrauen. Ich bin sicher, daß ihr mir da alle zustimmt. Bevor wir mit dem Lesen der Stücke oder Diskussionen über die Rollen beginnen, sollten wir ein wenig Zeit dafür opfern, einander besser kennenzulernen. Fangen wir mit einem kleinen Spiel an – Abklatschen.«

Damon Dowden seufzte hörbar, aber Noel und Michaels Mienen hellten sich auf. »He, das ist eine großartige Idee«, meinte Michael. Noel und ich können das gut.«

»Wirklich?« sagte Rebecca äußerst gelangweilt. »Könnt ihr sonst noch was?«

Michael grinste ihr zu. »Das mußt du herausfinden«, entgegnete er.

»Danke, kein Interesse«, meinte Rebecca.

»Ich kenne das Spiel nicht«, sagte Ellie und schaute sich hilflos um. »Kann mir jemand erklären, worum es geht?«

»Mich darfst du nicht fragen«, meinte Damon ungehalten. »Es war Christophers Idee. Er kann dir sicher weiterhelfen.«

Es schien Christopher zu erstaunen, daß Ellie das Spiel nicht kannte. »Gibt es außer Ellie noch jemanden, der nicht Bescheid weiß?« fragte er, aber so kühl, daß Esther daran zweifelte, daß sich jemand melden würde, selbst wenn es der Fall war. Niemand sagte etwas, und Christopher wandte sich an Ellie.

»Es ist ein Spiel, bei dem man ein Klatschen weitergibt«, sagte er mit ernster Miene.

Damon und Theresa Wilson verzogen das Gesicht. Ellie kicherte nervös, während Mary Fuller sie interessiert beobachtete. Alle anderen schwiegen. Das Lächeln wich aus Christophers Gesicht. »Es gibt keinen Grund, sich kindisch aufzuführen«, sagte er ärgerlich. »Das Spiel geht folgendermaßen: Einer von uns – sagen wir, Damon – klatscht in die Hände, wobei er sich nach rechts dreht, und Mary, die rechts neben ihm sitzt, nimmt das Klatschen auf und gibt es weiter ...«

»Jetzt verstehe ich«, kommentierte Damon.

»Damon, ich würde es schätzen, wenn du mich nicht dauernd unterbrechen würdest«, sagte Christopher angesäuert. »Also, Ellie, jeder gibt das Klatschen nach rechts weiter, und während er oder sie in die Hände klatscht, ruft er dabei ›Hep!‹ Wenn jemand das Klatschen weitergibt und ruft dabei ›Ho!‹, dann geht es in umgekehrter Richtung weiter, solange, bis wieder jemand ›Ho!‹ ruft und die Richtung erneut wechselt. Sagt jemand aber ›Zeppo!‹, dann gibt er das Klatschen damit an die Person weiter, die ihm gegenüber sitzt. Man hat es bald raus. Es ist ein schnelles Spiel, es macht Spaß, und es lockert einen auf.«

»Ich verstehe«, sagte Ellie unsicher.

»Es ist wirklich ganz einfach«, beruhigte Esther sie. »Auf der Schauspielschule haben wir es dauernd gespielt.«

»Wir auch«, fügte Rosie hinzu. »Allerdings hat es bei uns nicht viel gebracht, wir konnten uns trotzdem nicht leiden.«

»Nun, ich halte es für sinnvoll«, unterbrach Christopher. »Können wir jetzt anfangen?«

Also spielten sie die nächsten zehn Minuten lang ›Hep! Ho! Zeppo!‹ und amüsiert stellte Esther fest, daß Damon sich nicht die Mühe machte, auch nur einmal die Richtung des Spiels zu ändern. Er klatschte nur und drehte sich nach links oder rechts, als ginge ihn alles nicht das Geringste an. Andere wiederum, insbesondere Noel und Michael, schrien mit der Zeit immer lauter, und das Spiel wurde immer schneller. Als die zehn Minuten vorbei waren, gab es viel Gekicher und Gelächter, und Esther fragte sich, ob sie sich wohl als einzige zu alt und nicht blöd genug vorkam. Sie versuchte, das Gefühl zu verbergen, hatte aber den Eindruck, daß Rebecca – die sie die ganze Zeit zu beobachten schien – es bereits genau mitbekommen hatte.

»Okay!« rief Christopher endlich, als Esther schon glaubte, sie könne es nicht länger aushalten. »Jetzt möchte ich Damon und George bitten, den Tisch am anderen Ende des Raums etwas vorzuschieben. Wir werden das Fallenlassen-Spiel spielen.«

»Wenn du glaubst, daß ich mich vom Tisch fallen und von dieser Bande hier auffangen lasse, dann irrst du dich«, sagte Damon zornig. »Ich bin diesem Ensemble beigetreten, um Stücke zu spielen und nicht um bei irgendwelchen albernen Partyspielchen mitzumachen.«

Rebecca erhob sich, strich sich das lange, dunkle Haar aus dem Gesicht und ging zu Damon. »Komm schon«, murmelte sie vertraulich. »Es ist wirklich wichtig, Damon. Für dich vielleicht nicht, du hast Erfahrung, aber manch anderer hier nicht. Schauspieler wie du und Christopher müssen uns helfen. Ich mache es auch gerne als erste. Ich vertraue dir.«

»Verlaß dich nicht drauf«, sagte Damon, schob dann jedoch mit George den Tisch vor.

»Wer ist das?« wandte sich Rosie Meyer flüsternd an Esther. Die beiden standen zusammen und sahen Damon und George zu.

»Damon Dowden«, antwortete Esther. »Er war am National, und davor, glaube ich, am Royal Court. Im letzten Jahr hat er brillante Kritiken bekommen.«

»Er kann einem ein bißchen Angst einjagen, oder?« meinte Rosie. »Ich glaube nicht, daß wir viel Spaß mit ihm haben werden.«

»Diese Art von Schauspieler ist er wirklich nicht«, erwiderte Esther. »Eher schon Noel und Michael.«

»Ja«, stimmte Rosie ihr zu. »Weißt du«, sagte sie, »ich hätte nicht damit gerechnet, in dieses Ensemble zu kommen. Ich dachte, Christopher wolle Leute mit viel mehr Erfahrung. Erst als ich in der Zeitung las, daß er jungen Leuten eine Chance geben wollte, weil das Repertoiretheater so gut wie tot sei, hab' ich verstanden, warum er mich genommen hat.«

Esther glaubte, daß Rosies üppige Figur und ihr Elan eine mindestens ebenso große Rolle gespielt hatten, aber sie nickte nur und lächelte. Sie hatte sich vorgenommen, sehr vorsichtig mit dem zu sein, was sie sagte. In der Vergangenheit hatte es sich immer als vernünftiger erwiesen, sich nicht zu sehr mit jemandem einzulassen, sondern einfach nur seine Arbeit zu machen. Was sie betraf – dies war ihre Chance, zu zeigen, daß sie eine gute Schauspielerin war. Sie hatte nicht vor, sich in persönliche Querelen hineinziehen zu lassen. Damon konnte sie allerdings sehr gut verstehen. Er war sicherlich schon lange über das Stadium dieser Spiele hinaus.

Das Fallenlassen-Spiel war nicht leicht. Esther hatte stets Schwierigkeiten damit gehabt, sich auf einen Tisch zu stellen, die Augen zu schließen und sich einfach nach vorne fallen zu lassen, darauf vertrauend, daß alle anderen sie mit ausgestreckten Armen sicher auffangen würden. Schon auf der Schauspielschule hatte sie all ihren Mut zusammennehmen müssen, und jetzt, nach so langer Zeit, war es noch viel schlimmer. Sie merkte, daß sie viel zu lange brauchte, bevor sie sich fallen lassen konnte, und sie hörte bereits den Ärger in Christophers Stimme, als er sie wiederholt aufforderte. Natürlich landete sie sicher in den Armen der anderen, und als sie die Augen aufschlug, fiel ihr auf, daß Damon sie mit einem seltsamen Blick seiner dunklen Augen ansah. Sie erwiderte seinen Blick, und er schaute sofort weg.

Esther erinnerte sich an die Kritiken, die er als Jago bekommen hatte. Immer wieder war von seinem sagenhaften Bühnencharisma die Rede gewesen. Sie konnte sich jedoch des Gefühls nicht erwehren, daß ihn die Bühne derart auslaugte, daß er privat nicht die geringste Ausstrahlungskraft besaß. Es war auch klar geworden, daß er kein Gruppenmensch war.

Am Ende des Tages kannten sie sich alle ein wenig besser. Esther hatte das Gefühl, als würden sich bereits einige Allianzen bilden, auch wenn das nicht der Sinn der Spiele gewesen war. Aber so etwas ließ sich unmöglich vermeiden. Zwölf Menschen, jeder mit einem starken Ego ausgestattet, konnten nicht alle gleich gut miteinander auskommen. Hoffentlich würde man wenigstens die gegenseitigen Schwächen tolerieren.

»Morgen«, kündigte Christopher an, »beginnen wir mit der Textprobe *Die Zeit und die Conways.* Ich werde ein wenig mit den Rollen herumspielen. Wenn ihr also am Vormittag den Text einer Figur lest, dann lest ihr am Nachmittag vielleicht den einer anderen. Ich habe mich jedenfalls noch nicht für eine bestimmte Besetzung entschieden.«

»Noch nicht einmal für dich?« fragte Damon.

Plötzliches Schweigen. Christopher drehte sich um und sah Damon an. »Nein, noch nicht einmal für mich«, sagte er bemüht beiläufig.

»Nun, du überraschst mich«, murmelte Damon. Er nahm seine Jacke und ging wortlos aus dem Saal, hinaus auf die Straßen Londons.

»Der wird uns noch viel Ärger machen«, sagte Rebecca.

»Glaubst du wirklich, daß es der Mühe wert ist, ihn dabei zu haben, Christopher?«

»Rebecca, solche Bemerkungen möchte ich nicht mehr hören«, zischte Christopher. »Damon ist ein hervorragender Schauspieler, wie du sicher selber weißt. Vielleicht ist er nicht allzu umgänglich, aber darum geht es nicht. Ich glaube, daß ich durchaus in der Lage bin, mit ihm zurechtzukommen.«

Rebecca sah einigermaßen schuldbewußt drein. »Tut mir leid«, sagte sie.

»Also, ich fand den ersten Tag fantastisch«, erklärte Noel strahlend. »Und ich kann kaum die Textprobe morgen abwarten. Welche Rolle soll ich zuerst lesen, Christopher?«

»Ich dachte an Gerald Thornton«, antwortete Christopher.

»Den Anwalt? Großartig, das würde mir gefallen.«

»Nun, das heißt noch nicht, daß du den Gerald spielen wirst, du sollst ihn nur morgen lesen«, erinnerte ihn Christopher. »Okay, dann machen wir Schluß für heute. Ach so, falls jemand von der Presse euch Fragen über das Ensemble stellt, dann verweist ihn besser gleich an mich. Ich glaube, es ist besser, wenn die Truppe nur einen Sprecher hat. Ansonsten kann es schnell kompliziert werden.«

»Soviel zum Volkstheater«, flüsterte George Hickey Mary Fuller zu.

Mary lächelte ihn an. »Hast du wirklich etwas anderes erwartet, George?« fragte sie. »Ich jedenfalls nicht, und ich bin dankbar für diese Chance.«

»Oh, ich auch«, pflichtete George ihr eiligst bei. »Wie wär's mit einem Drink, Mary? Es muß sechs Jahre her sein, daß wir uns das letzte Mal getroffen haben, und wenn ich mich recht entsinne, dann könnten wir einander während dieser Tournee recht nützlich sein.«

Mary nickte zustimmend, und die beiden älteren Schauspieler verließen den Saal. Schließlich standen nur noch Christopher, Rebecca, Esther und Nicholas beisammen. Esther hatte mit Rebecca gehen wollen, aber Nicholas nahm sie zur Seite und erklärte ihr, daß Rebecca und Christopher ein Paar seien. »Ich dachte, du wüßtest das«, sagte er. »Wie die anderen auch.«

»Ich fürchte, ich weiß überhaupt nicht allzu viel über Christopher«, gab Esther zu. »Über ihn als Schauspieler schon, aber nicht privat.«

»Ich schätze, daß du in den letzten Wochen mit deinem eigenen Privatleben genug zu tun hattest«, meinte Nicholas taktlos.

Esther hatte den Verdacht, daß sie Nicholas Maxwell nicht allzu sehr in ihr Herz schließen würde. Trotzdem schenkte sie ihm ein süßes Lächeln. »Es war alles ziemlich traumatisch«, vertraute sie ihm an. »Aber das Wichtigste ist jetzt, alles hinter mir zu lassen und mich um meine Karriere zu kümmern. Und das hier ist eine großartige Gelegenheit dazu.«

»Ich hoffe, daß ich mit dieser Truppe endlich auch für die ach so kunstsinnigen Regisseure glaubwürdig werde, die die Nase so hoch tragen«, sagte Nicholas. »Die scheinen zu glauben, daß man keine klassischen Rollen spielen kann, wenn man nicht wie ein BBC-Sprecher parliert und aus einem guten Haus kommt – was immer das sein mag. Kaum daß sie mich sehen, heißt es nur noch Vorstadt. Das ist nicht fair. Kann ich nicht genausogut sein wie Christopher?«

»Bestimmt«, entgegnete Esther.

Nicholas begleitete sie bis zur U-Bahn, wo sie sich verabschiedeten. Auf der Heimfahrt mußte Esther bei dem Gedanken an ihn lächeln. Irgendwie würde Nicholas Maxwells *Henry V.* nicht so wirken wie der Christopher Wheldons, es sei denn, er verbesserte seine Aussprache und legte den schweren Dialekt ab.

Insgesamt blickte sie zufrieden auf den Tag zurück. Schließlich würde sie jetzt endlich das sein, wofür sie ausgebildet worden war – eine ernsthafte Schauspielerin. Zum ersten Mal seit Monaten freute sie sich auf die Arbeit. Dazu kam, daß sie in der Gesellschaft des Ensembles nur ein einziges Mal an Marcus gedacht hatte. Sie konnte es kaum glauben. Das war billiger als eine Therapie, dachte sie, als sie an ihrer Haltestelle ausstieg.

Zuhause machte sie sich eine Kleinigkeit zu essen, duschte, ging ins Bett und war innerhalb einer Viertelstunde eingeschlafen.

3

Esther faßte den Beschluß am nächsten Vormittag, kurz nachdem sie die Rolle der Carol im ersten Akt gelesen hatte – sie wollte Christopher Wheldon verführen. Eigentlich hatte sie nur die Absicht gehabt, sich seinem Ensemble anzuschließen, sich einen Namen als Schauspielerin zu machen und sich so an Marcus zu rächen. Aber nachdem sie gesehen hatte, welche Faszination Christopher auf die weiblichen Mitglieder des Ensembles ausübte, würde es ein noch größerer Triumph sein, an die Stelle Rebeccas zu treten.

Das einzige Problem bestand darin, daß sie sich eigentlich zu Damon Dowden hingezogen fühlte. Er hatte etwas Faszinierenderes an sich, etwas Dunkles und Bedrohliches. Sie wollte nicht nur wissen, wie er als Schauspieler war, sondern auch als Liebhaber. Dennoch beschloß sie, Christopher zu verführen. Damon schien sich sowieso nicht im mindesten für sie zu interessieren. Er schien sich für niemanden zu interessieren, aber im Laufe des Tages fiel Esther auf, daß er ein paar Worte mit Ellie Ford wechselte. Einmal hatte er sogar gelacht.

Auf Esthers Punktekonto konnte er damit keinen Boden gutmachen. Trotz ihres unschuldigen Gesichts war Ellie ganz offensichtlich eine ehrgeizige und sexuell aktive kleine Person. Mit ihrem hellbraunen Bubikopf und ihren großen Augen erzielte sie bei Männern große Wirkung, aber sobald sie mit einer der anderen Frauen sprach, veränderte sich ihr Gesichtsausdruck, und eine andere Seit kam zum Vorschein.

Die Zeit und die Conways war ein gutes Stück, aber Esther hatte dennoch Zweifel, ob es ankommen würde. Die Handlung spielte 1919, kurz nach dem Ende des Ersten Weltkriegs, und die gutbürgerliche Familie Conway stand exemplarisch für die festen Werte dieser Zeit. In Szene I und

III ist die Handlung ziemlich konsistent, aber im mittleren Akt hat Kay, eine der Töchter der Conways, so etwas wie eine Vision der Zukunft ihrer sehr englischen Familie. Diese Vision ist äußerst wichtig für das Stück. Wenn Kays vermeintlicher Traum sich wirklich erfüllt, dann ist nichts von dem, was das Publikum in Akt I und III erlebt, von Bedeutsamkeit oder Tragweite. Die Werte verändern sich, und das Leben der jungen Menschen wird von Tragödien und unglücklichen Liebesaffären getrübt. Für Esther bestand das Problem in der Frage, ob ein modernes Publikum das Konzept dieser Vision noch akzeptieren konnte.

Als sie ihre Bedenken Christopher gegenüber äußerte, wischte er sie einfach beiseite. »Ein gutes Stück, das professionell gespielt wird, kann nicht durchfallen«, versicherte er ihr mit seinem attraktivsten Lächeln. »Ich glaube, das heutige Publikum sehnt sich nach dem Gefühl der Sicherheit, das dieses Stück vermitteln kann. Es möchte an eine Zeit erinnert werden, als es noch moralische Werte und Regeln gab. Auch wenn wir in einem sogenannten liberalen Zeitalter leben, wünschen sich die meisten Menschen Grenzen. Sie fühlen sich damit sicherer.«

Esther hatte nicht vor, mit ihm deswegen zu streiten. Sie hoffte nur, daß er recht hatte. Die Schauspieler lasen verschiedene Rollen, Damon Dowden jedoch nur eine, die des Außenseiters Ernest Beevers. In Akt I und III ist Ernest auch nur das, unbedeutend und nicht wert, um die Hand der hübschen und beliebten Hazel Conway anzuhalten. Im mittleren Akt jedoch, während der Vision, ist er mit Hazel verheiratet, und sein Charakter scheint völlig verändert.

Vormittags hatte Damon den Ernest der Akte I und III gelesen, am Nachmittag dann den Ernest der Vision, und seine kraftvolle Darbietung beeindruckte das gesamte Ensemble tief. Esther bedauerte nun um so mehr, daß sie ihn nicht als Jago gesehen hatte. Sie verstand jetzt auch, warum Christopher ihn unbedingt dabei haben wollte. Er würde den perfekten Gegenpart zu Christopher bilden, der sicherlich –

trotz seiner angeblichen Unentschlossenheit – die Rolle des Draufgängers Robin spielen wollte. Der Kontrast zwischen dem blonden, lebhaften Spaßvogel Robin und dem sauertöpfischen, geizigen Ernest Beevers in der Person des düsteren, finsteren Damon könnte ein Genuß werden.

Der Tag war ermüdend, weil die Schauspieler außer den Rollen für das Priestley-Stück auch noch Szenen aus den bekanntesten Shakespeare-Stücken spielen mußten. Leicht amüsiert sah Esther, daß Nicholas eine Rolle in *Macbeth* bekam – wenn auch nur die des Banquo. Er ärgerte sich ganz offensichtlich darüber, aber wenn er geglaubt hatte, daß Christopher die Titelrolle mit jemand anderem als sich selbst besetzen würde, dann mußte er recht dumm sein. Sie hoffte nur, daß Nicholas auf der Tournee seinen Frust vergessen würde, vor allem, da sie sich auch nicht vorstellen konnte, welche Rolle, wenn überhaupt eine, er in *Die Zeit und die Conways* übernehmen könnte. Wahrscheinlich würde er als Ersatzmann enden, und die Rolle des Banquo war lediglich ein Trostpreis – und kein besonders guter obendrein.

Während der Mittagspause gingen alle getrennte Wege. Esther fand sich mit Rosie, Noel und Michael in einem nahegelegenen Pub wieder. Es machte Spaß, mit Rosie zusammen zu sein. Sie war ungemein witzig und verbreitete ständig gute Laune. Noel und Michael machten keinen Hehl daraus, wie attraktiv sie Rosie fanden, und obwohl sie die Aufmerksamkeit beider Männer genoß, vergaß Rosie nicht, Esther in ihr Gespräch mit einzubeziehen.

»Wie gehst du eigentlich mit dem ganzen Rummel um, den du in letzter Zeit erlebt hast?« fragt Noel Esther, während Michael an der Bar eine Runde Drinks bestellte.

»Zuerst war es grauenhaft«, gestand Esther. »Aber jetzt legt es sich langsam, und als Mitglied eines Teams fühle ich mich sehr viel entspannter. Es gibt nichts Besseres als Arbeit, um persönliche Probleme zu vergessen.«

»Trotzdem muß es schwierig sein«, meinte Noel. »Ich achte darauf, keine feste Bindung einzugehen, und Michael denkt genauso. Wir glauben, daß man in diesem Gewerbe keine beständige Beziehung aufrechterhalten kann. Seien wir ehrlich, es gibt viel zu viele Versuchungen entlang des Weges. Stimmt's Rosie?« Bei dieser Frage tätschelte er Rosie das Knie, und sie nickte kichernd.

Als Michael von der Bar zurückkam, setzte er sich zwischen die beiden Frauen. Er legte seinen Arm auf die Lehne von Rosies Stuhl, und sie sah von einem Mann zum anderen und lächelte fröhlich.

»Wir teilen uns eine Wohnung, ganz in der Nähe«, sagte Michael zu Esther. »Wenn du nach der Arbeit mal auf einen Kaffee vorbeikommst, würden wir uns sehr freuen, nicht wahr, Noel?«

»Aber sicher.« Noel nickte eifrig.

»Wir teilen gerne – alles«, fuhr Michael fort, und sein Blick streifte Rosie, bevor er über ihren Kopf hinweg seinen Freund ansah. Plötzlich wurde Esther klar, was er meinte. Sie fragte sich, ob es auch Rosie klar war. Wenn ja, schien sie nichts dagegen zu haben. Als sie zum Probesaal zurückgingen, hakte sich Rosie bei beiden Männern ein.

Insgeheim faszinierte Esther der Gedanke, daß zwei Männer sich eine Frau teilten. Sie fragte sich, wie es wohl wäre, von zwei Männern verwöhnt zu werden, die all das, was sie gerne hatte, taten. Irgendwie konnte sie sich nicht vorstellen, an einem solchen Szenario teilzunehmen, aber die Vorstellung war faszinierend. Ob Rosie es ihr wohl erzählen würde, wenn sie einen Dreier mit den beiden gemacht hatte?

Während Esther mit ihrer Gruppe in den Pub gegangen war, hatte sich Theresa von Christopher und Rebecca in ein Café in der Nähe mitnehmen lassen. Am Abend zuvor hatte Christopher zu Rebecca gesagt, daß er Theresa »total faszinierend‹ fände. Ihre rotgelockte Mähne, die bleistiftdünne Figur mit den ungewöhnlich großen Brüsten hatten ihn vom ersten Augenblick des Vorsprechens an interessiert. Es kam vor, daß er und Rebecca ein zweites Mädchen an ihren Liebesnächten teilnehmen ließen, und das hatte sich stets als großer Erfolg erwiesen. Rebecca hatte den Wink sofort verstanden und gab sich allergrößte Mühe, freundlich zu Theresa zu sein.

Theresa wiederum, die liebend gerne die Rolle der Madge – die einzige Conway, die nicht auf irgendeine Art ein Sexsymbol war – gespielt hätte, fühlte sich von der Aufmerksamkeit des großen Christopher Wheldon sehr geschmeichelt. Sie wußte, daß er mit Rebecca zusammen war und nahm an, daß Rebecca sich nur deshalb für sie interessiert, weil Christopher sie für eine gute Schauspielerin hielt.

»Weißt du, Theresa«, sagte Christopher bei getoasteten Sandwiches und Cappuccino, »ich glaube, du hast eine Menge verborgener Talente.«

Theresa lächelte schüchtern. »Sehr nett von dir, das zu sagen. In den letzten Monaten bin ich rollenmäßig ziemlich festgelegt worden. Bei meiner Figur liegt das sicherlich nahe, aber genau deshalb möchte ich die Madge spielen. Ich meine, kein Mensch würde Madge für attraktiv halten; sie kriegt ja noch nicht mal einen Mann. Ich frage mich nur, ob mir das Publikum die Rolle abnehmen würde.«

»Nun«, meinte Christopher zögernd. »Ich denke schon, aber du wirst hart dafür arbeiten müssen. Die Frage ist – wie ernst ist es dir damit, Theresa?«

»Hundertprozentig«, entgegnete Theresa verschnupft. »Ich würde alles tun, um die Rolle der Madge zu kriegen.«

»Wirklich?« murmelte Rebecca. Sie sah zu Christopher hinüber, der fast unmerklich lächelte.

»Weißt du«, sagte er, »mit etwas Nachhilfe, am besten von mir, ist dir die Rolle so gut wie sicher.«

»Nachhilfe?« fragte Theresa verblüfft. Sie war nicht dumm und wußte, was das Wort am Theater bedeutete, aber dieses Mal glaubte sie sich verhört zu haben. Schließlich hatte Christopher mit Rebecca ein Verhältnis und Rebecca saß bei ihnen am Tisch, während hier von Nachhilfe gesprochen wurde.

»Genau«, sagte Rebecca. Sie streckte den Arm aus und

spielte mit einer von Theresas Locken. »Du hast wunderschönes Haar«, sagte sie. »Christopher ist ganz wild auf rote Haare, nicht wahr, Chris?«

»Ich weiß nicht, ob es die Haare sind«, antwortete Christopher. »Vielleicht ist es der Charakter der Rothaarigen, der mich fasziniert.«

Theresa spürte, wie ihr Gesicht heiß wurde. Zweifellos spielte das Paar ein Spielchen mit ihr; man konnte die sexuelle Spannung, die in der Luft hing, fast mit den Händen greifen. Eigentlich war es ihr zunächst unangenehm gewesen, als Rebecca ihr Haar gestreichelt hatte, aber als sie plötzlich die Hand wegzog, bedauerte Theresa es beinahe.

»Wenn du Nachhilfestunden hast«, sagte Rebecca, »würde ich gerne dabei sein. Um den Standpunkt der Frau zu vertreten, sozusagen.«

Jetzt verstand Theresa, was auf sie zukam. Wie alle Mädchen im Ensemble betete sie Christopher an und hätte fast alles gegeben, um einmal mit ihm zu schlafen. Ihn dabei mit Rebecca zu teilen, damit hatte sie nicht gerechnet. Aber nun, da die Sache so deutlich gemacht worden war, spürte sie auch bei diesem Gedanken eine gewisse Erregung. Offenbar wartete das Paar auf eine Antwort. Unter dem Tisch rieb Christopher sein Bein gegen ihres. Er sah sie intensiv an, und eine Mischung aus Sehnsucht und Scheu ließ sie leicht erschauern.

»Ich finde, das ist eine tolle Idee«, sagte sie schließlich leise.

Seufzend lehnte sich Christopher zurück und lächelte zufrieden. Rebecca schien auch sehr erfreut. Sie sah aus wie jemand, der wußte, daß er seine Rolle gut gespielt hatte.

Rebecca schaute auf ihre Uhr, und plötzlich fiel allen dreien auf, daß es Zeit wurde, zum Proberaum zurückzukehren. »Chris, wir kommen zu spät«, sagte Rebecca.

»Geh schon mal vor«, entgegnete Christopher leichthin.

Nachdem Rebecca das Café verlassen hatte, half Christopher Theresa in den Mantel, legte einen Arm um ihre Taille und zog sie leicht an sich. »Ich glaube, du wirst eine ganz ausgezeichnete Madge abgeben«, sagte er beruhigend. »Und was die Nachhilfe betrifft, das wird ein reines Vergnügen.«

Es war fast sieben Uhr abends, als die Schauspieler endlich erfuhren, welche Rollen sie in *Die Zeit und die Conways* spielen würden. Alle saßen auf ihren Stühlen und taten möglichst gelassen, aber Esther wußte, daß jeder – sie selbst eingeschlossen – aufgeregt und nervös war. Wenn man sein Herz an eine bestimmte Rolle verloren hatte – bei ihr war es nach dem Probelesen die der Hazel – und sie dann nicht bekam, war das ein schreckliches Gefühl. Normalerweise bekam das sonst niemand mit, aber in diesem Fall würde das ganze Ensemble sofort sehen, wer mit seiner Rolle zufrieden war und wer nicht. Es würde ebensoviel falsches Mitleid geben wie falsche Glückwünsche.

Esther kam der Gedanke, daß es vielleicht besser gewesen wäre, wenn Christopher sie einzeln beiseite genommen hätte, um ihnen mitzuteilen, welche Rolle er für jeden vorgesehen hatte, aber offensichtlich sollte auch dies Teil seiner Ensemblepolitik sein. Alles sollte öffentlich abgehandelt werden, es sollte keine Geheimnisse geben. Aber so würde es nicht sein, Geheimnisse gab es immer, dachte Esther, und die meisten davon würden mit den Beziehungen des Ensembles untereinander zu tun haben. Trotzdem würde die Fassade der Offenheit gewahrt bleiben.

»Also«, begann Christopher gut gelaunt, »einige dieser Rollen sind gegen den Typ besetzt worden. Ich denke, so wird die Produktion aufregender. Natürlich bin ich nicht ins Extrem gegangen. Es wird niemanden überraschen, daß Mary Mrs. Conway spielen soll. Es wäre lächerlich, wenn eine von den Jüngeren die Rolle spielen würde, besonders da sie im mittleren Akt fünfzig ist. Dafür wird es aber einige andere Überraschungen geben, und ich hoffe, daß niemand allzu enttäuscht, einige aber sehr angenehm berührt sein werden. Ich bin es jedenfalls.«

»Ich wünschte, er würde mit dem Gerede aufhören und weitermachen«, flüsterte Rosie Esther zu, die nickte.

»Die Rolle der Kay«, begann Christopher und sah lächelnd über die Runde, »wird von ...« Er zögerte einen Augenblick. Rebecca saß aufrecht auf ihrem Stuhl, erwartungsvoll und angespannt. »... Esther gespielt«, beendete Christopher den Satz.

Esther wagte es nicht, Rebecca anzusehen. Sie wußte nur allzu gut, wie sich die andere jetzt fühlte und verstand auch gar nicht recht, warum sie die Rolle bekommen hatte. Sie würde bis an ihre Grenzen gehen müssen und hatte furchtbare Angst, vielleicht zu versagen. Natürlich wußte sie, wie sicherlich auch die anderen, daß es eigentlich die Rolle der Hazel, der blonden Schönheit mit dem weichen Herz war, die ihr auf den Leib geschrieben schien. Die intelligente, vernünftige Kay, mit ihren Visionen und ihrer analytischen Sicht des Lebens – das war einfach nicht Esther.

»Hazel«, fuhr Christopher fort, als merke er gar nichts von den Reaktionen des Ensembles, »wird von Rebecca gespielt.« Immer noch wagte Esther nicht, aufzuschauen, aber sie hörte Geflüster und wußte, daß die anderen Ensemblemitglieder von der Besetzung ebenso überrascht waren wie sie selbst.

Christopher blickte recht selbstzufrieden drein. Offenbar war die Wirkung beabsichtigt, die er erzielt hatte. Er fuhr mit der Besetzungsliste fort. Zu ihrer Erheiterung hörte Esther, daß Ellie die impulsive, leicht überdrehte Sechzehnjährige spielen sollte, Carol. Mit ihrem jugendlichen Aussehen war sie sicherlich am besten für die Rolle geeignet, aber ihr Charakter war eine andere Sache. Rosie sollte Hazels Freundin Joan darstellen – ein hübsches, aber etwas dummes Mädchen. Auch diese Besetzung schien nicht unlogisch. Aber als es um die Rolle der Madge ging – ein Mädchen, das ein anspruchsvolles College hätte besuchen sollen, das barsch, belesen und selbstbewußt war und etwas von einer spröden Lehrerin an sich hatte – hört man förmlich, wie alle tief Luft holten, als Christopher verkündete, daß Theresa diese Rolle übernehmen würde.

»Eines muß ich sagen«, murmelte Damon, an Ellie gewandt, die auf der anderen Seite von Esther saß. »Sie entspricht nicht den Lehrerinnen, die im zwanzigsten Jahrhundert auf die Bühne gebracht worden sind. Ich frage mich, wie er es anstellen will, ihren Busen zu verkleinern.« Ellie prustete lachend, tat dann jedoch, als müsse sie husten, weil Christopher ihr einen prüfenden Blick zugeworfen hatte.

Dann kamen die Rollen der beiden Conway-Brüder an die Reihe. Alan – der etwas langweilige und introvertierte Gefreite – ging an Noel. Robin – ein beeindruckender, gutaussehender Offizier der Royal Air Force, charmant und attraktiv – sollte, was niemanden überraschte, von Christopher selbst gespielt werden. Wie erwartet, ging die Rolle des Ernest Beevers – des schroffen Manns aus der Unterschicht, der nach oben will – an Damon. Da er gar keine andere Rolle gelesen hatte, überraschte das wirklich niemanden. Michael, der junge Mann, der sich mit Noel eine Wohnung teilte, bekam die Rolle des Gerald, des netten, gutaussehenden jungen Anwalts. Das bedeutete, daß für Nicholas Maxwell keine Rolle mehr übrig war.

Esther warf ihm einen Blick zu, und er sah keineswegs zufrieden drein. Er hatte die Rolle des Ernest Beevers und die Alans gelesen, aber keine der beiden schien ihm im geringsten zu liegen. Das hatte ihn jedoch nicht davon abhalten können, deutlich zu machen, daß er damit rechnete, dabeizusein. Stirnrunzelnd saß er da, während sich Theresa, die links neben ihm saß, zu ihm beugte und ihm einige zweifellos tröstende Worte ins Ohr flüsterte. Das einzige andere Mitglied des Ensembles ohne Rolle war George Hickey. Das hatte niemanden überrascht, George am allerwenigsten. Für ihn gab es in dem Stück eigentlich auch gar keine Rolle, und Christopher hatte ihm ja schon den Lear in der gekürzten Tourfassung versprochen. Für jemanden wie George schien das die Chance seines Lebens zu sein, neben der eine Rolle in *Die Zeit und die Conways* zur Bedeutungslosigkeit verblaßte.

»Also«, sagte Christopher brüsk, »mir scheint, daß einige von euch recht überrascht sind, welche Rollen sie bekommen haben, aber ich bin völlig überzeugt, daß ihr sie mehr als gut ausfüllen werdet. Es tut mir leid, daß dieses Mal nichts für Nicholas und George dabei ist, aber im Laufe der Saison wird es immer wieder vorkommen, daß jemand nicht spielt.«

»Es würde mich wundern, wenn das auch auf Christopher zutreffen sollte«, murmelte Damon.

»In einem Ensemble wie dem unseren«, fuhr Christopher fort, »ist jeder ein Teil der Produktion, auch wenn er nicht auf der Bühne steht. Jeder ist gleich wichtig. Wo wären wir schließlich ohne Souffleure, ohne den Mann für die Requisiten, ohne Werbung? Nein, was mich betrifft, so hat dieses Ensemble keine Stars, und es hat keine Mitläufer.«

»Ich frage mich, ob er das wirklich glaubt«, sagte Esther zu Rosie. Rosie sah sie verunsichert an. »Es kann einfach nicht so sein«, fügte Esther hinzu. »Ich meine, Christopher Wheldon ist nun mal ein Star; daran kann er nichts ändern.«

»Hör schon auf«, zischte Rosie. »Du weißt, wie er es meint, und ich finde es sehr nett von ihm.«

So ließ sich das natürlich auch betrachten, aber wenn Esther sich an Marcus erinnerte, konnte sie sich des Gefühls nicht erwehren, daß es hier darum ging, einige bei guter Laune zu halten. Was nicht bedeutete, daß sie Christopher nicht verführen wollte. Sein Selbstbewußtsein machte ihr nichts aus, im Gegenteil, wahrscheinlich war es dieses Ego, das sie anzog. Nach Marcus würde es kaum möglich sein, jemanden attraktiv zu finden, der keine Starqualitäten besaß. Christopher war jedenfalls außerordentlich attraktiv. Im Gegensatz zu Damon, hinter dessen düsteren Zügen man Geheimnisse witterte, die eine schöne Maske verbarg, löste Christophers jungenhafter Charme bei Esther nicht nur sexuelle Neugier sondern auch den Wunsch aus, ihn zu bemuttern. Die Kombination war unwiderstehlich.

»Nun, das wäre es dann«, sagte Christopher. »Wenn einer von euch mit mir über seine Rolle sprechen möchte, dann ist morgen sicherlich die beste Zeit dafür. Jetzt sollten wir alle nach Hause gehen. Es war ein langer Tag, und wir haben hart gearbeitet. Vielen Dank, und bis morgen, pünktlich um zehn.«

Damon stand sofort auf. Esther sah ihm nach, als er mit großen Schritten zum anderen Ende des Raums ging, seinen langen, dunkelblauen Wollmantel anzog, einen kastanienbraunen Schal um den Hals schlang und zur Tür hinaus eilte. Ellie lief ihm hinterher. Nicholas Maxwell machte Anstalten, auf Christopher zuzugehen, aber der drehte sich demonstrativ um und plauderte plötzlich angeregt mit Theresa. Rebecca fing Nicholas ab und begann eine angeregte Unterhaltung mit ihm.

Esther hätte gerne selbst mit Rebecca gesprochen. Sie wollte wissen, was sie davon hielt, die Hazel zu spielen, und ob sie Christopher dahingehend beeinflussen konnte, die Rolle mit ihr zu tauschen. Es schien ihr allerdings kaum wahrscheinlich. Christopher war nicht die Art von Mann, der sich gerne beeinflussen ließ, von wem auch immer. Er hatte seine eigenen Vorstellungen.

Noel und Michael erhoben sich. Noel drehte sich zu Esther um. »Hast du Lust, auf einen Kaffee bei uns vorbeizukommen?« fragte er. »Rosie kommt auch, nicht wahr, Rosie?«

Rosie nickte. »Ach ja, Esther, komm doch mit. Wir müssen uns über alles unterhalten. Du freust dich sicher sehr über die Rolle der Kay.«

»Eigentlich nicht«, gestand Esther. »Ich dachte, ich würde Hazel bekommen.«

»Nun, Rebecca glaubte, ihr wäre die Kay zugedacht, also habt ihr was gemeinsam«, sagte Michael lachend. »Also, kommst du? Wenn du abends in das Haus zurückkehrst, in dem du mit Marcus gewohnt hast, fühlst du dich bestimmt manchmal einsam.«

»Vielen Dank, aber heute lieber nicht«, antwortete Esther. »Ich bin total fertig. Ich will nur noch was essen, duschen und ins Bett gehen. Ein anderes Mal gerne, okay?«

»Aber klar«, entgegnete Noel, ohne beleidigt zu sein. »Also dann, Rosie, gehen wir.«

Esther folgte den dreien nach draußen. An der Tür sagten

sie Christopher gute Nacht, und er schenkte ihnen ein warmes Lächeln; als Esther sich noch einmal zu ihm umdrehte, sah sie, wie er ihr zwinkernd zuwinkte. Zu ihrer eigenen Überraschung fand sie das ziemlich aufregend. In seiner Geste hatte eine Intimität gelegen, die bislang nicht sichtbar geworden war, und sie hegte die Hoffnung, daß ihr Plan, ihn zu verführen, vielleicht doch nicht so schwer in die Tat umzusetzen war, wie sie schon gefürchtet hatte.

Als sie zu Hause war, rief sie Lydia an. Sie hatte ihr versprochen, sofort Bescheid zu sagen. »Hi, Lydia, rat mal, welche Rolle ich bekommen habe.«

»Nun ja, ich würde darauf wetten, daß es die der Hazel ist«, sagte Lydia.

»Gut, daß du es nicht getan hast«, entgegnete Esther lachend. »Ich soll die Kay spielen.«

Eine Weile sagte Lydia gar nichts. »Kay?« fragte sie schließlich. »Aber das bist doch nicht du.«

»Oh, vielen Dank«, meinte Esther. »Eigentlich ziemlich beleidigend. Glücklicherweise hat Christopher mehr Vertrauen in meine Fähigkeiten als Schauspielerin als du.«

»He, du weißt, wie ich das meine!« protestierte Lydia. »Aber du hast noch gestern zu mir gesagt, daß du Hazel spielen möchtest. Ich weiß, ganz am Anfang hat Christopher was von Kay gesagt, aber nachdem du das Stück gelesen hattest, warst du doch selbst der Meinung, daß Hazel die richtige Rolle für dich sei. Abgesehen davon – Hazel ist blond und hübsch, und Kay soll nicht annähernd hübsch sein. Und wer in aller Welt spielt jetzt Hazel?«

»Rebecca Leslie.«

»Und wer ist Rebecca Leslie?« fragte Lydia.

»Es handelt sich um Christophers Freundin. Sie ist groß, hat langes schwarzes Haar und ein sehr ausdrucksvolles Gesicht.«

»Nun, das klingt ganz so, als solle eher sie Kay spielen«, meinte Lydia. »Was denkt sich Christopher Wheldon nur dabei?«

»Er sagt, es sei aufregend, gegen den Typ zu besetzen«,

antwortete Esther, etwas in die Defensive gedrängt. Sie wunderte sich über sich selbst, aber auch wenn sie insgeheim Lydias Meinung teilte, fühlte sie sich verpflichtet, Christopher zu verteidigen. Außerdem hatte sie den Verdacht, daß Christopher ihr ein Kompliment hatte machen wollen. Wenn er der Meinung war, daß sie die Kay spielen konnte, dann sah er sicherlich mehr Tiefe in ihrem Spiel, als Lydia sich vorstellen konnte.

»Nun, es hat ja keinen Sinn, darüber zu streiten«, sagte Lydia. »Zumindest denkst du jetzt nicht mehr an den fiesen Marcus. Aber sag mal, wen spielt Damon Dowden?«

»Ernest Beevers, natürlich«, antwortete Esther. »Das einzige Problem besteht darin, daß Ernest in dem Stück als kleiner, dünner Mann beschrieben wird. Damon ist alles andere als klein – er ist etwa einsachtzig –, und er ist zwar schlank, aber ziemlich grobknochig. Aber das macht nichts; seine Textprobe war glänzend.«

»Er glänzt in allem, was er macht«, meinte Lydia. »Ich finde, er sieht unglaublich gut aus, und ich wünschte, ich wäre mit ihm in einer Truppe.«

»Trotzdem ist er ein bißchen seltsam«, meinte Esther. »Ich weiß gar nicht genau, warum er sich uns angeschlossen hat. Er scheint nicht allzu viel von Christopher zu halten und flüstert dauernd irgendwelche sarkastischen Kommentare, meistens zu Ellie Ford.«

»Ellie Ford!« wiederholte Lydia. »Mein Gott, ich war mal mit ihr in einem Alternativ-Ensemble. Ich glaube, sie hat mit jedem männlichen Mitglied der Truppe geschlafen, und das Stück lief nur eine Woche.«

»Wie viele Männer waren denn dabei?« fragte Esther lachend.

»Etwa zwei Dutzend«, kicherte Lydia. »Nein, das stimmt nicht, aber zwölf werden es schon gewesen sein. Sie sieht zwar wie so ein Girlie aus, aber in Wirklichkeit verschlingt sie Männer zum Frühstück. Da wird Damon alle Händevoll zu tun haben.«

»Das ist seine Sache.« Sie würde Lydia keinesfalls anvertrauen, daß sie Damon Dowden ebenfalls äußerst attraktiv fand. Es brachte nichts. Erstens zeigte er keinerlei Interesse an ihr, und außerdem hatte sie ja ihre Fühler nach Christopher ausgestreckt.

»Jetzt machen wir aber Schluß«, meinte Lydia schließlich, nachdem sie noch weitere zwanzig Minuten geplaudert hatten. »Du mußt völlig erschöpft sein. Tut mir leid, wenn ich vorhin so boshaft war. Ich hatte mir dich einfach nicht als Kay vorgestellt, aber ich bin sicher, daß du deine Sache fantastisch machen wirst. Herzlichen Glückwunsch, noch mal. Und jetzt schlaf dich aus. Und laß mich auf alle Fälle wissen, wann die Premiere ist. Das darf ich auf keinen Fall verpassen.«

»Ich bin sicher, daß du es auch so erfahren würdest«, entgegnete Esther. »Christopher wird schon dafür sorgen, daß sämtliche Daten in allen Zeitungen stehen. Wenn er den Leuten die Klassiker nahebringen will, dann bestimmt mit Getöse. Sonst hätte es ja auch keinen Sinn, oder?«

»Sicher nicht«, stimmte ihr Lydia zu. »Halt mich auf dem laufenden, okay?«

Esther versprach es und legte den Hörer auf. Irgendwie hatte sie das Gefühl, als solle sie Lydia in Zukunft nicht mehr so oft anrufen. Sie erinnerte sie zu sehr an die Zeit auf der Schauspielschule und an die Zeiten mit Marcus. Für Esther ging es jetzt weiter. Auf keinen Fall hatte sie vor, Lydia in ihre geheimen Pläne einzuweihen. Nein, es wäre besser, wenn sie ihre Freundin während der Proben nur einmal in der Woche anrief. War sie dann unterwegs, brauchte sie keinen Kontakt zu halten, bis die Tournee vorbei war.

Trotz ihrer Müdigkeit las sie im Bett noch in dem Stück, was ungewöhnlich für sie war, bis ihr nach dem ersten Akt die Augen zufielen. Im Innersten wußte sie, daß sie für die Rolle der Kay viel arbeiten mußte, auch wenn Christopher das verneint hatte.

In der Wohnung von Noel und Michael herrschte das Chaos. Überall lagen Kleidungsstücke herum, schmutzige Teller stapelten sich, und auf dem Boden standen Gläser, in denen Reste von Flüssigkeit pappten. Dazu die unvermeidlichen überquellenden Aschenbecher. Rosie fühlte sich sofort wie zu Hause; genauso hatte die Wohnung junger Schauspieler auszusehen. Daß sich hier zwei den Raum teilten, hatte das Problem allerdings verdoppelt, aber das machte Rosie nichts aus. Zum Glück war sie selbst nicht besonders ordentlich.

»Vielleicht finden wir ein freies Fleckchen zum Sitzen«, sagte Noel. »Michael holt dir was zu trinken, nicht wahr?«

»Klar«, meinte Michael großzügig. »Was möchtest du?«

»Habt ihr Wein da?«

»Nur roten.«

»Roter ist okay«, sagte Rosie und setzte sich auf das Dreiersofa, wobei sie fast bis auf den Boden sank. Entweder waren die Federn kaputt, oder die Polsterung war wirklich sehr weich.

»Du wirst eine großartige Joan abgeben«, sagte Noel, als sie ihre Getränke vor sich stehen hatten. »Hübsch genug bist du auf alle Fälle.«

»Ich hoffe nur, daß ich nicht so dümmlich bin wie sie«, kicherte Rosie.

»Natürlich nicht«, sagte Michael. »Wir halten dich beide für ein sehr intelligentes Mädchen. Stimmt doch, Noel, oder?«

»Jeder, der uns mag, muß intelligent sein«, bestätigte Noel.

Eine Weile plauderten sie noch über das Ensemble und ihr Rollen, bis Rosie auffiel, daß die beiden Männer auf jeder Seite von ihr die Arme auf die Sofalehne gelegt hatten. Noel begann sanft ihren Nacken zu streicheln; sie schmiegte sich an ihn, und Michael streichelte ihren Arm. Sie fühlte sich sehr wohl und behaglich zwischen den beiden, und als Noel anfing, an ihrem Ohr zu knabbern, wußte sie, daß ein fantastischer Abend vor ihr lag. Kurze Zeit später folgte sie den beiden ins Schlafzimmer. Hier war es nur deshalb etwas sauberer als in dem anderen Zimmer, weil das große Bett fast allen Platz einnahm.

»Wer von euch schläft hier?« fragte sie verwundert.

»Wir wechseln uns ab«, antwortete Michael. »Hängt davon ab, wer von uns jemanden mitbringt. Ist auch extrem praktisch für einen flotten Dreier.«

Es folgte ein kurzes Schweigen. Noel und Michael sahen Rosie erwartungsvoll an. Ihr war klar, daß sie jetzt die Wahl hatte; sie wußte, daß sie sich aussuchen konnte, ob sie mit einem von ihnen oder allen beiden ins Bett gehen wollte. Schwer fiel ihr die Entscheidung nicht. Die meisten Frauen, davon war Rosie überzeugt, würden jede Gelegenheit nutzen, sich von zwei Männern verwöhnen zu lassen, besonders wenn sie so gut aussahen wie Noel und Michael. Wortlos band sie die Trainingsschuhe auf, die sie bei den Proben getragen hatte, und entledigte sich dann so provozierend wie möglich der weiten Trainingshose, die zur traditionellen Probenkleidung gehörte.

Beide Männer schauten einigermaßen verblüfft drein, als sie sahen, daß sie unter der bequemen Hose ein schwarzes, hoch ausgeschnittenes Seidenhöschen trug. Auch sie zogen sich aus, beobachteten aber genau, wie sie ihr Oberteil abstreifte, unter dem ein schwarzer Seiden-BH zum Vorschein kam. Ihre vollen, blassen Brüste quollen hervor, und Noel pfiff anerkennend. »Mein Gott, du hast einen fantastischen Körper.« Seine Stimme klang vor Erregung belegt.

»Auf jeden Fall«, pflichtete ihm Michael aus ganzem Herzen bei.

Als Rosie die beiden ansah, fühlte sie so etwas wie Macht. Sie stieg in die Mitte des Bettes, kniete sich hin und breitete die Arme aus. »Also, wer ist der erste?« fragte sie lächelnd.

»Oh, das mit dem ersten ist so eine Sache«, entgegnete Noel und legte sich nackt neben sie. »Eigentlich wollten wir dich beide zusammen lieben.«

»Vorausgesetzt, du hast nichts dagegen«, meinte Michael.

Rosie seufzte erwartungsvoll. »Das klingt fantastisch«, sagte sie, nahm dann das Glas, das Noel ihr hinhielt, und trank den Wein aus.

Sofort zogen die beiden ihr die Dessous aus, so daß sie

nackt zwischen ihnen auf dem Bett lag. Noel war hinter ihr und rieb seinen steifen Penis an ihren Pobacken, während Rosie ihren Busen an Michaels Brust drückte. Einige Minuten lagen sie so beieinander, dann begann Michael ihre Brüste zu liebkosen. Er nahm sie in die Hände und vergrub sein Gesicht darin, bevor er die eine leckte und die Brustwarze der anderen zwischen den Fingern rieb.

Während er so beschäftigt war, ließ Noel seine Hand über ihren leicht gerundeten Bauch gleiten. Schließlich strich er über ihr Schamhaar, bis er mit kreisenden Bewegungen ihren langsam anschwellenden Kitzler stimulierte.

Sie spürte bereits die ersten Zeichen der Erregung, als Michael, der noch immer ihre Brüste hielt und sie sanft massierte, mit der Zunge ihre Seite entlangfuhr, bis er an den Bauchnabel kam. Er griff nach dem Glas und ließ die letzten Tropfen Wein in die kleine Höhlung fließen. Sie zuckte zusammen, als er sie ausleckte, ihr ganzer Körper zitterte vor Erwartung.

Erst nachdem die beiden Männer sie noch eine ganze Zeitlang stimuliert hatten, legte sich Michael auf den Rücken, und Noel rollte Rosie herum, so daß sie mit ihrem Rücken auf Michaels Körper lag, ihr Kopf an seinem Hals. Er hob die Arme und fuhr fort, ihre üppigen Brüste zu reizen. Die Brustwarzen waren bereits hart und hatten sich steil aufgerichtet. Michael rieb und zog gierig an ihnen.

Noel dirigierte Rosie jetzt so, daß ihre Beine genau auf denen Michaels lagen. Dann hielt er sie an den Knöcheln fest, und in diesem Augenblick spreizte Michael seine Beine, so daß auch Rosie breitbeinig vor Noel lag. Das Gefühl, von den beiden Männern manipuliert zu werden, um in den größtmöglichen sexuellen Genuß zu kommen, erregte sie so sehr, daß sie schon mehr als feucht zwischen den Beinen war.

Plötzlich spürte sie Noels Zunge an der Innenseite ihrer Oberschenkel und schnappte nach Luft. Michael drückte ihre Brüste gegeneinander, rieb die Warzen so heftig, daß Funken der Lust zwischen ihre Beine hinunterschossen, wo

Noel sich mit langsam kreisenden Bewegungen voranarbeitete.

Rosies Kitzler war heiß, und sie spürte, wie ihre Schamlippen anschwollen. Erleichtert seufzte sie auf, als sie spürte, wie Noel sacht mit seiner Zunge darum kreiste. Sie hob ihr Becken an und schob es ihm entgegen, doch mit einem leisen Lachen drückte er sie nach unten, so daß sie wieder flach auf Michaels Körper lag. »Michael mag das Gefühl von Haut an Haut«, sagte er verführerisch. »Mach ihn glücklich, Rosie. Wenn du deinen Körper an ihn preßt, dann ist er im siebenten Himmel – stimmt's, Michael?«

Michael murmelte zustimmend, und Rosie wurde klar, daß sie ein Spiel mit ihr spielten. Ein Spiel, das sie quälen und heiß machen sollte.

Plötzlich bäumte sich Michael etwas auf, was bedeutet, daß auch Rosies Beine hochgehoben wurden. Wenn Noel sie nicht festgehalten hätte, wäre sie von Michael abgerutscht, aber so lagen ihre Beine immer noch auf seinen ausgebreitet vor Noel. Sie erwartete, sehnte sich danach, daß er endlich mit seiner Zunge ihren pochenden Kitzler berühren würde, aber statt dessen zog er eine langsame Spur entlang ihrer Schamlippen; gleichzeitig streichelte er mit den Fingern die Ritze zwischen ihren Pobacken. Plötzlich kniff ihr Michael in die rechte Brustwarze, und durch Rosies Brüste schoß eine solche Welle der Erregung, daß sie nach Luft schnappte. In diesem Augenblick stieß Noel mit der Zunge in ihre Vagina vor, als sei es sein Penis. Rosie spürte, wie sich ihre Bauchmuskeln zusammenzogen und hörte Noel murmeln: »Sie kommt, Michael«, den Bruchteil einer Sekunde vor ihrem ersten Orgasmus.

Die beiden Männer warteten, bis sie wieder ruhig dalag, und nachdem sie ihr einige Sekunden Pause gegönnt hatten, berührte Noel ihren Kitzler erneut, dieses Mal jedoch so leicht wie mit einer Feder. Rosie glaubte zuerst, daß sie sofort wieder kommen würde, aber Noel wußte das zu verhindern, indem er zu einer sanften, saugenden Bewegung seiner Lippen überging. Er verschaffte ihre ein vollkommenes Glücksgefühl; es kam ihr vor, als würde diese heiße Spannung in ihrem Bauch und ihren Brüsten nie mehr enden. Michaels Hände verwöhnten derweil unablässig ihre Brüste, und ihre Muskeln verkrampften sich, als der zweite Orgasmus nahte. Plötzlich hob Noel den Kopf, schob zwei Finger in ihre Vagina und massierte langsam ihren G-Punkt.

Rosie hätte schreien können. Das Gefühl war fantastisch, auch wenn es das Nahen ihres zweiten Orgasmus unterbrochen hatte. Michael flüsterte ihr versöhnlich ins Ohr, daß es den Aufschub wert sei, sie wüßten schon, was sie täten.

Noch ein paarmal wiederholte Noel die herrliche Folter, verwöhnte sie mit der Zunge und den Lippen, um immer dann, wenn sie kurz vor dem Orgasmus stand, den Kopf zu heben und ihren G-Punkt zu massieren. Erst als die beiden Männer spürten, daß sie es langsam nicht mehr aushielt, spielte Noel mit Zunge und Lippen gleichzeitig an ihrem Kitzler, und als sie sich aufbäumte, kehrten auch seine Finger wieder in ihre Vagina zurück.

Sie kam, und das Gefühl der Befreiung war so überwältigend, daß sie vor Lust laut aufschrie. Als es vorbei war, rollte Noel sie vorsichtig von Michaels Körper, und sie lag wieder wie vorher zwischen den beiden.

»War das nicht großartig?« fragte Noel.

»Unglaublich«, murmelte Rosie, immer noch leicht benommen. Alle ihre Nerven vibrierten, schienen wie mit Elektrizität geladen.

»Jetzt wird es langsam Zeit, daß auch wir unseren Spaß haben«, sagte Michael, und erst jetzt wurde Rosie klar, daß der Abend noch lange nicht vorbei war. Der Gedanke gefiel ihr.

»Aber natürlich sollst du selber auch nicht zu kurz kommen«, fügte Noel hinzu. »Deshalb werden wir dich ein wenig vorbereiten.« So wie Rosie sich fühlte, glaubte sie bereits sehr gut vorbereitet zu sein. Und zu wissen, daß sie bald zwei Männer zugleich befriedigen würde, machte sie unglaublich an. Offenbar hielten die beiden noch weitere Freuden für sie bereit, bevor sie selbst zum Höhepunkt kommen wollten.

Sie bewegten sich etwas von ihr weg, doch hielt jeder eine Hand auf ihrem Körper, so daß der Kontakt zwischen ihnen nicht verloren ging. Nach einigen Augenblicken strich ihr Noel über den Bauch, während Michael mit seiner Zunge an ihrem Hals und ihrem Ohr spielte. Noel begann mit gut eingeölten Händen ihre Brüste zu massieren.

Zunächst glitt seine rechte Hand diagonal über ihre rechte Brust, zur Schulter hinauf. Dann ließ er auf die gleiche Weise seine linke Hand über ihre linke Schulter gleiten. Das Gefühl war herrlich, und er wiederholte die Bewegung immer wieder, bis sie es nicht mehr auszuhalten glaubte. Als sich ihr Atem beschleunigte, lächelte Noel sie an.

»Zeit für etwas anderes«, sagte er lockend.

Mit einer Fingerspitze begann er sanft Spiralen über eine ihrer Brüste zu ziehen, von außen beginnend und in immer engeren Kreisen, bis er die Brustwarze erreicht hatte. Noch nie waren ihre Brüste so sanft berührt worden, und als er die Bewegung auf der anderen Brust wiederholte, stieß sie einen leisen Schrei aus.

»Fühlt sich das gut an?« fragte er.

»Es ist absolut fantastisch«, flüsterte Rosie. »Hör bloß nicht auf.«

»Ich habe nicht vor, aufzuhören«, versicherte er. »Im Gegenteil, es ist noch lange nicht zu Ende.«

Rosie zitterte. Dies war die aufregendste Liebesnacht ihres Lebens. Als nächstes kniff Noel mit vor Konzentration schmalen Augen in ein Stückchen Haut neben ihrer rechten Brustwarze und ließ die anderen Finger sacht neben der Haut entlanggleiten, die er angehoben hatte. Die Erregung flutete durch Rosies Brüste, und sofort wurden ihre Brustwarzen wieder steif. Noel reagierte darauf, indem er die rechte behutsam zwischen seinen geölten Zeigefinger und den Daumen nahm und sie hin und her drehte. Das einzige, was man im Zimmer hören konnte, war Rosies Atem, und als sie dachte, daß dieses Gefühl nicht mehr intensiver werden könnte, nahm Noel auch die andere Brustwarze zwischen die Finger und rieb sie auf die gleiche Weise.

Der Strom der Lust wanderte von ihren Brüsten hinunter in ihren Bauch und in ihre Vagina. Erst als Noel beide Brüste intensiv stimuliert hatte, gönnten sie ihr einen Augenblick Ruhe. Ihre Sinne waren elektrisiert wie nie, und als Michael sie auf die Seite rollte und sachte ihre Knie an ihre Brüste drückte, sah sie Noel mit Augen an, die vor Erregung und Lust glänzten. »Was hat er vor?« fragte sie.

»Wart's ab«, entgegnete Noel. »Es wird dir gefallen.« Erneut begann er ihre Brüste zu stimulieren, und unter seinen geübten Händen vibrierten ihre Nerven sofort.

Als Rosie spürte, wie Michael ihre Pobacken auseinanderzog, spannte sie ihren Körper unwillkürlich an. »Keine Bange«, beruhigte Michael sie. »Wir würden niemals etwas machen, das dir weh tut. So wird es nur einfacher für uns alle, zum Höhepunkt zu kommen.«

Aus irgendeinem Grund hatte Rosie vollkommenes Vertrauen zu ihnen. Sie spürte, wie sich ein gut geölter Finger zwischen ihre Pobacken schob und etwas Gel verteilte. Dann hörte sie, wie Michael aufstand und durch das Zimmer ging, aber als sie sich umdrehen wollte, beugte sich Noel zu ihr herunter und küßte sie. Seine Zunge glitt über ihre Mundwinkel, und er preßte seine Lippen fest und fordernd auf die ihren. Sofort erwiderte sie Noels Kuß, und erst als sie Michaels Körper wieder spürte, dachte sie erneut an ihn.

»Ich habe hier etwas, das dir Spaß machen wird«, sagte er leise. »Es sollte sich wirklich gut anfühlen –, wenn nicht, laß es mich wissen.«

Eine Sekunde lang kamen Rosie Zweifel, aber Noel zerstreute sie sofort. »Es wird schön«, versprach er ihr. »Wirklich, du wirst vor Geilheit zerfließen.«

Allein seine Worte reichten fast schon dazu aus. Noch nie zuvor war sie mit Männern im Bett gewesen, die so geübt und kreativ waren wie diese beiden.

Michael hatte inzwischen eine dünne Latexhaut über den Vibrator gezogen, den er mitgebracht hatte. Mit größter Vorsicht schob er ihn zwischen Rosies Pobacken, und als die zweite Markierung des Stabs verschwunden war, schaltete er das Gerät auf der niedrigsten Stufe ein. Es begann zu vibrieren, und Rosie spürte, wie sie ein nie gekanntes Gefühl der Erregung durchflutete. Gleichzeitig schwoll ihre Klitoris noch mehr an, und sie sehnte sich danach, auch zwischen den Beinen stimuliert zu werden. Noel schien sofort zu begreifen.

»Mach es ruhig selbst«, schlug er vor. »Das macht uns nichts aus; im Gegenteil, wir sehen dir gerne zu, wenn du dich befriedigst.«

Rosie fragte sich eine Sekunde lang, wo ihre Hemmungen blieben, aber dann ließ sie sich von der Atmosphäre des Abends, die gleichzeitig so lustvoll und so entspannt war, davontragen und überlegte nicht mehr, ob es irgendwelche Grenzen gab. Sie griff mit der Hand zwischen ihre Beine und begann mit kreisenden Bewegungen über ihre äußeren Schamlippen zu fahren, so daß die Klitoris indirekt stimuliert wurde.

Noel sah, wie sich ihre Bauchmuskeln spannten. »Wenn du willst, kannst du kommen«, schlug er vor. Die Kombination dieser Worte, des Zaubers seiner Hände und des unglaublichen Gefühls in ihrem Po reichten aus, um sie augenblicklich zum Orgasmus kommen zu lassen. Erneut zuckte und wand sich ihr Körper auf dem Höhepunkt.

Als ihre Lust abgeebbt war, stellte Michael den Vibrator ab und entfernte ihn vorsichtig. Noel hörte auf, ihre Brüste zu massieren, küßte sie und richtete sie auf. Noch leicht benommen beobachtete Rosie, wie sich Noel auf die Bettkante setzte, die Füße auf dem Boden. Dann legte er sich flach auf den Rücken. Seine Erektion war beeindruckend. »Zeit, um an die Arbeit zu gehen, Rosie«, sagte er grinsend.

»Was soll ich tun?« fragte sie mit einem Lächeln.

»Setz dich einfach auf mich und stütz dich zu beiden Seiten meiner Schultern mit den Händen ab«, sagte Noel.

Er mußte Rosie nicht zweimal bitten. Sie schob sich über seinen steifen Schwanz und ließ sich dann langsam herab, bis er ganz in ihr steckte. Dann beugte sie sich nach vorne, wie er es sich gewünscht hatte, so daß ihre Brüste dicht vor seinem Mund waren. Fordernd schob sie sich ihm entgegen, weil sie wollte, daß er ihre schmerzenden Brustwarzen in seinen Mund nahm, was er folgsam tat.

In diesem Augenblick hörte sie, wie ein Kondom ausgepackt wurde. Sie warf einen Blick über die Schulter und sah, daß Michael sie von hinten nehmen wollte. Auf diese Art hatte Rosie es noch nie getan, aber sie wußte schon jetzt, daß es herrlich sein würde. Noel hielt mit seinen Lippen ihre linke Brustwarze umschlossen, und Rosie zitterte erwartungsvoll. Sie spürte, wie Michael ihre Pobacken auseinanderschob und langsam in sie eindrang. Das unglaubliche Gefühl, von beiden Seiten ausgefüllt zu sein, war so erregend, wie Noel versprochen hatte. Als Michael ganz eingedrungen war, hörte er auf, sich zu bewegen.

»Jetzt liegt es an dir«, sagte Noel sanft. »Wir rühren uns nicht mehr. Aber wenn du deine Hüften vor- und zurückschiebst, kannst du uns beide zur gleichen Zeit zum Höhepunkt bringen.«

Sie begann, sich zu bewegen, zuerst langsam, dann, als sie das Stöhnen und Japsen der beiden Männer hörte, deren Erregung schnell wuchs, immer schneller. An Noels Gesicht sah sie, daß er gleich kommen würde, doch Sekunden, bevor es soweit war, hielt sie abrupt inne. Noel riß die Augen auf und sah sie verblüfft an. »Hör bitte nicht auf«, stöhnte er in kaum gespielter Verzweiflung.

»Ich dachte, ihr würdet gerne noch ein paar Minuten warten«, sagte Rosie lachend. »Schließlich habt ihr im Gegensatz zu mir nur eine Chance.«

Sie hörte, wie hinter ihr auch Michael erregt und frustriert aufstöhnte. Beide wußten sie, daß Rosie nun mit ihnen spielte, so wie sie mit ihr gespielt hatten, aber sie wußten auch, daß ihre Gefährtin sie nicht allzu lange warten lassen würde. Schließlich wollte sie auch zum Höhepunkt kommen und würde nicht nur die beiden Männer, sondern auch sich selbst quälen, je länger sie wartete.

Um sie anzuspornen, griff Noel nach unten, und seine noch immer gut geölten Fingern ertasteten das Zentrum ihrer Lust. Er berührte ihren Kitzler, fuhr mit dem Finger über den schmalen Schaft, und fast augenblicklich spürte Rosie, wie sich alles in ihr zu einem gewaltigen Orgasmus aufstaute. Um sich endlich an den Punkt zu bringen, von dem aus es kein Zurück mehr gab, bewegte sie ihre Hüften immer schneller, wie im Rausch, ohne sich um die beiden Männer zu kümmern.

Nach wenigen Sekunden wurde sie von einem Gefühl durchflutet, als würde etwas in ihr schmelzen, und dann löste sich die furchtbare Anspannung in einer Welle der Befreiung, die durch jeden Teil ihres Körpers floß. Gleichzeitig erlebten auch die beiden Männer laut stöhnend und nach Luft schnappend jeder einen Orgasmus, wie er intensiver nicht sein konnte.

Als die letzten Funken der Erregung zerstoben, fühlte Rosie sich vollkommen erschöpft. Noch nie war sie so befriedigt worden, und sie war fast froh, als Noel und Michael sie freigaben. Sie hörte gerade noch, wie sich die beiden wieder neben sie legten und eine Decke über ihnen ausbreiteten, bevor sie in einen tiefen, traumlosen Schlaf versank.

4

Zu Beginn der zweiten Woche der vierwöchigen Proben wurde Esther endgültig klar, daß sie Probleme bekam. Wie sie von Anfang an befürchtet hatte, lag ihr die Rolle der Kay im Grunde nicht. Zum einen war ihr Aussehen ihr im Weg. Kay sollte nicht so hübsch sein wie Hazel, dafür aber um so intelligenter und vernünftiger. Auch wenn Rebecca die Rolle der Hazel sehr energisch anging, so konnte niemand darüber hinwegschauen, daß sie viel eher so aussah, wie Priestley sich Kay vorgestellt hatte, und sie deklamierte ihren Text auch so, wie Esther sich vorstellte, daß Kay gesprochen hätte.

Zunächst hatte sie noch gehofft, daß sie es sich nur einbildete, daß es ihr einfach an Selbstvertrauen mangelte und daß der Rest des Ensembles nicht mitbekam, womit sie kämpfte. Aber als sie sich Rosie anvertraute, machte die ein mitleidiges Gesicht. »Ich weiß nicht, warum er dich als Kay besetzt hat«, sagte sie. »Jeder kann sehen, daß es eine dumme Idee war. Mir ist auch nicht klar, warum er nicht jetzt noch Rebecca und dich die Rollen tauschen läßt. Noch ist es nicht zu spät, und wir sind alle der Meinung, daß ihr dann beide besser zurechtkämt.«

Am Dienstag der zweiten Woche, kurz nach der Mittagspause, nahmen sie die Proben dort wieder auf, wo sie sie zuvor unterbrochen hatten. Das Ende von Akt II haßte Esther besonders. An dieser Stelle mußte sie mit ihrem Bruder Alan – der sehr gut von Noel gespielt wurde – über die schrecklichen Änderungen sprechen, die in dem Abschnitt der gestörten Zeit stattgefunden hatten. Sie mußte auf das Mädchen zurückschauen, das sie mit neunzehn gewesen war und über den grausamen Verlauf der Zeit grübeln. An einer Stelle mußte sie sagen: »Es gibt einen großen Teufel im Universum, und wir nennen ihn Zeit.«

Jedesmal wußte sie genau, daß sie diesen Satz völlig verbockte. Entweder klang sie melodramatisch, oder, wenn sie versuchte, weniger Pathos reinzubringen, völlig desinteressiert. Mit einiger Nervosität ging sie die Szene an, und obwohl Noel sein Bestes tat, ihr zu helfen, herrschte am Ende des Dialogs – Esther mußte an dieser Stelle nachdenklich aus dem Fenster schauen – ein betretenes Schweigen im Probensaal.

»Also gut«, sagte Christopher schließlich, als Esther schon glaubte, das Schweigen würde ewig dauern. »Ich glaube, es ist an der Zeit für ein Gespräch. Setzen wir uns und unterhalten wir uns darüber, was Priestley beabsichtigt hat, ja?«

»Von mir aus lieber nicht«, sagte Damon zu Ellie, so laut, daß es jeder hören konnte. »Wer bis jetzt noch nicht weiß, was Priestley damit bewirken wollte, der sollte bei dem Stück gar nicht dabei sein.«

Esther errötete. Die Bemerkung war ohne Zweifel auf sie gemünzt. Alle anderen kamen mit ihren Rollen weitaus besser zurecht als sie.

»Wir können auch gut ohne solch negative Bemerkungen auskommen, Damon«, erklärte Christopher. »Also, setzt euch zusammen.«

Esther spürte, daß niemand besonders begeistert war, außer Rosie, die aber auf alles enthusiastisch zu reagieren schien; vor allem – wenn Esther sie richtig verstanden hatte – auf Noel und Michael. Sie wünschte, ihr wäre auch eine sexuelle Ablenkung zuteil geworden. Auch wenn sie zuerst zu verstört gewesen war, um den ständigen Sex zu vermissen, mit dem Marcus sie verwöhnt hatte, so merkte sie doch, daß sie langsam etwas reizbar wurde. Sie hungerte nach Sex, aber aufgrund der Schwierigkeiten, die sie mit ihrer Rolle hatte, konnte sie kaum hoffen, in Christophers Gunst zu steigen. Wenn überhaupt, dann schien es so, als könne nur Theresa neben Rebecca bestehen.

»Also«, sagte Christopher ernst. »Wir wissen, daß du sehr hart arbeitest, Esther. Wie machst du dich, deiner Meinung nach?«

Das war eine gemeine Frage, und Esther wünschte, er hätte sie nicht gestellt. »Im ersten und letzten Akt fühle ich mich einigermaßen wohl«, antwortete sie. »Aber den mittleren finde ich wirklich schwierig.«

»Du wirkst im mittleren Akt nicht sehr verändert«, meinte Ellie Ford.

»Das finde ich nicht«, unterbrach Rebecca. »Du bist anders, Esther – aber du wirkst eben nicht wie Kay.«

»Ich fühle mich auch nicht wie Kay«, gab Esther zu. »Um ehrlich zu sein, Christopher, ich bin nicht sicher, ob ich die Richtige für diese Rolle bin.«

»Natürlich bist du das«, sagte Christopher mit einem Hauch Verärgerung in der Stimme. »Du glaubst doch nicht, daß ich dich ausgesucht hätte, wenn ich nicht der Meinung gewesen wäre, daß du der Rolle absolut gewachsen bist, oder?« Esther schüttelte den Kopf. »Okay, dann schlage ich vor, daß wir jetzt ›Der heiße Stuhl‹ spielen«, sagte Christopher.

Esther hätte am liebsten laut aufgestöhnt. Sie haßte den heißen Stuhl, und sie glaubte auch nicht, daß dieses Spiel irgendeinen Sinn hatte. Allerdings wußte sie, wie beliebt es bei einer Menge Regisseure und Schauspieler war, und an den Gesichtern um sie herum konnte sie ablesen, daß sie eine Minderheit bildete. Nur Damon sah so entsetzt aus wie sie selbst, was sie nicht überraschte. Damon gehörte zu denen, die glaubten, daß Schauspielen etwas war, das man einfach tat.

»Okay, Esther, du setzt dich in die Mitte des Kreises, und wir stellen dir Fragen«, sagte Christopher. »Du wirst alle Fragen beantworten, als wärst du Kay. Wer fängt an?«

»Ich«, meldete sich Noel enthusiastisch. »Was ist dein Lieblingsessen?«

Esther merkte, wie ihr Kopf leer wurde. Ihr fiel nicht mal ein, was sie am liebsten aß, ganz zu schweigen davon, was es bei Kay sein könnte. Sie wußte auch gar nicht genau, was jemand 1919 wohl gegessen hatte. »Pizza!« platzte sie heraus.

Damit erntete sie allgemeines Gelächter und ein Stirnrunzeln von Christopher. »Sei nicht albern, Esther«, sagte er. »Kay wird wohl kaum italienisch gegessen haben.«

»Es tut mir sehr leid«, entschuldigte sie sich. »Ich habe nicht wie Kay gedacht, stimmt's?«

»Genau«, entgegnete Christopher etwas freundlicher. »Darin besteht ja gerade das Problem. Beantworte jetzt bitte die Frage – als Kay.«

»Mir fällt nichts ein«, gestand Esther. »Ich meine, was hat man 1919 eigentlich gegessen?«

»Vielleicht Roastbeef?« schlug Rosie vor.

»Wahrscheinlich«, sagte Damon. »Damals hatten sie wohl noch nichts von Rinderwahn gehört.« Wieder kicherte die Truppe, mit Ausnahme von Damon.

»Roastbeef kann ich jetzt nicht mehr sagen«, meinte Esther säuerlich. »Selbst wenn es Kays Lieblingsessen sein sollte, ist es nicht meine Idee, sondern die Rosies.«

»Sie wollte ja nur helfen«, warf Damon gedehnt ein und lächelte ihr ironisch zu.

Esther bedauerte fast, daß sie ihn so attraktiv fand. Er war furchtbar sarkastisch und hielt von ihr als Schauspielerin offenbar überhaupt nichts, aber dennoch hatte er etwas an sich, das sie faszinierte.

»Ich bitte dich, Esther«, meinte Christopher. »Versuchen wir es mit einer anderen Frage. Und konzentriere dich bitte. Denk an Kay. Denk an *Die Zeit und die Conways*. Denk an alles, nur nicht an Esther, verdammt noch mal.«

Eine merkwürdige Stille breitete sich aus. Esther spürte zum ersten Mal so etwas wie eine Welle der Sympathie. Kein Schauspieler wird gerne vor anderen heruntergeputzt, und das Ensemble kreidete Christopher das als stillos an. Der schien sofort wahrzunehmen, was passiert war, denn sogleich senkte er die Stimme und sagte sachte: »Es tut mir leid, ich hatte nur den Eindruck, du würdest dich nicht konzentrieren.«

»Doch«, sagte Esther. »Aber ich werde mir noch mehr Mühe geben.«

»Was ist deine Lieblingsfarbe?« fragte Rosie aufmunternd.

»Hellblau«, antwortete Esther sofort. Sie konnte sich Kay im mittleren Akt in langen, eleganten, hellblauen Kleidern vorstellen – oder in einem hellblauen Twinset und einem engen Bleistiftrock.

»Und was sind deine Lieblingstiere?« fragte Nicholas.

»Katzen«, sagte Esther. Irgendwie wußte sie genau, daß Kay Katzen lieben würde. Katzen waren Einzelwesen und unabhängig. Hazel würde Hunde bevorzugen. Die Fragen prasselten noch zwanzig weitere Minuten auf sie ein, und am Ende hatte Esther das Gefühl, als könne sie dem Publikum nun alles über Kay erzählen – nur eines nicht: wie man sie spielte.

»Okay, machen wir die Szene noch mal«, sagte Christopher. »Ich hoffe, der heiße Stuhl hat geholfen.«

»Es tut mir wirklich leid, Noel«, murmelte Esther, als beide wieder ihre Plätze einnahmen.

»Macht nichts«, beruhigte Noel sie. »Ich stehe gern im Mittelpunkt. Der Traum jedes Schauspielers.«

»Nun, ich könnte momentan gut darauf verzichten«, gestand Esther. »Es macht nur Spaß, wenn man gut ist.«

»Du wirst es schon hinkriegen«, versprach er. »Ich bin sicher, Christopher hat recht. Warum hätte er die Rolle mit dir besetzt, wenn er nicht glaubte, daß du sie spielen kannst?«

»Damit er noch besser herauskommt«, sagte Esther leise.

»Nein, ich glaube nicht, daß er so etwas tun würde«, entgegnete Noel. »Kay ist eine so wichtige Figur, daß es das ganze Stück ruinieren würde, egal wie gut Christopher wäre. Also komm, dieses Mal schaffst du es.«

Esther gab sich wirklich Mühe, und sie hatte auch den Eindruck, es besser zu machen, aber als sie geendet hatte, herrschte wieder Schweigen unter der Truppe. Nachdem klar war, daß Christopher nicht vorhatte, irgendeinen Kommentar abzugeben, begann man untereinander in kleinen Gruppen Gespräche zu führen. Erst jetzt kam Christopher zu Esther.

»Das war besser, Darling«, murmelte er. »An der Oberfläche warst du sicherlich schon viel mehr Kay, aber ich hatte nicht das Gefühl, daß du sie wirklich warst, wenn du verstehst, was ich meine.«

Esther verstand. Er meinte, daß sie den Charakter mit Tricks und Gesten zwar darstellte, aber trotzdem kein Gespür für die Rolle hatte. Leider hatte er recht. »Ich glaube, es kommt noch«, versicherte sie ihm.

Christopher legte eine Hand auf ihren Arm und sah ihr eindringlich in die Augen. »Ich bin sicher, daß du es großartig machen wirst«, sagte er leise. »Laß uns nach hinten verschwinden, in die Küche, und den Text zusammen durchgehen. Noel ist gut, keine Frage, aber vielleicht könnte ich noch mehr aus dir herausholen, wenn ich den Alan lese. Schließlich hat es auch geklappt, als ich den Hamlet gelesen habe, und du die Ophelia.«

»In der Tat«, stimmte Esther zu und wunderte sich, warum die Hand auf ihrem Arm eine Hitzewelle durch ihren Körper zu senden schien.

»Ich glaube, mit uns beiden würde es in jeder Situation klappen«, fügte Christopher vieldeutig hinzu.

Sollte Esther es doch schaffen können, ihn zu verführen? Zweifellos hatte er gerade Interesse bekundet, und als er sie in die Küche führte, spürte sie, daß sowohl Rebecca als auch Theresa sie beide sehr aufmerksam beobachteten.

In der Küche machte Christopher ihnen zuerst eine Tasse Kaffee. Sie standen zusammen in der Ecke des kleinen Raums; plötzlich legte Christopher seinen Arm um ihre Taille und schob langsam ihren Pulli hoch, bis er über die nackte Haut strich. »Du bist sehr schön«, sagte er. »Ich kann mir nicht vorstellen, was in Marcus gefahren ist. Wenn er Claudine wirklich vorzieht, muß er verrückt sein. Eines kann ich dir sagen, wenn du meine Freundin wärst, würde ich alles tun, um dich festzuhalten.«

Mit einem Lächeln machte sich Esther von ihm frei und schob den Pullover wieder über die Leggings. »Aber da ich nicht deine Freundin bin, ist es eigentlich egal, oder?« meinte sie beiläufig.

»Bis jetzt schon«, entgegnete Christopher. »Aber spürst du nicht auch, daß zwischen uns eine ganz besondere Beziehung besteht?«

Esther riß mit gespielter Unschuld die Augen auf. »Beruflich?« fragte sie.

»Beruflich und privat«, erwiderte er leise.

»Im Augenblick sollten wir uns dann auf die berufliche Seite konzentrieren, meinst du nicht auch?« gab Esther kühl zurück. Ein Instinkt sagte ihr, daß dies die beste Methode war, sein Interesse zu steigern. So wie er auf ihre Bemerkung reagierte, hatte sie recht damit. Er schien sie noch intensiver anzusehen als zuvor.

»Wie du meinst«, sagte er. »Wir kümmern uns zuerst um die beruflichen Aspekte und warten ab, wie sich die privaten entwickeln. Einverstanden?«

Esther schenkte ihm ihr verführerischstes Lächeln. »Einverstanden«, sagte sie mit warmer Stimme.

Danach machten sie sich an die Arbeit und gingen eine halbe Stunde höchst intensiv den Text durch. Am Ende spürte Esther, daß sie wirklich besser geworden war. Christopher war ein Könner, und die Vehemenz, mit der er in die Rolle des Alan schlüpfte, hatte auch ihre Leistung erheblich verbessert. Es war fast wie Tennis und Tanzen, dachte sie – es fiel einem leichter, wenn der Partner gut war.

Als sie in den Saal zurückkehrten, arbeiteten die anderen Schauspieler an den verkürzten Shakespeare-Versionen. »Schön, daß ihr so fleißig seid«, sagte Christopher. »Wer hat das organisiert?«

»Ich«, sagte George. »Ich dachte, du hättest was dagegen, wenn wir unsere Zeit nicht nutzen würden.«

»Wirklich, eine tolle Sache«, sagte Christopher. Esther beobachtete, wie Rebecca zu ihrem Freund ging und ihm etwas ins Ohr flüsterte. Sein Blick wanderte zu Esther und von dort zu Theresa hinüber. Theresas Miene war nicht leicht zu deuten. Sie schien von Christopher fasziniert, wirkte jedoch auch etwas unsicher und nervös, als sei sie sich über ihre Gefühle noch nicht ganz im klaren.

Kurz darauf beendete Christopher die Proben, und Esther fand sich mit ihm, Rebecca und Theresa im nahegelegenen Pub wieder. Christopher plauderte unbefangen mit allen dreien, aber als er zur Bar ging, machte sich eine peinliche Stille breit. Seltsamerweise war es nicht Rebecca, die eine feindselige Stimmung ausstrahlte, sondern Theresa, der es gar nicht zu gefallen schien, daß Esther mitgekommen war.

»Da wären wir«, sagte Christopher und stellte die Getränke hin. »Versprecht mir, daß wir kein Wort über die Arbeit verlieren, okay?«

»Versprochen«, erklärte Rebecca mit offensichtlicher Erleichterung. Sie sah Esther an. »Ich schätze, du hattest dieses Problem auch, als du mit Marcus zusammen warst. Wahrscheinlich hat er auch Tag und Nacht über seine Arbeit gesprochen.«

»Nachts nicht«, meinte Esther.

Rebecca lachte. »Ich verstehe. Ich hatte es auch nicht wörtlich gemeint. Christopher hat nachts natürlich auch andere Dinge im Kopf als Theater. Dafür sorge ich schon, nicht wahr, Chris?«

»Nenn mich bitte nicht Chris«, entgegnete er schroff. »Du weißt, daß ich das nicht leiden kann.«

»Was macht Marcus?« fragte Theresa.

Esther sah sie verblüfft an. Sie erwartete doch wohl nicht im Ernst, daß sie über Marcus' Karriere in Amerika sprechen würde. »Ich hab' keine Ahnung«, antwortete sie kurz angebunden. »Seit er England verlassen hat, haben wir keinen Kontakt mehr.«

»Es muß ein furchtbarer Schock für dich gewesen sein«, fuhr Theresa fort und strich sich dabei das Oberteil über den außerordentlich großen Brüsten glatt, worauf sich alle Blicke im Pub auf sie richteten.

»Ich würde vorschlagen, daß wir *zwei* Dinge aus dem Gespräch ausklammern«, sagte Esther. »Die Arbeit und Marcus.«

»Klingt vernünftig«, meinte Christopher. »Marcus war noch nie mein Lieblingsthema.«

»Du seins sicher auch nicht«, entgegnete Rebecca.

Esther hoffte, daß sich die beiden diese Bemerkung nicht von ihr bestätigen lassen wollten, und zu ihrer Erleichterung taten sie das auch nicht.

Sie setzten ihre Unterhaltung mit dem üblichen Showbusiness-Klatsch fort, wer gerade mit wem ging, Stücke, die Schlagzeilen machten und – das Interessanteste – Skandale, die nur den Insidern bekannt waren. Esther fühlte sich ausgesprochen wohl. Seit Marcus fort war, hatte sie diese Plaudereien sehr vermißt, und plötzlich wurde ihr klar, daß sie viel zuviel Zeit allein verbracht hatte. Aber plötzlich schaute Rebecca auf ihre Uhr und tippte Christopher auf den Arm.

»Ich glaube, wir gehen besser«, sagte sie. »Du hast Theresa doch Nachhilfe versprochen, weißt du noch?«

Christopher schaute etwas betreten drein, und bevor er sich Theresa zuwandte, die ihn schweigend ansah, streifte er kurz Esther mit seinem Blick. »Natürlich«, sagte er charmant. »Ich hatte es nicht vergessen, Theresa. Das ist wohl eines der Probleme, die man als Schauspieler, der Regie führt, hat. Als Schauspieler genieße ich die Entspannung nach den Proben, aber für den Regisseur gibt es keinen Frieden – so wie für die Bösen.«

»Das weißt du sicher nur allzu gut«, murmelte Rebecca, und Esther spürte, daß plötzlich Nervosität in der Luft lag. Christopher drängte zum Gehen, und kurz darauf holten die beiden Frauen ihre Mäntel. Während sie fort waren, beugte sich Christopher zu Esther.

»Was ich vorhin im Probenraum gesagt habe, meine ich ernst«, flüsterte er. »Ich glaube wirklich, daß zwischen uns eine ganz besondere Beziehung besteht, und ich bin sicher, du weißt es auch. Wenn ich irgendwas für dich tun kann, sag mir Bescheid. Du weißt, was ich meine.«

Esther schüttelte den Kopf. Sie hatte ein trockenes Gefühl im Mund, denn obwohl sie jetzt wußte, daß Christopher sie begehrte, worauf sie ja von Anfang an gehofft hatte, spürte sie auch, daß zwischen ihm, Rebecca und Theresa eine seltsame Sache ablief. Sie glaubte nicht, daß er eine Affäre mit Theresa hatte, dafür wirkte sie in seiner Gegenwart viel zu unsicher, aber irgend etwas braute sich zwischen den dreien zusammen. Ihr kam der Gedanke, daß Rebecca vielleicht bisexuell war. Dann würde Christopher ihnen bestimmt zusehen – und sicher nicht passiv dabei bleiben.

»Wir sind soweit«, sagte Rebecca. Sie stand hinter Christophers Stuhl und legte ihm die Hände auf die Schultern, als wolle sie damit sagen, dieser Mann gehört mir. Esther hätte erwartet, daß er sich gegen diese Geste wehren würde, aber statt dessen schaute er zu ihr auf, und Esther sah die ungehemmte sexuelle Lust, als sich ihre Blicke kurz trafen. Sie wünschte sich nur, die drei würden schnell verschwinden.

Als sie allein war, beschloß sie, nach dem Drink nach Hause zu gehen und weiter an dem Stück zu arbeiten. Sie wußte, daß es albern war, aber irgendwie wurde *Die Zeit und die Conways,* Christopher und das ganze Ensemble wichtiger für sie als alles andere. Da stand plötzlich Damon Dowden vor ihrem Tisch.

»Du trinkst allein?« bemerkte er. »Ein sicheres Zeichen für Alkoholismus, wenn ich mich nicht irre.«

»Ich war nicht allein«, entgegnete Esther kühl. »Die anderen sind gerade gegangen.«

»Und wer waren die anderen? Oder darf ich nicht fragen?« erkundigte sich Damon.

»Christopher, Rebecca und Theresa«, antwortete Esther. »Warum sollte ich wohl ein Geheimnis daraus machen?«

»Keine Ahnung, warum«, gab Damon zurück.

Esther hatte das Gefühl, daß sie etwas netter zu ihm sein sollte, um ihre Beziehung irgendwie zu verbessern. Eigentlich hatte sie ihm nichts getan, aber sie spürte, daß Damon sie nicht mochte, und abgesehen davon, daß sie ihn absolut hinreißend fand, war es sicherlich besser für die Truppe, wenn sie sich einigermaßen verstanden.

»Dein Ernest Beevers hat mir wirklich gut gefallen«, sagte sie. »Ich hätte nicht gedacht, daß dir auch solche Rollen liegen.«

»Wirklich?« Damon hob eine Augenbraue. »An welche Rollen hast du denn für mich gedacht?«

Esther kam sich etwas komisch vor. »Nun, stärkere Charaktere, denke ich, auch wenn Ernest Beevers im mittleren Akt stark wird. Aber nach deinem Jago ...«

»Hast du mich gesehen?« fragte Damon.

»Nein«, gab Esther zu. »Aber ich habe alle Kritiken gelesen.«

»Erzähl mir nicht, daß du nach deinen Erfahrungen mit Marcus alles glaubst, was in der Zeitung steht«, sagte Damon lachend. »Hast du mich überhaupt schon mal auf der Bühne gesehen?«

Esther wurde immer unbehaglicher zumute. »Nein«, mußte sie einräumen. »Ich meine, es gibt eine Menge guter Schauspieler, die ich noch nie gesehen habe und von denen ich trotzdem weiß, daß sie gut sind.«

»Nenn mir einen«, forderte Damon sie auf.

»Alex Jennings«, sagte Esther bestimmt. »Irgendwie bin ich nie dazu gekommen, ihn zu sehen, wahrscheinlich auch wegen der Termine von Marcus, aber auch du kannst sicher nicht abstreiten, daß er einer der besten Bühnenschauspieler ist, die wir haben.«

»Zugegeben«, meinte Damon. »Ich hatte keine Ahnung, wie beschäftigt du bist«, fuhr er fort. »Ich hatte die Gelegenheit, ihn ziemlich oft zu sehen, aber offensichtlich hast du viel mehr zu tun als ich. Aber sag mir, welche deiner Bühnenrollen hat dir bislang am besten gefallen?«

»Ich habe hauptsächlich fürs Fernsehen gearbeitet«, gestand Esther. Langsam wurde sie richtig wütend. Damons Sticheleien waren offensichtlich, und sie fragte sich, warum sie überhaupt versucht hatte, nett zu ihm zu sein. Das Problem war nur – trotz seiner Haltung ihr gegenüber fand sie ihn immer noch absolut attraktiv. Wie die anderen Mitglieder der Truppe kleidete sich auch Damon eher leger, aber an ihm sahen selbst solche Sachen irgendwie schick aus. Heute abend trug er khakifarbene Chinos, ein blutrotes Hemd mit offenem Kragen, unter dem ein weißes T-Shirt sichtbar wurde, und lässig braune Slipper. Sein dichtes, dunkles Haar war aus der hohen Stirn gekämmt, und er sah sie mit dunklen Augen unter noch dunkleren Brauen intensiv an. Esther fand ihn zum Dahinschmelzen; schon auf seine Wangenknochen wäre jedes männliche Model neidisch gewesen.

»Du bist bestimmt sehr fotogen«, sagte Esther spontan.

»Wie kommst du jetzt darauf?« fragte Damon. Seine Stimme klang freundlicher.

»Weil du so prägnante Wangenknochen hast.«

»Die habe ich von meiner Mutter geerbt, dafür kann ich nichts«, entgegnete er lächelnd. Esther hatte das Gefühl, daß er sie zum ersten Mal wirklich ansah. Sie hätte gerne etwas Figurbetonteres angehabt als den langen, pinkfarbenen Rollkragenpullover, den sie über den schwarzen Leggings anhatte, die sie immer bei Proben trug.

»Du solltest dir die Haare kürzer schneiden«, sagte er.

Marcus hatte ihr schulterlanges Haar geliebt. Der Gedanke, es abzuschneiden, kam ihr noch immer wie ein Sakrileg vor. »Das ist eine sehr persönliche Bemerkung«, entgegnete sie.

»Nicht persönlicher, als mir zu sagen, ich hätte prägnante Wangenknochen«, gab er zurück.

»Das war ein Kompliment. Schließlich habe ich dir nicht zu einer Schönheitsoperation geraten.«

Damon lachte. »Tut mir leid, das ist eines meiner Probleme. Ich sage immer sofort, was ich denke, und in unserem Beruf ist das sowohl ungewöhnlich als auch gefährlich. Was möchtest du trinken?«

»Weißwein mit Mineralwasser.«

Damon ging zur Bar und holte Drinks für sie beide. »Ich wollte damit nur sagen«, fuhr er fort, nachdem er wieder zurückgekehrt war, »daß du anders wirken würdest, wenn du einen modernen Haarschnitt hättest. Etwas Kurzes, Charakteristisches. Du wirst doch bestimmt immer nach Typ besetzt, oder? Ein anderer Haarschnitt kann den Blick der Agenten auf dramatische Weise verändern.«

»Andersherum«, entgegnete Esther, »ist es auch möglich, daß man dann gar keine Rollen mehr bekommt. Auf der Schauspielschule hat man uns gesagt: wenn du mit einem bestimmten Typus und einem bestimmten Aussehen Erfolg hast, dann ändere nichts daran.«

»Oh, sicher«, sagte Damon. »Ach ja, was war eigentlich dein größter Erfolg?«

Esther wurde rot vor Zorn. »Ich habe nicht gesagt, daß ich schon große Erfolge gehabt hätte. Ich weise nur darauf hin, daß ein bestimmter Look seine Vorteile hat.«

»Lassen wir das Thema«, schlug Damon vor. »Schade, die Sache mit dir und Marcus«, fügte er fast beiläufig, aber mit freundlichem Blick hinzu.

»Wieso?« entgegnete Esther brüsk. »Du kanntest uns doch gar nicht.«

»Nein, aber ich weiß, was für Arschlöcher Männer wie Marcus Martin und Christopher Wheldon sein können. Deshalb wundert es mich auch, daß du so gut mit Christopher auszukommen scheinst. Ich hätte gedacht, daß dir eine häßliche Erfahrung mit einem absoluten Egoisten erst mal für eine Weile reicht.«

»So gut komme ich nun auch wieder nicht mit Christopher aus«, sagte Esther zurückhaltend.

»Nicht? Und wieso hast du dann die Rolle der Kay bekommen?«

»Ich habe keine Ahnung«, antwortete Esther. »Ich wollte die Hazel spielen.«

»Nun, die hättest du sicher besser gebracht als die Kay«, meinte Damon. »Willst du etwa sagen, daß du nicht die geringste Ahnung hattest, daß du die Kay spielen solltest und daß du auch keine Chance hattest, Christopher zu erklären, daß du sie gar nicht spielen willst?«

»Beim Vorsprechen hat er die Möglichkeit angedeutet«, gab Esther widerwillig zu. »Ich glaube, ich habe so etwas in der Richtung gesagt, daß ich die Rolle natürlich nicht ablehnen würde. Jede Schauspielerin würde sie gerne spielen. Aber da wollte ich nur höflich sein.«

»Nicht höflich«, meinte Damon. »Du wolltest dir nicht die Chance vermasseln, in seine Truppe aufgenommen zu werden. Du wolltest ihm zeigen, daß du bereit bist, Risiken einzugehen, stimmt's?«

»Ich weiß nicht, warum ich das gesagt habe«, entgegnete Esther. »Aber warum auch immer, ich habe mir damit etwas Schönes eingebrockt.«

Damon streckte sich, und als er seine langen Beine unter den Tisch schob, streiften sie die Esthers. »Ich kann mir vorstellen, daß in den Privatstunden, die du von ihm bekommst, etwas Trost steckt«, sagte er mit einem trügerischen Lächeln.

»Wenn du damit die Minuten meinst, die wir in der Küche verbracht haben«, sagte Esther, »ja, sie waren sehr nützlich.«

»Ich bin sicher, daß er für die nächsten Stunden eine privatere Umgebung finden wird. Spiele bloß nicht das naive Dummchen, Esther. Ich bin schon zu lange dabei, um auf so etwas reinzufallen. Du hast klargemacht, daß du ihn magst, also tu bitte nicht so, als wäre da nichts.«

»Ich bewundere ihn als Schauspieler«, rang Esther sich eine Antwort ab.

Damon lachte höhnisch. »Schon erstaunlich, was Frauen mit diesem Satz so alles meinen«, sagte er schließlich. »Aber beschwere dich nicht bei mir, wenn er dir das Herz bricht. Dieses Mal wird es mir auch nicht leid tun. Gebranntes Kind scheut das Feuer, dachte ich immer.«

»Warum mußt du eigentlich so ekelhaft sein?« fragte Esther.

»Es macht mir Spaß«, entgegnete Damon trocken. »Außerdem bietet es doch eine Abwechslung im Hinblick auf den öligen Charme unseres Schauspieler-Regisseurs.«

Esthers Augen funkelten. Auch wenn einige seiner Bemerkungen ihr weher getan hatten, als sie zugeben mochte, so gefiel ihr dieses Wortgefecht doch sehr, und sie spürte, daß es auch Damon behagte. In diesem Augenblick öffnete sich die Tür des Pubs, und Ellie Ford kam zu ihrem Tisch.

»Hier bist du«, sagte sie erleichtert zu Damon, ohne Esther

eines Blickes zu würdigen. »Ich bin zurück zur Wohnung gegangen, aber du warst nicht da. Du wolltest doch heute abend zum Essen vorbeikommen?«

»Ich wollte erst noch ein Glas trinken«, sagte Damon. »Das ist doch nicht verboten, oder?«

Die Schärfe seines Tonfalls verunsicherte Ellie erheblich. »Nein, nein, natürlich nicht«, versicherte sie. »Es ist nur ...«

»Was?« fragte Damon.

»Nichts.« Ellie setzte sich neben ihn und wandte sich an Esther. »Soll dir Damon auch helfen?« fragte sie.

»Wobei?« entgegnete Esther.

»Bei der Rolle der Kay natürlich. Ich könnte mir denken, daß dich diese Sache sehr beschäftigt. Es muß schlimm sein, wenn man so schwer zu kämpfen hat.« Das geheuchelte Mitgefühl ärgerte Esther noch mehr als die direkte Kritik Damons. Sie spürte, wie der Zorn in ihr hochstieg.

»Nun«, sagte sie schnippisch, »ich schätze, du hast keine Probleme damit, die Carol zu spielen. Ich meine, für dich ist es einfach, sich in die Mentalität einer Sechzehnjährigen zu versetzen, nicht wahr? Zugegeben, du bist nicht so naiv wie sie, aber wenn du ein bißchen weniger Schminke auftragen würdest, wäre auch dieses Problem gelöst.«

»Ich nehme das mal als Kompliment«, erwiderte Ellie. »Es ist ganz gut, wenn man mit vierundzwanzig noch eine Sechzehnjährige spielen kann. Es gibt dann viel mehr Rollen für einen. Du bist jünger als ich, nicht wahr?«

»Ein bißchen nur«, antwortete Esther.

»Nun, ich schätze, dir hat man noch keine Rolle als Sechzehn- oder Siebzehnjährige angeboten, oder?«

»Nein«, entgegnete Esther. »Ich glaube, so naiv wirke ich auf die Regisseure nicht.«

Damon lachte vergnügt, und Ellie schien zu merken, daß sie vielleicht besser den Mund halten sollte. Damon trank aus und erhob sich. Ellie hakte sich bei ihm ein, und sofort fühlte sich Esther wieder als Außenseiterin.

»Bis morgen dann, Punkt zehn, wie unser verdienter Regisseur zu sagen pflegt«, verabschiedete sich Damon.

»Bis dann«, sagte Ellie tonlos, bevor die beiden den Pub verließen.

Es überraschte Esther, wie wenig sie Ellie mochte. Normalerweise kam sie mit jedem gut aus, aber die junge Schauspielerin mit dem Babyface hatte etwas Kaltes, Kalkulierendes an sich, das sie abstieß. Im Gegensatz zu den anderen Schauspielerinnen tat sie erst gar nicht so, als interessiere sie sich für etwas anderes als sich selbst und für Männer. Es kam Esther merkwürdig vor, daß sich ein Mann wie Damon Dowden mit jemandem wie Ellie abgab, auch wenn sie gar nicht wußte, ob die beiden eine sexuelle Beziehung hatten. Möglicherweise gefielen ihm auch nur ihre bissigen Bemerkungen, die stets zu seinen paßten.

Als Esther nach Hause kam, spürte sie zu ihrer eigenen Überraschung so etwas wie Selbstmitleid. Zum einen fand sie ihre Rolle schwierig. In der Vergangenheit war ihr das Spielen immer leicht gefallen, und nun wußte sie, warum – sie war nie gefordert worden. Ein einziges Mal vorher hatte sie Probleme gehabt, und dabei hatte ihr Marcus geholfen. Das mußte man ihm lassen – er hatte sich sehr um sie bemüht. Natürlich hatte die Rolle nichts mit seiner eigenen Arbeit zu tun gehabt, ansonsten wäre es vielleicht anders gewesen. Wie Christopher konnte Marcus keine Konkurrenten leiden.

Abgesehen von ihren beruflichen Problemen machte sie sich ernsthafte Sorgen, daß es wahrscheinlich gar nicht möglich sein würde, Christopher ins Bett zu bekommen. Rebecca war stets präsent, und mit dem Auftauchen Theresas schien die Situation noch komplizierter geworden zu sein. Esther fragte sich, ob die seltsame Besetzung der Madge durch Theresa damit zu tun hatte. Theresa kam besser damit zurecht, als Esther erwartet hatte, aber sie war noch immer meilenweit von dem entfernt, was Priestley Esthers Meinung nach in der Person der Madge verkörpert sehen wollte.

Wenn sie sich nur nicht von Damon so angezogen fühlen würde. Es machte alles nur noch schwieriger. Indem sie dem Ensemble beitrat, hatte sie vorgehabt, einen zweigleisigen

Racheplan in die Tat umzusetzen. Sie wollte als Schauspielerin glänzen und wollte Christopher ins Bett locken, in der Hoffnung, daß die Nachricht davon bis nach Amerika dringen würde, zu Marcus. Selbst wenn er sie nicht mehr wollte, wußte sie, daß ihn das zur Weißglut treiben würde. Aber augenblicklich schien es, als könne sie beide Ziele nicht erreichen, auch wenn es noch etwas zu früh war, das zu sagen.

Sollte sie sich mit Lydia bereden? Aber sie wollte ihre Freundin lieber nicht einweihen. Erstens war die Sache zu verworren, und zweitens wollte sie ihre wahren Motive nicht unbedingt verraten, auch wenn Lydia wahrscheinlich Verständnis gehabt hätte. Leider gefiel ihr Christopher eben sehr gut. Wäre das nicht so gewesen, hätte sie den zweiten Teil ihres Plans sicher fallen lassen, aber Tatsache war nun mal, daß sie Christopher verführen wollte. Allerdings war auch noch Damon zu berücksichtigen, der sie sehr verunsicherte. Schon die paar Minuten, die sie mit Damon im Pub verbracht hatte, waren ausreichend gewesen, um ihren Puls zu beschleunigen. Sie sah ihn nackt vor sich, im Bett, mit seinen sensiblen Händen, fordernd und gebend zugleich.

Wie Sex mit Christopher war, konnte sie sich nicht so gut vorstellen. Wenn er Marcus ähnelte, würde es wahrscheinlich mit Spiegeln zu tun haben. Selbst während ihrer intimsten Augenblicke hatte es Marcus genossen, sich selbst zu beobachten. Normalerweise dienten Spiegel dazu, den Männern die Möglichkeit zu bieten, noch mehr von der Frau zu sehen, aber Esther war sicher, daß Marcus nur Augen für sich selbst gehabt hatte.

Eigentlich war es ihre Absicht gewesen, sich dem Stück zu widmen, sie spürte jedoch eine sehr intensive Spannung und ein ungewohntes Kitzeln in ihrem Körper. Hätte sie einen Gelegenheitslover gehabt, wäre es ein leichtes, die sexuelle Spannung, die sich während des Tages in ihr aufbaute, mit einer ordentlichen Prise Sex wieder abzubauen. Sex war vorher nie ein Problem für sie gewesen, da sie so lange mit Marcus zusammen gewesen war. Jetzt wurde ihr klar, wie frustriert sie sich fühlte, und sie hoffte, daß sie ihrem Ziel, Christopher ins Bett zu kriegen, bald näherkommen würde.

Momentan gab es jedoch keine Chance. Sie beschloß, zu duschen. Nachdem sie sich eingeseift hatte, stand sie unter dem warmen Schauer und strich mit den Händen über ihren Oberkörper und ihre Brüste. Ihre Geilheit wurde dadurch nur noch größer, und sie seifte ihre Brüste noch einmal ein, dieses Mal langsamer und üppiger. Besonders viel Zeit nahm sie sich für ihre Nippel, die sie zärtlich zwischen den Fingerspitzen rieb.

Kurz darauf nahm sie die Brause aus der Befestigung und ließ den warmen strahl zwischen die Beine fließen. Dann ging sie etwas höher, bis das Wasser über den Bauch und die Schamhaare strömte. Als sich die Spannung in ihrer Vagina steigerte, ließ sie ihrer Fantasie freien Lauf. Eigentlich hatte sie an Christopher denken wollen, aber statt dessen tauchten Damons dunkle Züge vor ihr auf. Langsam und sinnlich seifte sie das weiche goldene Fließ über ihrer Scham ein und stellte sich dabei vor, daß es Damons Hände waren, die sie so zärtlich liebkosten. Sie preßte die Beine fest zusammen und begann, die Genital- und Oberschenkelmuskeln anzuspannen und zu entspannen, bis sie spürte, wie sich eine wundervolle Wärme in ihr ausbreitete, die den nahenden Orgasmus ankündigte.

Diesen Augenblick liebte sie ganz besonders, der Moment, in dem sie wußte, daß die heiße Freude sexueller Befreiung sie bald durchfluten würde. Als sie es nicht mehr aushalten konnte, stellte sie sich breitbeinig hin, schob das Becken leicht nach vorn und begann, sich mit zwei Fingern zu stimulieren. Sie achtete darauf, nicht die unglaublich sensible Klitoris zu berühren und konzentrierte sich auf die Umgebung, so daß der Ablauf langsamer, aber intensiver war.

Plötzlich spürte sie ein heißes, fast schmerzähnliches Gefühl tief in ihrer Vagina. Das passierte ihr oft, wenn sich der Orgasmus näherte, und früher hatte es ihr am besten gefallen, wenn Marcus in sie eindrang, sobald dieses Gefühl begann. Dieses Mal war sie allein, und aus dem Gefühl wurde fast ein richtiger Schmerz, aber er tat ihr gut, weil sie wußte, daß es der Vorbote nahender Freuden war. Schließlich stieß sie leise, flehende Japser aus, und erst jetzt ließ sie ihre Finger über die feuchte, geschwollene Knospe gleiten. Augenblicklich überflutete sie ihr Orgasmus, und ihr Unterkörper wurde von Zuckungen geschüttelt. Während sie kam, hielt Esther die Hand fest auf der Vagina. Sie brauchte den Druck und den Kontakt, um eine möglichst große Befriedigung zu finden.

Als es vorbei war, seufzte sie glücklich und duschte sich ausgiebig ab, bevor sie aus der Dusche stieg und sich in ein warmes, flauschiges Handtuch hüllte. Sie fühlte sich entspannt und schläfrig und bedauerte nur, daß sie allein gewesen war und nicht mit Christopher zusammen.

Es hätte Esther sicherlich sehr überrascht, wenn sie gewußt hätte, daß Christopher in diesem Augenblick ähnlichen Gedanken nachging. Er hatte gerade geduscht, saß im Schlafzimmer von Theresas Wohnung, nur mit einem seidenen Morgenmantel bekleidet, und wartete auf Rebecca und Theresa, die sich für ihn bereitmachten. Die Aussicht auf das, was vor ihm lag, erregte ihn bereits, insbesondere da Theresa wohl etwas schockiert auf das Programm reagieren würde. Aber es gefiel ihm, wenn Frauen schockiert waren. Es gab dem Ganzen noch einen zusätzlichen Kick, wenn sich ihre Unsicherheit unter seinen und Rebeccas geübten Anweisungen und Hilfestellungen auflöste. Er zweifelte nicht daran, daß Theresa schnell lernen würde und daß ihre Leidenschaft dann höchst vergnüglich wäre; dennoch wünschte er sich, Esther wäre an ihrer Stelle.

Eigentlich hatte er Esther nur herumkriegen wollen, um Marcus zu zeigen, wie dumm es war, sie zu verlassen, aber jetzt war es etwas Persönlicheres. Sie stellte eine aufregende Mischung aus Stärke und Verletzlichkeit dar, und ihre kurvenreiche Figur und ihre weiche, blonde Schönheit bildeten einen aufregenden Kontrast zu Rebeccas dunkler, distanzierter, stolzer Sinnlichkeit. Dabei hatte er nicht vor, Esther mit Rebecca zu teilen, jedenfalls nicht beim ersten Mal. Zunächst wollte er sie ganz für sich, wollte ihre runden Brüste an seinem Körper spüren und wollte sehen, wie sie vor Ekstase zitterte, während er sie ein ums andere Mal zum Höhepunkt brachte.

Der Gedanke erregte ihn so sehr, daß er bereits einen Steifen hatte, als die Tür schließlich aufging und Rebecca und Theresa hereinkamen. Aber wie steif sein Schwanz auch gewesen sein mochte, beim Anblick Theresas wuchs seine Erektion noch einmal an, bis es fast schmerzte.

Theresa war nackt noch attraktiver, als er sich das vorgestellt hatte. Ihr rotes Haar fiel fast bis auf die Hüften hinab, und ihre Figur war schmal, bis auf die sehr großen Brüste, die durch ihre ganze Aufmachung noch viel lustbetonter wirkten.

Sie trug eine schwarze Ledermaske mit Nieten um die Augenlöcher herum und ein schwarzes Lederhalsband mit Nieten und einem Lederring. Lederriemen liefen von den Oberschenkeln zu ihrem Oberkörper hinauf, um die Brüste herum, über die Schultern und auf dem Rücken wieder nach unten. Sie hielt eine lange Domina-Peitsche aus Latex in ihrer Hand, und auch wenn ihre etwas zögerlichen Bewegungen verrieten, daß dies etwas Neues für sie war, so sagten ihm ihre geröteten, aufgerichteten Brustwarzen und die kaum merklichen rosa Flecken auf ihrer Brust, daß auch sie bereits erregt war.

»Ich glaube, wir sollten jetzt mit dem Unterricht beginnen«, sagte Rebecca.

»Wer ist denn Lehrer und wer Schüler?« fragte Christopher.

»Da werden wir uns abwechseln«, antwortete Rebecca lasziv, und als Theresas Blick zwischen ihr und Christopher hin und her wanderte, wußte Christopher bereits, daß ihm beide Rollen gleichermaßen gefallen würden.

5

Es dauerte eine Zeitlang, bis Christopher und Rebecca Theresa beigebracht hatten, dominant zu sein. Offensichtlich hatte sie mit so etwas nicht gerechnet, und Christopher war froh darüber, daß sie es in Theresas Wohnung trieben.

Normalerweise bevorzugte er Auswärtsspiele, wenn er nicht mit seiner festen Freundin zusammen war. Das war einer der Nachteile, wenn man die Presse so schamlos hofierte wie er – man wußte nie, ob die Reporter einen nicht beobachteten. Das Haus, in dem er wohnte, wurde regelmäßig von irgendwelchen freien Fotografen aufgesucht, die vor seiner Tür warteten.

Vielleicht wäre Christopher nicht ganz so glücklich gewesen, wenn er gewußt hätte, daß sich in dem Zimmer neben Theresas Schlafzimmer George Hickey und Mary Fuller befanden. Theresa hatte es nicht für nötig gehalten, ihn davon zu unterrichten, daß George die Nachbarwohnung gemietet hatte. Die Wohnungen lagen eben sehr praktisch in der Nähe des Probensaals.

Kaum war George eingezogen, hatte er ein kleines Loch in die Wand gebohrt, durch das er beobachten konnte, wie sich Theresa morgens und abends an- und auszog. Theresa wußte von diesem für George so glücklichen Umstand nichts. Heute abend beglückte dieser Umstand jedoch nicht nur ihn, sondern auch Mary Fuller. George hatte sie eigentlich nur auf einen Drink eingeladen, doch da beide so viel älter waren als der Rest der Truppe, waren sie sich schnell näher gekommen und verstanden sich gut.

Eines ihrer Gesprächsthemen war ihre gemeinsame Vorliebe für attraktive junge Mädchen, auch wenn Mary es vorzog, sie gemeinsam mit jungen Männern zu beobachten. Jeder hatte seine Favoriten im Ensemble. All das war jetzt vergessen, während sie abwechselnd durch den winzigen Spion spähten. Die Wohnung hatte noch einen anderen Vorteil: die Wände waren so dünn, daß sie fast jedes Wort verstehen konnten.

Den größten Teil des Unterrichts für Theresa übernahm Rebecca. Zu ihrer Überraschung fand sie es nicht so aufregend, wie sie erwartet hatte. Christopher zu dominieren machte sie an, aber das einer anderen Frau beizubringen, war längst nicht so prickelnd. Zum ersten Mal hoffte sie, daß Christophers Wunsch, dominiert zu werden, nicht ihr gesamtes Sexleben bestimmen würde, und dachte erleichtert daran, daß er am Ende des Abends bestimmt wieder die dominante Rolle übernehmen wollte. Er würde das sicher schon deshalb machen, damit Theresa nicht den Eindruck bekam, er könne nicht anders befriedigt werden.

Amüsiert hatte Rebecca mit angesehen, wie unbeholfen Theresa die Latexpeitsche schwang; sie hatte einige Zeit gebraucht, bevor sie Christophers pochenden Schwanz einigermaßen sanft schlagen konnte. Es hatte Rebecca auch Spaß gemacht, seine sonst so ebenen Züge leicht vom Schmerz verzerrt zu sehen, wenn Theresa zu fest zuschlug. Außerdem verstärkte es Rebeccas sexuelle Erregung, weil sie wußte, daß es auch die Christophers verstärkte. Die Unsicherheit über das, was geschehen konnte, solange Theresa das Kommando hatte, machte ihn ungemein an.

Für Theresa bot der Abend einiges an Überraschungen. Zunächst schaute sie etwas ungläubig drein, als könne sie kaum fassen, was sie auf Rebeccas Befehl dem großen Christopher Wheldon antun sollte. Dann begriff sie langsam, wie das Spiel gespielt wurde. Als sie Christopher befahl, sich auf den Boden zu knien – während sie breitbeinig über ihm stand – und sie mit dem Mund zu verwöhnen, fühlte sie sich sexy und stark wie nie zuvor.

Nachdem er um ihre Erlaubnis gebeten hatte, umkreiste Christopher ihre Beine mit den Fingern und ließ die Hände langsam ihre Waden hochgleiten. Er leckte mit der Zunge ihre Kniekehlen und die Innenseite ihrer Oberschenkel, bevor er schließlich den Kopf höher schob. Als seine lange Zunge zwischen ihre äußeren Schamlippen glitt und er hungrig zu schlecken begann, zitterte sie in fast unerträglicher Ekstase.

Rebecca betrachtete das Paar genauer, und als sie sah, wie sich Theresas Körper anspannte, trat sie vor und riß Christopher zurück. »Das hast du nicht richtig gemacht«, zischte sie.

»O doch«, protestierte Theresa, die manche Spielregel noch nicht verstanden hatte.

»O nein«, entgegnete Rebecca und sah das andere Mädchen finster an. »Ich glaube, das kann ich besser beurteilen, Theresa.«

»Tut mir leid«, murmelte Theresa, der man ansah, daß sie sich wünschte, Christopher würde seine Anstrengungen wieder aufnehmen.

»Schon gut«, sagte Rebecca sanfter, als sie Theresas ängstliche Miene sah. Sie wollte das Mädchen nicht beunruhigen, sondern nur dafür sorgen, daß weder sie noch Christopher zu früh zum Höhepunkt kamen.

Christopher mußte in die Hocke gehen und einige Minuten warten. Um die Strafe zu verschärfen, verpaßte ihm Theresa einige Peitschenschläge auf den Rücken, worauf er sofort noch heftiger atmete. Während der Pause würde sich auch Theresas Erregung wieder legen. Wenn Christopher sie dann wieder mit der Zunge verwöhnte, konnte sie sich von neuem einem Orgasmus nähern.

Schließlich gestattete Rebecca wieder, daß Christopher Theresa leckte, was diese erleichtert zur Kenntnis nahm. Erneut spreizte sie die Beine, und Christophers Hände glitten ihre Schenkel hinauf. Dieses Mal teilte er ihr Schamlippen mit den Fingern, seine Zunge erkundete den Eingang zu ihrer Vagina und strich leicht darüber, bis sie sich vor Lust wand. Aufgrund ihrer langen Erfahrung mit diesen Spielen wußte Rebecca, daß es eine Weile dauern würde, bis Theresa sich wieder einem Höhepunkt näherte, und sie beschloß, ein wenig mitzumischen. Während Christopher zwischen Theresas Beinen kniete, trat Rebecca hinter sie und massierte ihre gewaltigen Brüste.

Theresa sah sich erstaunt um, aber als sie das prickelnde Gefühl in ihren Brustwarzen spürte, ließ sie Rebecca gewähren. Sie bedauerte, nicht alles sehen zu können; wie das große, schlanke, dunkelhaarige Mädchen ihre Brüste knetete und massierte, während der gutaussehende blonde Schauspieler auf dem Boden kniete und ihr den besten Oralsex bot, den sie je erlebt hatte. Allein diese Gesamtsituation verstärkte ihre Erregung noch, und sie begann unkontrolliert zu zittern, als sie jenes seltsame, ziehende Gefühl in ihrem Unterleib und in ihrem Kitzler spürte.

Sofort ließ Rebecca ihre Brüste los und stieß Christopher erneut barsch beiseite. Dieses Mal schrie Theresa leise auf, als seine geschickte Zunge aufhörte, sie zu bearbeiten. Sie sehnte sich so sehr danach, daß es weiterginge.

Im Zimmer nebenan sah Mary Fuller durch Georges Spion zu. Noch nie hatte sie etwas so Erotisches und auch Unerwartetes gesehen, und ihre Beine zitterten vor Erregung. Da das Trio momentan nicht viel sagte, wußte George nicht genau, was gerade vor sich ging. Er mußte sich auf Marys knappe, geflüsterte Kommentare verlassen, obwohl manchmal ihre Stimme versagte und George nur seine Fantasie blieb. Dennoch war er so hart wie Christopher, und Mary wußte, daß er irgendwann Erleichterung brauchen würde.

Nach etwa fünfzehn Minuten fühlte sich Theresas Körper heiß und prall an. Es waren nicht nur ihre Brüste; sie hatte das Gefühl, als sei sie zu groß für ihre Haut geworden, und als Christopher irgendwann begann, sie behutsam zwischen den Zehen zu lecken, war sie davon überzeugt, allein davon zum Orgasmus zu kommen, so empfindlich war mittlerweile jeder Zentimeter ihres Körpers geworden. Sie verstand jedoch noch immer nicht, warum Rebecca an einem bestimmten Punkt jedesmal alles abbrach, aber sie konnte auch nicht wissen, wie sehr es Christopher und Rebecca erregte, wenn sie Theresas Sehnsucht nach Erlösung ständig Einhalt geboten.

Schließlich fand Christopher, daß es Zeit für einen Wechsel wurde. Als er sich erhob, blickte er mit seinen grauen Augen tief in die grünen Theresa, die spürte, wie ihre Knie zitterten. Christopher umschlang von hinten ihren Oberkörper, so daß er ihre herrlichen Brüste mit den Händen umfassen konnte. Es kam ihr vor, als sei sie in einem wunderbaren erotischen Traum gefangen – aber in einem Traum, der sich in einen Alptraum zu verwandeln drohte, weil ihr die endgültige Erfüllung verwehrt wurde.

»Ich hoffe, es hat dir gefallen, mich zu erniedrigen«, sagte Christopher mit kalter Stimme.

»Ja, das heißt, ich ...« Theresa wußte nicht, welche Antwort von ihr erwartet wurde. Schließlich hatte sie nur getan, was man ihr gesagt hatte.

»Ich glaube, es ist an der Zeit, daß du einen Schluck von deiner eigenen Medizin nimmst«, sagte Christopher, und etwas in seiner Stimme ließ das rothaarige Mädchen erbeben.

Aus den Augenwinkeln sah Theresa, wie Rebecca einen Haufen Kissen in die Mitte des Bettes arrangierte. Christopher nahm Theresa die Maske ab und hakte einen Finger unter das Lederhalsband, das sie trug. Er zog sie hinter sich durch das Zimmer und drückte sie mit dem Gesicht nach unten auf die Kissen, wobei er darauf achtete, daß sie genau unter ihrem Bauch lagen. Das Gefühl der weichen Kissen auf ihrer sinnlichen Haut war herrlich, und sie preßte ihr Geschlecht dagegen, in der Hoffnung, so vielleicht die letzte Stimulation zu bekommen, die sie zum Orgasmus brauchen würde.

»Hört auf damit!« sagte Christopher sofort. »Ich habe jetzt das Kommando. Du tust nur, was ich dir befehle.«

»Und ich dir auch«, fügte Rebecca hinzu.

Theresa zitterte am ganzen Körper. Sie hätte Angst haben müssen, doch statt dessen war sie nur unglaublich erregt. Sich in der Gewalt zweier solch erfahrener Liebhaber zu befinden, ihren Körper so stimuliert zu wissen – und zu ahnen, daß es ihr irgendwann erlaubt sein würde, ihrer Lust freie Bahn zu lassen, war großartig. Ein winziger Rest Furcht in ihr machte die Situation nur um so pikanter. Sie war sich bewußt, daß ihr Po hochgestreckt war, die Vulva vollkommen frei.

»Mach deine Beine breiter«, sagte Rebecca.

Es kam Theresa gar nicht in den Sinn, ihr nicht zu gehorchen. Sie hatte es sogar recht eilig damit, denn plötzlich verstand sie, warum Christopher für eine Weile den willigen Sklaven gespielt hatte. Herrlich, jede Verantwortung abgeben zu können.

»Versprichst du, das Gesicht unten zu lassen?« fragte Christopher. »Oder müssen wir dir die Augen verbinden?«

»Ich verspreche es«, flüsterte Theresa.

»Wunderbar«, sagte Christopher zufrieden. »Fahren wir fort, Rebecca.«

Theresa hatte sich noch nie so entblößt gefühlt und wartete gespannt darauf, was als nächstes geschehen würde. Plötzlich spürte sie, wie Öl über ihren Po gerieben wurde und zuckte instinktiv zusammen. Dabei hörte sie Rebeccas weiches, unverkennbares Lachen. Während die größeren Hände ihre Pobacken massierten, verteilten die kleineren das Öl um ihre Geschlecht herum. Christopher zog weite, kreisende Bewegungen über ihren Hintern und die Oberschenkel, ohne eine Pause zu machen. Gleichzeitig begann Rebecca, Theresas Vulva zu massieren; und ihre Finger bewegten sich heftig zwischen den Beinen des Mädchens.

Langsam erhöhten die beiden das Tempo, nicht jedoch den Druck. Für einen kurzen, wunderbaren Augenblick massierte Rebecca sogar Theresas vor Lust schmerzende Klitoris.

Die plötzliche Hitzeflut in ihrem Unterleib und die unglaubliche Spannung in den Muskeln wurde zuviel für Theresa. »Bitte, bitte, laßt mich kommen«, bettelte sie, aber kaum hatte sie die Worte gesagt, als die Hände fortgezogen wurden. Theresa schluchzte fast vor Frustration, während Rebecca leise lachte.

Im Zimmer nebenan warfen sich Mary und George einen Blick zu, den George als Erlaubnis nahm, sich hinter Mary zu stellen, ihr von hinten an die Brüste zu greifen und seinen steifen Schwanz an ihren Pobacken zu reiben. Zu seiner Erleichterung war sie damit einverstanden, und so fuhren sie fort, die drei im Schlafzimmer zu beobachten und zu belauschen.

Theresa wußte, daß Rebecca spürte, wie erregt sie war. Schließlich kannte niemand den Körper einer Frau besser als eine andere Frau. Deshalb hielt sie Rebecca in diesem Fall auch für viel grausamer als Christopher, aber wahrscheinlich tat Rebecca alles, was Christopher wollte. Das hatte Theresa nicht mehr im Sinn. Sie wollte nur noch die vollkommene Befriedigung, und die Ungewißheit, wann sie die erlangen würde, machte sie langsam fast rasend.

»Hab noch etwas Geduld«, flüsterte ihr Rebecca mit sanfterer Stimme zu. »Wir werden dich nicht mehr lange warten lassen. Es wird Zeit, Christopher«, fügte sie hinzu, während Theresa unter ihren geschickten Händen immer nasser wurde. Rebecca benutzte abwechselnd die Finger und den Handballen, um sie zwischen den Schenkeln zu stimulieren, was Theresa besonders erregte. Sie spürte, wie ihr Kitzler größer wurde, während Rebecca ihm immer mehr Aufmerksamkeit zuwendete und die Finger nur noch für ein paar Sekunden wegnahm.

Durch die ständige Stimulation fast um den Verstand gebracht, begann Theresa zuerst zu schluchzen, dann zu schreien. Sie flehte das Paar an, ihr endlich den Augenblick der Erlösung zu gewähren. Christopher beschäftigte sich noch immer mit ihren Pobacken, und während Rebecca zwei Finger in Theresas Vagina schob, glitt er jetzt vorsichtig mit seinem eingeölten Fingern dazwischen. Das Gefühl, ganz ausgefüllt zu sein, war herrlich, aber es bot noch immer nicht genügend Reize für einen Orgasmus.

Rebecca massierte weiter ihre Klitoris, doch jedesmal, wenn Theresa sicher war, den Gipfel bald zu erreichen, machte sie ein paar Sekunden Pause. So etwas hatte Theresa noch nicht erlebt. Sie spürte, wie Rebecca ihre Finger tiefer hineinschob, bis sie den hochsensiblen G-Punkt gefunden hatte. Die Reizüberflutung trieb Theresa in seinen solchen Taumel der Lust, daß sie zu zittern begann und unverständliche Laute hervorstieß. Rebecca erhöhte das Tempo und bewegte ihre Finger in der Vagina, als seien sie ein Penis.

Theresa preßte ihre Brüste auf das Bett und scheuerte mit ihren empfindlichen Brustwarzen über das Laken. Eine Sekunde fürchtete sie, daß Christopher und Rebecca wieder aufhören würden, aber als sie einen Blick nach hinten warf, sah sie, daß die beiden wußten, daß sie nicht länger warten durften. Das Paar schaute sich wissend an. Die Laute der Lust, die Theresa ausstieß, schienen den beiden sehr zu gefallen. Verzweifelt hoffte Theresa auf den so lange überfälligen Orgasmus.

Dann spürte sie den Pulsschlag in ihrem Inneren, der schon vor so langer Zeit eingesetzt hatte, heftiger werden, und während der Druck immer stärker wurde, dröhnte und trommelte es in ihren Ohren. Im letzten Augenblick, gerade als Theresa den Punkt erreicht hatte, an dem es keine Umkehr mehr gab, berührte Rebecca die hochempfindliche Klitoris. Theresa schrie vor Lust und Erleichterung laut auf, als der heiß ersehnte Orgasmus über sie hereinbrach. Gleichzeitig wurde sie von Christopher bei den Hüften gepackt, und er schob seinen Schwanz in sie. Sich schnell und fordernd bewegend, nutzte er die Muskelkontraktionen Theresas, um seinen eigenen Orgasmus zu erreichen.

Das Gefühl war so intensiv, daß Theresa für Sekunden das Bewußtsein verlor. Als sie erwachte und spürte, daß Christopher immer noch heftig in sie eindrang, merkte sie zu ihrer großen Überraschung, daß sich bereits ein zweiter Orgasmus in ihrem Körper anbahnte. Rebecca rutschte sofort tiefer und glitt mit ihrer kleinen, spitzen Zunge über die Stellen, über die zuvor Christophers Zunge geglitten war.

Das geile Gefühl, Theresa über sich zittern und zucken zu

sehen und wimmern zu hören, und das Wissen, daß Christophers Schwanz tief in der anderen Frau steckte, erregten sie so sehr, daß auch Rebecca ganz ohne körperliche Stimulation zu ihrem Orgasmus kam.

Als alles vorbei war, zogen sich Rebecca und Christopher rasch an und gingen. Theresa lag zusammengerollt auf ihrem Bett. Sie war völlig erschöpft und fragte sich, ob das alles nur ein wunderbarer Traum gewesen war.

Am nächsten Morgen fand Esther eine Nachricht in ihrem Faxgerät vor. Als sie das Blatt in die Hand nahm und in der obersten Zeile las, daß es aus Amerika kam, schaute sie sofort nach unten, wo sie Marcus' vertraute Unterschrift entdeckte. Ihr Herz schlug schneller. Hatte er erkannt, daß er einen schrecklichen Fehler gemacht hatte? Doch die Nachricht zerstörte all ihre Illusionen:

Habe gerade gehört, daß du dich Christopher Wheldons Volkstheater angeschlossen hast und kann es kaum glauben. Du bist eine Fernseh- und keine Bühnenschauspielerin. Hast du dir das wirklich gut überlegt? C.W. hat sicher seine Gründe, wenn er dich genommen hat.

Esthers Freude schlug in kalte Wut um. Nachdem er so lange nichts hatte von sich hören lassen, nachdem er es nicht einmal für nötig gehalten hatte, ihr zu sagen, daß ihre Beziehung beendet sei, mischte er sich nun in ihre Karriere ein. Es war unfaßbar. Aber dann wurde ihr klar, warum er das Fax geschrieben hatte, und ihr Zorn verebbte langsam. Die Neuigkeit mußte ihm schwer zu schaffen gemacht haben – und das hatte sie ja gewollt. Sofort schrieb sie eine Antwort:

Habe gerade gehört, daß wir nichts mehr miteinander zu tun haben. Ich schätze, du hattest deine Gründe, mich ohne ein Wort abzuservieren. Hast du dir das gut überlegt?

Sie unterschrieb und faxte das Blatt. Nach einer schnellen Tasse Kaffee eilte sie zu den Proben, sehr zufrieden mit sich selbst.

Sie mußte erst um elf dort sein, und als sie ankam, probten Theresa und Michael bereits. Theresa spielte ihre größte Szene. Auch wenn es bisher passabel gelaufen war, so doch nicht gerade brillant, also setzte sich Esther und beobachtete, ob Theresa seit dem letzten Mal irgendwelche Fortschritte gemacht hatte. Was sie sah, war unglaublich. Aus irgendeinem unerfindlichen Grund spielte Theresa die bodenständige, sozialistische Magde als eine Art Sexgöttin. Michael, der den Anwalt George darstellte, war völlig verblüfft – und das mit gutem Grund, dachte Esther. So hatte Theresa die Rolle bislang nicht aufgefaßt und so war die Rolle der Madge auch keinesfalls angelegt.

Noel setzte sich neben Esther. »Vielleicht ist heute Michaels Glückstag«, flüsterte er ihr ins Ohr. »Vielleicht will sie ihm etwas sagen. Was meinst du?«

»Ich dachte, sie ist scharf auf Christopher«, flüsterte Esther zurück.

»Und warum spielt sie dann den Vamp?« fragte Noel.

Esther zuckte mit den Schultern. Sie kapierte es nicht, und Christophers Miene nach schien der es ebensowenig zu verstehen. Er sah verärgert aus, und die Sache schien ihm peinlich, wahrscheinlich weil er derjenige war, der Theresa gegen ihren Typ besetzt hatte. Vielleicht bereute er es mittlerweile.

Theresa schien gar nicht zu merken, wie lächerlich sie sich machte, und erst als die Szene zu Ende war und Christopher ihr ihre Fehler unmißverständlich klarmachte, verloren ihre Augen das Feuer. Verdattert schaute sie ihn an, während er ihre Vorstellung in Grund und Boden stampfte, bis Esther es für besser hielt, zu verschwinden. Theresa wollte sicher keine Zuschauer.

Es gab allerdings nur wenig Raum zum Ausweichen. Esther ging in die Küche, um sich einen Kaffee zu machen.

Als sie hereinkam, war sie überrascht, wie sich Nicholas Maxwell und Rebecca verlegen voneinander lösten.

»Nick hat mir bei meinem Text geholfen«, erklärte Rebecca hastig.

»Gute Idee«, sagte Esther und fragte sich, warum Rebecca eine Erklärung überhaupt für nötig hielt. »Vielleicht kannst du mir auch helfen, Nick, wenn du mit Becky fertig bist?«

Nicholas nickte, sah aber alles andere als erfreut aus. Jetzt erst fiel Esther ein, daß er ziemlich oft mit Rebecca redete. Sie hatte gedacht, daß Rebecca ihn nur vor Christopher abschirmte, damit der große Schauspieler und Regisseur nicht von jemandem gestört wurde, der in der aktuellen Inszenierung nicht einmal eine Rolle hatte, aber jetzt kamen ihr Zweifel. Fühlte Rebecca sich etwa von Nicholas angezogen?

Kaum wahrscheinlich. Er war so anders als Christopher, und Esther hatte auch keinen Grund, anzunehmen, daß Rebecca sich von ihrem berühmten blonden Liebhaber abwandte. Andererseits war es vielleicht genau der Gegensatz zwischen den beiden Männern, der sie anmachte. Esther hatte für Männer wie Nick kein Faible, aber sie erkannte, daß er über einen rauhen Charme verfügte und daß sein völliger Mangel an Koketterie einen reizvollen Gegensatz zu den meisten anderen Schauspielern bildete. Wenn er nicht so eine negative Einstellung gehabt hätte, wäre er Esther vielleicht sogar ganz sympathisch gewesen, aber er beklagte sich ständig über das ›System‹, als sei er der einzige Schauspieler auf der Welt, der darum ringen mußte, anerkannt zu werden.

»Ich glaube, das reicht fürs erste«, sagte Rebecca. Nicholas sah sehr enttäuscht aus. »Wir können heute nachmittag weitermachen«, fügte sie hinzu und erntete ein seltenes Lächeln. Rebecca bedachte Esther mit einem Lächeln, was diese um so mehr darüber rätseln ließ, was eben in der Küche vor sich gegangen sein mochte. Nachdem Rebecca gegangen war, stand Nicholas unschlüssig herum und drehte seine Kaffeetasse in den Händen.

»Sie ist verdammt attraktiv, nicht wahr?« sagte er schließlich.

»Rebecca? O ja, sie sieht hinreißend aus«, bestätigte Esther.

»Dieser blonde Scheißkerl hat sie nicht verdient«, fuhr Nicholas fort. »Sie braucht einen richtigen Mann.«

»Jemanden wie dich?« fragte Esther und mußte sich ein Lächeln verkneifen.

»Warum nicht?« stieß Nicholas hervor. »Warum sollte sie mich nicht mögen? Ich bin vielleicht nicht so berühmt wie er, aber möglicherweise viel interessanter. Aber was weißt du schon ... Du hast ja auch nur Augen für ihn – und für Damon.«

Esther wurde rot. »Und du hast keine Ahnung, wovon du redest«, sagte sie zornig.

»Du hast keine Ahnung, wovon du redest«, äffte Nicholas sie nach.

Esther starrte ihn wütend an. Er hatte sie ganz gut imitiert, aber das machte die Sache auch nicht angenehmer. »Was habe ich dir eigentlich getan?« fragte sie.

»Nichts«, murmelte er. »Ich kann es nur nicht ausstehen, wenn Leute wie du andeuten, Rebecca sei eine Nummer zu groß für mich.«

»Ich habe nichts dergleichen angedeutet«, sagte Esther. »Ich wollte nur darauf hinweisen, daß Christopher und sie ziemlich unzertrennlich sind.«

»Da habe ich aber anderes gehört«, entgegnete Nicholas. »Ab und zu drängt sich jemand zwischen die beiden.« Er lachte, ohne daß Esther im geringsten verstand, warum.

An diesem Tag liefen die Proben für alle nicht besonders gut, und der Rest der Woche erwies sich als reinste Knochenarbeit. Langsam, aber gnadenlos gingen die Stunden dahin, und Esther begann, den unaufhaltsamen Lauf ihrer Probenzeit mit der Zeit der Conways zu vergleichen. Es erschreckte sie, wie wenig Fortschritte sie machte, besonders da andere mittlerweile glänzend spielten. Rosie war fantastisch, weitaus besser, als jeder erwartet hatte, und Damon und Christopher beherrschten ihre Rollen scheinbar mühelos. Auch Rebecca gelang alles recht gut. Zu Esthers Erleichterung hatte wenigstens Theresa mit Schwierigkeiten zu kämpfen.

Mary Fuller als Mrs. Conway, Oberhaupt der Familie, hielt sie alle zusammen. Selbst wenn sie neben Christopher spielte, konnte sie ihm das Wasser reichen, und Esther sah genau, wie wenig das Christopher gefiel. Dennoch war es gut für das Stück, denn ohne eine starke Mrs. Conway machte alles keinen Sinn.

Schließlich begann die letzte Woche der Proben. Am Ende dieser Woche, am Samstag, sollte die Tournee starten, und zwar in einem Provinztheater in Leicestershire namens The Small House. Im Verlauf der Tournee würden sie auch auf Freiluftbühnen auftreten, aber noch war es zu kühl. Es handelte sich um einen Saal, in dem neben anderen Theaterensembles auch schon weltberühmte Opernsänger aufgetreten waren, und der Veranstaltungsort hatte einen sehr guten Ruf. Zweifellos wurde schon am ersten Abend eine erstklassige Leistung von ihnen erwartet. Christopher hatte ihnen mitgeteilt, daß die Premiere ausverkauft sei. Für die Generalprobe am Freitag hatte er Journalisten und Fotografen nach London eingeladen.

Er hatte sein Wort gehalten und versucht, Esther die Rolle näherzubringen, aber sie hatte noch immer nicht das Gefühl, sie im Griff zu haben. Nach außen hin mochte es so scheinen, aber nie hatte sie das Gefühl, wirklich Kay zu sein. Sie verstand sie nicht, und ihre Darstellung wurde dadurch einfach nicht lebendig. Trotz allem blieb Christopher immer freundlich und zeigte viel Nachsicht mit ihr; sie fragte sich langsam, ob er nicht viel sensibler wäre, als sie angenommen hatte. Er opferte ganze Abende, auch wenn Rebecca sich manchmal eindeutig verärgert zeigte, und obwohl er zugegeben hatte, Esther zu begehren, bedrängte er sie in keiner Weise. Dadurch wurde er für Esther noch anziehender, besonders nach dem Fax, das sie von Marcus bekommen hatte.

Sie wußte, daß Damon nicht verborgen blieb, wie schlecht

sie spielte. Sie sah es seinem Gesicht an, wenn er sie beobachtete. Stand sie auf der Bühne, dann schien er Schwierigkeiten zu haben, ihr in die Augen zu sehen, als überkäme ihn die Angst, ihre schwache Vorstellung könne auf seine abfärben. Esther mochte ihn noch immer, aber seine abweisende und eigenbrötlerische Haltung ließen ihre Gefühle langsam versiegen. Christopher dagegen war freundlich zu ihr, und er hatte auch kein Hehl daraus gemacht, daß er sie attraktiv fand. Damon schien es egal zu sein, was sie tat oder wie es ihr ging.

Sie wußte mittlerweile auch, daß er und Ellie ein Verhältnis hatten. In ihrer kleinen Truppe gab es keine Geheimnisse. Zwar war er auch zu Rosie während der Proben nicht besonders freundlich, aber immerhin unterhielt er sich mit ihr, und da Esther Ellie nicht ausstehen konnte, sprach auch das gegen Damon.

Am vorletzten Probentag, dem Donnerstag, waren alle gebeten worden, um zehn zu erscheinen. Noel, Michael und Rosie trafen zusammen mit Esther ein. Esther hatte mitbekommen, daß Rosie die beiden ziemlich oft in deren Wohnung besuchte, wußte aber nicht, welcher der Männer eigentlich Sex mit ihr hatte. An manchen Tagen war sie sicher, daß es Michael war, an anderen genauso sicher, daß es sich um Noel handelte. Wenn sie Rosie fragte, lachte die nur und entgegnete: »Kommst du wirklich nicht drauf, Esther?« Und tatsächlich – Esther kam wirklich nicht drauf.

Nachdem alle eingetroffen waren, hielt Christopher eine kurze Ansprache und versicherte ihnen, daß er sich wegen der Premiere keine Sorgen mache, es würde ein großer Erfolg werden. Doch dann fügte er hinzu, daß sich ein oder zwei Mitglieder des Ensembles dafür wirklich anstrengen müßten. Theresa und Esther sahen einander an. Sie wußten, daß sie gemeint waren.

Am Vormittag gingen sie noch einmal die Szenenwechsel durch, die Make-up-Wechsel, die für den Alterungsprozeß im mittleren Akt nötig waren, und die Kostümwechsel. Wie üblich in dieser Phase überzogen sie die Zeit dafür um einiges, aber das kümmerte kaum jemanden. Als sie zur Mittagspause aufbrachen, kündigte Christopher an, daß er am Nachmittag einen weiteren Durchlauf sehen wolle, dieses Mal als komplette Vorstellung. Nach einer Pause wollte er ihnen dann noch einige Hinweise geben. Freitagvormittag sollten die letzten Probleme besprochen werden, und am Nachmittag fand die Generalprobe statt. Am Ende des Tages würden einige ausgewählte Vertreter der Presse erscheinen, die Fotos und Interviews machen durften.

Als sie zum Mittagessen gingen, fühlte sich Esther so am Boden zerstört, daß sie glaubte, keinen Bissen herunterbringen zu können. In den Pub wollte sie auf keinen Fall, und deshalb ging sie gern auf Rosies Vorschlag ein, in Noels und Michaels Wohnung mitzukommen, besonders nachdem Rosie ihr mitgeteilt hatte, daß die beiden nicht da sein würden.

»Hast du denn einen Schlüssel?« fragte Esther.

»Habe ich«, sagte Rosie und wedelte damit in der Luft herum. »Schon lange. Ich darf kommen, wann ich will.«

Die Wohnung befand sich wie immer in vollkommenem Chaos. »O Gott, was für ein Durcheinander«, meinte Esther. »Räumst du nie mal für sie auf, Rosie?«

Rosie schüttelte den Kopf. »Ich bin noch viel unordentlicher«, gab sie zu, nahm Unterwäsche und Strümpfe vom Sofa und stopfte sie hinter die Rückenlehne, damit Esther sich setzen konnte. »Soll ich uns ein Sandwich machen?« fragte sie. »Du mußt was essen. Der Tag wird noch verdammt lang.«

Esther fragte sich, wie es wohl in dem Kühlschrank aussehen mochte. Eigentlich hatte sie keinen Appetit, aber als Rosie Rührei vorschlug, sagte sie ja. Beim Essen nahm Esther all ihren Mut zusammen. »Komm, Rosie, sag mir endlich die Wahrheit. Mit wem hast du eine Affäre, mit Michael oder mit Noel?«

»Mit beiden«, murmelte Rosie, den Mund voller Ei.

Esther verschluckte sich fast. »Mit beiden? Doch nicht etwa – gleichzeitig?«

»Doch, gleichzeitig«, bestätigte Rosie. »Und es ist fantastisch, wirklich. Sie verwöhnen mich endlos. Ich glaube, ein Mann reicht mir danach nicht mehr aus.« Sie lachte.

»Aber du mußt doch einen lieber mögen«, meinte Esther.

»Warum muß ich?« fragte Rosie. »Sie sind beide total süß. Nach dem Ende der Tournee werden wir uns wahrscheinlich nie wiedersehen. Du solltest dir auch ein bißchen Spaß gönnen. Du scheinst nur zu arbeiten, und ich glaube auch nicht, daß du eine Affäre mit irgend jemand hast, oder?«

Esther schüttelte den Kopf. »Nein«, gab sie zu. »Ich bin wahrscheinlich die einzige, außer Mary, aber so ist es nun mal. Es ist wahrscheinlich noch zu früh dazu – nach Marcus.«

»Das glaube ich dir nicht«, sagte Rosie. »Immerhin machst du schon seit zwei Wochen Christopher schöne Augen.«

»O Gott, ist es so offensichtlich?« fragte Esther. »Nun, da scheine ich auch nicht weiterzukommen.«

»Ich weiß nicht«, meinte Rosie. »Er schaut dich dauernd an, wenn du es nicht merkst. Ich schätze, er wartet nur, bis die Proben vorbei und wir unterwegs sind. Vielleicht glaubt er, es hätte die Proben stören können.«

»Bist du sicher?« fragte Esther hastig.

»Absolut sicher«, bekräftigte Rosie. Sie zögerte. »Darf ich dich etwas fragen?«

»Nach dem, was ich dich gefragt habe, kann ich wohl kaum ablehnen, oder?« entgegnete Esther.

»Also gut. Bist du auch auf Damon scharf?«

Esther hatte nicht gewußt, daß sie praktisch durchsichtig war. Das sprach auch nicht gerade für ihre schauspielerischen Qualitäten. »Ja«, gestand sie leise. »Ich war total scharf auf ihn, aber erzähl mir nicht, daß er ebenfalls ein Auge auf mich geworfen hat. Außerdem ist er ja mit Ellie beschäftigt.«

»Sie haben bestimmt was miteinander«, meinte Rosie, »aber ich glaube nicht, daß es eine ernste Sache ist. Schließlich hat Damon Wichtigeres im Kopf als Sex.«

»Du meinst seine Rolle?«

»Nein, nicht seine Rolle«, sagte Rosie. »Esther, ich weiß etwas über Damon, aber du mußt mir versprechen, es niemandem weiterzuerzählen.«

»Versprochen«, entgegnete Esther.

Rosie sah sie eindringlich an. »Ich hoffe, du hältst dein Wort, denn es wäre furchtbar, wenn es herauskäme. Ich meine, Michael hat es mir erzählt, aber unter dem Siegel der Verschwiegenheit.«

»Dann solltest du es mir besser nicht weiter erzählen«, sagte Esther.

»Ich denke doch, besonders, da du ihn magst. Es erklärt, warum er so gleichgültig wirkt. Außerdem finde ich, daß er sehr viel besser für dich wäre als Christopher.«

»Ich wünschte, die Leute würden aufhören, Partner für mich zu suchen«, meinte Esther ungehalten. »Also, was ist das für ein Geheimnis?«

Rosie senkte die Stimme. »Damon hat eine Halbschwester namens Suzie. Michael hat mir auch ihren Nachnamen genannt, aber ich habe ihn vergessen. Jedenfalls war diese Suzie wohl eine sehr vielversprechende junge Schauspielerin bei der RSC, in der Zeit, in der auch Christopher dort war, und sie hatten eine lange, intensive Affäre. Sie war ihm völlig verfallen, und Christopher versprach, daß er sie heiraten würde. Damon glaubt, daß Suzie das Talent besaß, eine neue Maggie Smith oder Judy Dench zu werden – das sagt jedenfalls Michael.

Suzie und Christopher spielten also gemeinsam in *Viel Lärm um nichts.* Sie gab die Beatrice, er den Benedict. Es war eine wunderbare Inszenierung, die Kritiken waren überschwenglich. Das Problem war nur, daß Suzies Kritiken besser waren als die Christophers. Das war wohl zu viel für ihn, und unmittelbar danach gab er ihr den Laufpaß. Als Christopher ihr das mitteilte, muß es sie völlig zerstört haben. Sie verließ die Royal Shakespeare Company und gab die Schauspielerei ganz auf. Heute arbeitet sie in einer Werbeagentur, oder bei einer Telefongesellschaft oder so.«

»Das ist ja eine furchtbare Geschichte«, sagte Esther geschockt. Sie konnte sich nur allzu gut vorstellen, wie sich das arme Mädchen gefühlt hatte.

»Ja, und Michael meint nun, daß Damons Haß auf Christopher der wahre Grund ist, warum er sich dem Ensemble angeschlossen hat. Christopher hat keine Ahnung, daß Damon mit Suzie verwandt ist. Sie haben verschiedene Nachnamen, und Suzie sprach nie von Damon, damit die Leute nicht glaubten, sie wolle über seinen Namen ins Geschäft kommen. Damon hat bestimmt einen Racheplan gegen Christopher ausgeheckt, auch wenn Michael sich nicht vorstellen kann, wie das ablaufen soll.«

»Deshalb also zählt er nicht zu Christophers Bewunderern«, sagte Esther. »Jetzt verstehe ich einiges. Aber Christopher hätte es doch irgendwie erfahren müssen, oder?«

»Wieso?« entgegnete Rosie. »Damon Dowden ist ein sehr bekannter Name. Suzie kannte keiner, bis zu ihrem Durchbruch als Beatrice. Sie hat Damon ihrem Christopher offenbar niemals vorgestellt, und in der Presse stand auch nie etwas über ihre Verbindung.«

»Ich frage mich, was er vorhat«, sagte Esther. Sie fand es faszinierend, daß sowohl Damon als auch sie aus Gründen bei der Truppe waren, die nichts mit der Schauspielerei zu tun hatten. Das erklärte aber nicht, warum er eine Affäre mit Ellie hatte.

»Verstehst du«, fuhr Rosie eifrig fort, »vielleicht mag er dich ja, aber im Augenblick ist er mit anderen Dingen beschäftigt.«

»Zum Beispiel mit Ellie«, meinte Esther.

»Ich bin sicher, dabei geht es nur um Sex«, sagte Rosie. »Seien wir ehrlich, mit der würde jeder Mann ins Bett gehen, aber keiner würde ernsthaft an eine lange Bindung denken.«

»Schauspieler denken doch nie an lange Bindungen«, seufzte Esther.

»Und wie war es mit Marcus und dir?« entgegnete Rosie.

»Willst du mir weh tun?« murmelte Esther.

»Die Wahrheit tut oft weh«, sagte Rosie ungerührt. »Sei

nur vorsichtig, Esther. Laß nicht zu, daß Christopher dich kränkt.«

»Wie könnte er?« fragte Esther. »Ich bin nicht verliebt in ihn. Ich schätze, daß ich mich aus dem gleichen Grund für ihn interessiere aus dem Damon und Ellie zusammen sind – Sex. Ich will Sex mit ihm haben. Du mußt zugeben, er sieht hinreißend aus.«

»Mhm, aber nicht mein Typ«, sagte Rosie. »Ich glaube nicht, daß er seine Partnerinnen sehr verwöhnt; nicht so wie Michael und Noel.« Sie reckte sich langsam und sinnlich, und als sie einen leisen Seufzer ausstieß, mußte Esther lachen.

»Du bist unverbesserlich, Rosie! Aber es scheint dir sehr gut zu tun. Deine Joan ist brillant.«

»Nun ja, ich habe ja auch den Vorteil, den größten Teil meiner Szenen mit Christopher zu spielen, und so färbt etwas von seiner Brillanz auch auf mich ab«, sagte Rosie mit gespielter Bescheidenheit.

Als sie zum Probensaal zurückkehrten, fühlte Esther sich viel besser. Sie hatte faszinierenden Klatsch gehört. Vielleicht würde sie Damon im Verlauf der Tournee ja besser kennenlernen. Da sowohl er als auch sie Christopher für etwas benutzten, mochte es sinnvoll sein, sich zusammenzutun. Andererseits wollte sie ihn nicht wissen lassen, daß sie sein Geheimnis kannte. Zumindest konnte sie seine abfälligen Kommentare bezüglich Christopher jetzt verstehen. Esther fand es auch irgendwie anrührend, daß er seine Halbschwester so sehr mochte, daß er ihretwegen einen Rachefeldzug gestartet hatte. Sie bedauerte, daß es niemanden gab, der auch ihre Gefühle so ernst nahm. Außer Lydia schien sich kaum jemand dafür zu interessieren, wie weh Marcus ihr getan hatte. Im Gegenteil, sie wußte, daß eine Menge Leute aus ihrer Branche der Meinung waren, daß sie Glück gehabt hatte, so lange mit ihm zusammen gewesen zu sein.

Am Nachmittag probten sie das gesamte Stück, wobei sie versuchten, die Zeiten einzuhalten und schauspielerisch ihr

Bestes zu geben. Am Ende verbeugten sie sich wie vor einem richtigen Publikum, nahmen dann Platz und warteten auf Christophers Kommentare.

»Das war gar nicht mal schlecht«, sagte er mit einem verhaltenen Lächeln. »Um ehrlich zu sein, es war viel besser, als ich erwartet hatte. Natürlich ist es schwierig für mich, weil ich ja selbst viel auf der Bühne stehe, aber George hat mir gesagt, daß es sehr glatt lief, und daß er absolut gefesselt war, meistens jedenfalls. Es gibt immer noch ein oder zwei Probleme, die wir ausmerzen müssen, aber im Hinblick darauf würde ich lieber mit den betreffenden Personen allein sprechen. Allgemein möchte ich sagen, daß ich sehr zufrieden damit bin, wie alles gelaufen ist. Wenn wir diese Form bis zum Premierenabend nächste Woche in Leicestershire konservieren können, dann wird es wirklich sehr gut.«

»Ist das alles?« fragte Damon von hinten. »Keine Hinweise?«

»Sicherlich nicht für dich, Damon«, sagte Christopher aufgeräumt. »Du warst großartig, mit viel Ausstrahlung. Achte nur darauf, Rebecca nicht an die Wand zu spielen. Ich weiß, sie ist die gebrochene Ehefrau im mittleren Akt, aber es soll nicht so aussehen, als sei sie das Opfer häuslichen Mißbrauchs, nicht wahr? Vielleicht eine Spur verhaltener, Damon; ansonsten ist es perfekt.«

»Das hast du davon«, sagte Ellie, die neben ihm saß und den Kopf an seine Schulter lehnte.

»Ich werde eben nicht gerne ignoriert«, nölte Damon.

Esther, die in der Nähe saß, hatte mitgehört und hätte gerne gelacht, aber sie wußte nur allzu gut, daß sie zu den Einzelpersonen zählte, die Christopher gleich beiseite nehmen würde. Es kam ihr vor, als sei sie heute nachmittag noch schlechter gewesen als davor.

Wie sie erwartet hatte, kam Christopher auf sie zu, kaum daß sich die Gruppe aufzulösen begann. »Esther, Darling, wir haben da immer noch ein paar Probleme, nicht wahr?« sagte er.

»Ja«, gab sie zu.

»Nun, wie wäre es, wenn ich heute abend bei dir vorbeikomme? Wir könnten noch mal richtig daran arbeiten. Was meinst du dazu?«

»Das würde mir sehr helfen«, sagte Esther. »Bist du sicher, daß du die Zeit opfern kannst?«

»Mir bleibt gar nichts anderes übrig«, sagte Christopher.

Esther errötete. »Ich wußte nicht, daß ich so schlecht war«, murmelte sie.

»Es geht nicht darum, daß du schlecht warst, Esther«, erklärte Christopher behutsam. »Aber es ist nun mal so, daß du mit sehr guten Schauspielern zusammenarbeitest. Ich will, daß du das Beste aus dir herausholst, und es ist mir egal, wieviel Zeit ich opfere, wenn mir das gelingt.«

»Du weißt, wo ich wohne?« fragte Esther.

»Natürlich. Gegen acht bin ich bei dir«, versprach Christopher und ging zu Theresa hinüber.

Esther schnappte sich ihren Mantel und eilte zur U-Bahn-Station. Sie mußte aufräumen und etwas zu trinken kaufen. Nicht für sich, sondern für den Fall, daß Christopher etwas wollte. Unvermittelt kam ihr der Gedanke, daß dies vielleicht die Gelegenheit war, auf die sie gewartet hatte. Wenn sie erst einmal über ihre Rolle gesprochen hatten, würde sich doch sicherlich die Chance für eine intimere Begegnung ergeben. Als sie nach Hause kam, beschloß sie, sich umzuziehen. Besser, sie trug etwas Feminineres als ihre übliche Probenkleidung. Es konnte nicht schaden, Christopher einen Schubs in die richtige Richtung zu geben, und wenn man Rosie glauben mochte, dann bedurfte es nur eines sehr kleinen Schubses.

6

Ellie war äußerst erleichtert, daß Damon zu ihr nach Hause kam. Obwohl sie nun schon seit einiger Zeit eine heftige Affäre hatten, konnte sie sich seiner nie sicher sein. Allzu viele Sorgen machte ihr das jedoch nicht. Ellie hielt nichts von festen Bindungen. Sie wollte regelmäßigen und guten Sex, und das lieferte Damon. Da sie auf diesem Gebiet eine wahre Expertin war, hatte sie schon oft feststellen müssen, daß die Männer nach ihrer Pfeife tanzten, zumindest am Anfang. Damon hatte jedoch gleich klargemacht, daß er nach niemandes Pfeife außer seiner eigenen tanzen würde. Zuerst hatte Ellie versucht, ihn eifersüchtig zu machen, hatte andere Liebhaber angedeutet oder Verabredungen im letzten Moment abgesagt. Als jedoch klar wurde, daß sie Damon damit nicht beeindrucken konnte, ließ sie es sein. Wenn er sich doch nicht ändern ließ, hatte es keinen Sinn.

Heute hatte sie fast erwartet, daß er sagen würde, er sei müde von den Proben und wolle in seine eigene Wohnung gehen. Dorthin hatte er sie nie eingeladen, und ihr war klar, daß er es auch nie tun würde. Soweit sie wußte, hatte niemand Zutritt zu Damons innerem Heiligtum. Er war der verschlossenste Schauspieler, den sie je kennengelernt hatte. Eigentlich waren Männer und Frauen in ihrem Gewerbe von Haus aus mitteilsam und extrovertiert. Sie liebten Klatsch, pflegten ihre Feindschaften, und selbst wenn ihre Freundschaften oft nur oberflächlich oder sogar falsch waren, so wurden sie doch schnell geschlossen. Damon schien sich nicht bemüßigt zu fühlen, Freundschaften zu schließen, und bevor er mit Ellie zum ersten Mal ins Bett gestiegen war, hatte er ihr unmißverständlich klargemacht, was sie zu erwarten hatte. Keine emotionale Bindung, keine Gespräche mit anderen Ensemblemitgliedern über ihre Affäre, und vor allem keine Fragen.

Ellie wußte nicht, welche Fragen sie ihm hätte stellen sollen, dazu war sie viel zu selbstsüchtig. Sie wollte gar nicht viel wissen, aber es überraschte selbst sie, auf welche Mauer des Schweigens sie traf, wenn es um seine Familie ging. Hatte sie ihn vielleicht wegen seines Berufes verstoßen? Da er nie Interviews gab, konnte sie keine Artikel einsehen, die ihre Vermutung bestätigt hätten.

Weil sie so guten Sex miteinander hatten, machte es sie ziemlich fertig, daß es Damon völlig egal zu sein schien, ob sie welchen hatten oder nicht. Heute sehnte sie sich besonders nach ihm, wie immer nach den Proben, wenn ihr Adrenalinspiegel besonders hoch war. Als er ihr am Ende des Tages erlaubte, sich neben ihn zu setzen und ihren Kopf an seine Schulter zu legen, machte sie sich Hoffnungen. An einem schlechten Tag konnte er sie vor der versammelten Truppe völlig ignorieren, oder auch allein auf einen Drink weggehen, so wie vor ein paar Tagen, als sie ihn im Pub getroffen hatte, mit Esther. Das hatte sie besonders geärgert, weil sie den schleichenden Verdacht hegte, daß Damon Esther anziehend fand, obwohl keinerlei Beweise für ihre Theorie vorlagen. Trotzdem war sie überzeugt, daß sie recht hatte – die Intuition einer Frau täuschte selten.

Als sie in die Wohnung kamen, setzte Ellie sofort einen Kessel mit Wasser auf. Sie hätte gerne etwas Alkoholisches gehabt, aber Damon trank eigentlich nur dann, wenn er ausging. Auch das war untypisch für die meisten Schauspieler, die sie kannte, und sie fragte sich, ob er sich aus irgendeinem Grund ständig selbst beobachtete und alles unter Kontrolle haben wollte. Es war, als gäbe es eine Seite an ihm, die er vor ihr und allen anderen verbergen wollte.

Nur im Bett ließ er sich gehen, und Ellie sagte sich, daß sie sich damit zufriedengeben mußte. Wenn sie ehrlich war, wunderte sie sich sowieso, warum er sich mit ihr abgab. Man sagte, er sei einer der bestaussehenden Schauspieler im Land, und er hätte sich wohl jede Frau im Ensemble aussuchen können. Natürlich ließ sich das gleiche von Christopher sagen, aber es wurde allgemein akzeptiert, daß Christopher und Rebecca ein Paar waren, was ihn eher unerreichbar machte. Damon hatte sich jedoch bereits am zweiten Tag an Ellie herangemacht, und soweit sie das beurteilen konnte, hatte er keiner anderen Avancen gemacht. Sie hatte zweimal versucht, ihn zu dem Geständnis zu bewegen, daß Esther ihm gefiel, aber beim zweitenmal war er so ärgerlich geworden, daß sie das Thema lieber nicht mehr erwähnte.

Damon setzte sich in einen Sessel, streckte seine langen Beine aus und schlug sie übereinander. »Nur noch ein Tag in diesem vermaledeiten Probensaal«, grummelte er.

»Glaubst du, wir sind bereit für die Premiere?« fragte Ellie und reichte ihm eine Tasse mit starkem, süßem Tee.

»Bereiter werden wir nicht mehr«, antwortete Damon.

»Theresa und Esther sind die schwachen Glieder in der Kette, nicht wahr?«

»Das kannst du laut sagen«, entgegnete Damon bestimmt. »Aber es ist nicht mal ihre Schuld. Ich weiß nicht, was Christopher sich dabei gedacht hat, sie so zu besetzen. Theresa als Madge, das ist ein Witz. Und was Esther betrifft, sie wäre für die Rolle der Hazel wie geschaffen.«

»Er wird seine Gründe haben«, sagte Ellie. »Bei seiner Erfahrung.«

»Ich komme nicht dahinter«, sagte Damon. »Es ist ja nicht so, als würden sie ihn gut aussehen lassen; im Gegenteil. Ich glaube, er hat Esther die Rolle der Kay gegeben, weil er dachte, sie wollte sie. Ich habe gehört, daß er das bereits beim Vorsprechen erwähnte, und das dumme Ding hatte nicht den Mut zu sagen, daß sie sich in der Rolle unwohl fühle. Was Theresa anbetrifft – vielleicht war es Bestechung.«

»Bestechung?« wiederholte Ellie. »Warum sollte er sie bestechen wollen?«

»Das mußt du sie fragen«, sagte Damon.

»Na schön, aber warum wollte er Esther einen Gefallen tun?« erkundigte sich Ellie.

»Weil er Marcus zeigen will, wie dumm es von ihm war,

nach Amerika zu gehen und Esther im Stich zu lassen. Du weißt sicher, daß Christopher höllisch eifersüchtig auf Marcus ist. Stell dir vor, was für eine Freude es für ihn wäre, wenn er der Welt zeigen könnte, daß Marcus Esther daran gehindert hat, ihr wahres Talent zu zeigen.«

»Würde es nicht reichen, wenn er mit ihr ins Bett ginge?« meinte Ellie.

»Das kommt sicher noch«, sagte Damon. »Sie himmelt ihn ja die ganze Zeit an.«

»Nun, du weißt, wen sie meiner Meinung nach wirklich anhimmelt«, kicherte Ellie.

Damon warf ihr einen kalten Blick zu. »Wenn du noch ein einziges Mal davon sprichst«, sagte er, »dann ist es aus mit uns beiden. Habe ich mich deutlich genug ausgedrückt?«

Ellies Augen weiteten sich in gespielter Unschuld. »Es tut mir wirklich leid, Damon«, sagte sie. »Aber warum regst du dich so auf – vielleicht weil doch ein Körnchen Wahrheit darin steckt?«

»Halt einfach den Mund«, sagte Damon erschöpft. »Der Tag war schon anstrengend genug. Ich bin hierher gekommen, um mich zu entspannen, nicht um zu diskutieren.«

»Ich diskutiere nie«, behauptete Ellie. »Das ist Zeitverschwendung. Bist du hungrig?«

Damon drehte den Kopf zur Seite und sah sie an. »Worauf?« fragte er spöttisch.

»Worauf du Lust hast«, sagte Ellie und stellte sich vor ihn, die Hände in die Hüften gestemmt.

»Dann hätte ich gerne ein getoastetes Sandwich«, sagte er nach einer kurzen Pause.

Ellie kochte vor Wut, aber sie wagte nicht, es zu zeigen. Sie haßte alles, was mit dem Haushalt zu tun hatte, und seit sie Damon kannte, hatte sie wahrscheinlich so viele Sandwiches getoastet wie in ihrem ganzen Leben zuvor noch nicht. Trotzdem gelang es ihr jedesmal, sie anbrennen zu lassen.

»Ich werde diese versengten Brote ziemlich vermissen, wenn wir auf Tournee sind«, sagte Damon. »Du wirst mal eine furchtbare Hausfrau abgeben, Ellie.«

»Ich werde niemals Hausfrau«, entgegnete Ellie. »Ich werde ein Superstar.«

Damon lachte, aber nicht unfreundlich. »Das meinst du nicht im Ernst, oder?«

»Warum nicht?« fragte sie und zog einen Schmollmund.

»Du bist eine kompetente Schauspielerin«, versicherte Damon. »Aber kaum der Stoff, aus dem Stars gemacht sind. Willst du etwa auch nach Hollywood?«

»Natürlich nicht«, sagte Ellie beleidigt. »Das heißt aber nicht, daß ich hier keine Karriere machen könnte. Es überrascht dich vielleicht, aber es gibt einen ziemlich wichtigen Regisseur im West End, der sich für mich interessiert.«

»Es überrascht mich nicht«, entgegnete Damon. »Ich hoffe, er hat genug Energie, um mit dir fertig zu werden.«

»Er ist ein großes Tier im Musical-Geschäft«, sagte Ellie. Eigentlich hätte sie nicht darüber sprechen sollen, aber Damon hatte sie so gereizt, daß sie es ihm sagen mußte.

»Wie groß?« fragte Damon mit einem Lächeln.

»Er ist sehr einflußreich. Er hat gesagt, er könne mir eine Rolle in *Das Phantom der Oper* geben.«

»Ich wußte nicht, daß du singen kannst«, sagte Damon. »Das muß man dafür doch?« Er zögerte kurz. »Nun, vielleicht auch nicht«, fuhr er fort. »Viele Schauspielerinnen sind trotz mangelnder Fähigkeiten erfolgreich gewesen.«

»Manchmal bist du wirklich ekelhaft«, sagte Ellie. »Ich singe sehr gut. Ich glaube sogar, daß Gesang und Tanz meine Stärken sind.«

»Warum zum Teufel bist du dann mit Chris Wheldon und seinem Volkstheater auf Tournee?«

»Bühnenerfahrung sammeln«, antwortete Ellie. »Ich habe nur wenig auf der Bühne gestanden, und mein Freund, dieser Regisseur, möchte, daß ich in meinen Lebenslauf auch Theaterarbeit schreiben kann. Er sagte, daß würde es ihm erleichtern, mich durchzusetzen.«

»Ich verstehe«, sagte Damon. »Gibt es sonst noch etwas, das du machen mußt, damit er dir eine Rolle verschafft – etwas, das vielleicht nicht in den Lebenslauf kommt?«

Ellie zuckte mit den Schultern. »Vielleicht, aber bis jetzt hat er nichts verlangt. Es würde mir auch nichts ausmachen. Viele Mädchen sind auf diese Weise weitergekommen, und ich weiß, daß ich Talent habe. Es ist vielleicht nicht die Art Talent, die du für wichtig hältst, Damon, aber die Leute lieben es, und im Gegensatz zu dir habe ich nichts gegen den Massengeschmack. Weißt du, wer heutzutage das meiste Geld verdient?«

»Nein«, sagte Damon betont gelangweilt.

»Die Stars der Soaps, der Sitcoms, Fernsehmoderatoren, Talkmaster.«

Damon überlegte kurz. »Sicherlich hast du recht, aber ist das nicht eher eine Bankrotterklärung der Gesellschaft als eine Rechtfertigung für dich?«

»Du bist ein Snob, weißt du das?«

Damon runzelte die Stirn. »Ich glaube nicht. Ich liebe einfach große Schauspielkunst.«

»Damit willst du sagen, daß du ein großer Schauspieler bist.«

»Nein, natürlich nicht«, entgegnete Damon eilig. »Ich meine damit, daß ich große Schauspieler bewundere und selbst einer werden möchte. Das ist im Grunde das gleiche wie dein Wunsch, im *Phantom der Oper* aufzutreten. Wir gehen nur in verschiedene Richtungen.«

»Hoffentlich gehen wir zumindest heute abend in die gleiche Richtung«, sagte Ellie, die plötzlich das Interesse an der Diskussion verloren hatte. Sie wollte nur noch seine Hände auf ihrem Körper spüren.

»Nun, zumindest halten wir uns im gleichen Zimmer auf«, sagte Damon.

»Warum magst du mich?« fragte Ellie.

Damon lachte. »Eine seltsame Frage. Ich hätte gedacht, du wüßtest die Antwort mittlerweile.«

»Aber ich bin doch nicht dein Typ, oder?«

»Ich habe keinen Typ«, sagte Damon.

»Hattest du eigentlich jemals eine ernsthafte Beziehung?« fragte Ellie.

»Nein.« Damon stellte seinen Teller auf den Teppich und sah sie an. Sie hatte sich heute anders gekleidet als sonst. Wegen der wichtigen Probe hatte sie ihre üblichen Klamotten gegen ein Outfit getauscht, das sie jünger machte, damit sie sich mehr wie die sechzehnjährige Carol fühlen konnte. Sie trug ein blaugrau kariertes Baumwollkleid, das bis zu den Knöcheln reichte, aber nur bis zum Knie zugeknöpft war. An den Füßen hatte sie Segelschuhe aus Leinen. Tatsächlich wirkte sie so viel jünger. Außerdem war sie so viel leichter auszuziehen als sonst, und an Damons Blick sah sie, daß ihm das auch gerade aufgefallen war.

Als er aufstand, wollte sich Ellie umdrehen und ins Schlafzimmer gehen, aber Damon ergriff ihren Arm und hielt sie fest. »Bleiben wir hier«, sagte er. Seine Stimme klang heiser.

Ellie spürte, wie eine Welle der Erregung über sie schwappte. In Augenblicken wie diesen war sie Wachs in seinen Händen, und sie bedauerte jetzt schon, daß die Proben nun vorbei waren. Auf Tournee würde es sehr viel schwieriger werden, ihre Affäre diskret ablaufen zu lassen.

»Was hast du darunter an?« fragte er sie.

Ellie verzog die Mundwinkel zu einem spitzbübischen Lächeln. »Nicht viel«, sagte sie. »Und das ist leicht auszuziehen.«

»Das freut mich«, sagte Damon und strich mit der Hand durch ihre kurzes, hellbraunes Haar. Sie neigte den Kopf etwas nach hinten und genoß das Gefühl seiner Finger, die ihre Kopfhaut massierten. Während sie die Augen schloß, spürte sie, wie er seine Lippen auf ihren Mund preßte.

Nun glitten seine Hände ihren Körper hinab, über die Schultern, die Arme und die Brüste, bis sie schließlich begannen, ihr Kleid aufzuknöpfen. Ellie sah zu ihm hoch. Da er um so vieles größer war als sie, fühlte sie sich stets wunderbar klein und feminin, wenn er sie liebte, trotz der Tatsache, daß ihr sexueller Appetit mindestens so groß war wie der seine.

Damon war schon dabei, ihren BH zu lösen. Sie trug mit Absicht einen mit Vorderverschluß, damit er es leichter hatte. Nachdem er ihn geöffnet hatte, stieß er einen zufriedenen Seufzer aus und umschloß ihre kleinen, festen Brüste mit den Händen. Sein Griff war kräftig, und sie drückte ihren Oberkörper gegen ihn. Sie liebte es, wenn ihre Brüste heftig stimuliert wurden, und Damon hatte das schnell kapiert. So standen sie eine Weile da, Damons Lippen glitten über ihren Mund und ihren Hals, während er mit den Händen ihre Brüste knetete und die Brustwarzen rieb. Als er spürte, daß sie hart wurden, setzte er sich wieder und zog sie zu sich herab, so daß sie breitbeinig auf seinem linken Oberschenkel saß. Er fuhr mit der rechten Hand ihr Bein hinauf und stellte verblüfft fest, daß sie einen Slip trug, der den Schambereich frei ließ und den sie ebenfalls in der Hoffnung auf Sex angezogen hatte. »Alle Achtung, wir sind aber gut vorbereitet«, sagte er.

»Glaubst du nicht, daß Carol sich so kleiden würde?« sagte Ellie lachend und atmete heftig ein, als er zwei Finger in ihre Vagina schob und sie schnell hin und her bewegte.

»Ich glaube, Carol würde großen Ärger bekommen, wenn sie sich als Sechzehnjährige so benehmen würde, besonders 1919«, sagte Damon.

»Was für ein Glück, daß ich nicht wirklich Carol bin«, meinte Ellie.

»Kannst du nicht mal für fünf Minuten den Mund halten?« keuchte Damon und glitt mit dem Daumen über ihre äußeren Schamlippen, bis er die Klitoris gefunden und begonnen hatte, auch diese zu massieren. Das brachte Ellie zum Schweigen. Sie zitterte vor Lust, aber plötzlich zog Damon seine Hand weg. Sie sah ihn enttäuscht an.

»Rutsch über meinen Oberschenkel«, sagte er zu ihr. »Ich möchte sehen, wie du es dir selbst machst.«

Ellie stützte sich mit den Händen auf seiner Schulter ab und begann ihren Unterleib auf seinem muskulösen Oberschenkel hin und her zu bewegen, so lange, bis sie die ersten Wellen eines Orgasmus spürte. Damon richtete seine dunklen Augen auf ihr Gesicht, und als sie erschauderte, erkannte sie darin den Ausdruck höchster Lust.

»Ich sehe gern zu, wie du kommst«, sagte er.

»Ich will noch mal ...« entgegnete sie.

»Warum nicht«, meinte Damon und schob seine Finger wieder dorthin, wo er sie eben weggezogen hatte. Erneut spielte er mit dem Daumen an der festen Knospe ihrer Klitoris. Wenn er das tat, kam sie stets schnell und gewaltig, und schon nach Sekunden hatte sie einen neuen Orgasmus. Wieder sah sie den Ausdruck größter Befriedigung in seinen Augen.

Als sie fertig war, half er ihr von seinem Bein und drückte sie zu Boden. Dann öffnete er den Reißverschluß seiner Chinos; Ellie holte seinen pochenden Schwanz aus der eng sitzenden Unterhose, nahm die Spitze in ihren Mund und fuhr mit der Zunge über die weiche, seidene Haut. Damons Kopf fiel nach hinten, aber Ellie wußte, daß sie ihn so nicht kommen lassen dufte. Er kam lieber in ihr, und mittlerweile wußte sie auch genau, wie weit sie vorher gehen konnte. In dem Augenblick, in dem seine Hüften zu zucken begannen, nahm sie ihren Mund weg und ließ einen Finger sachte an der Unterseite des Penis entlanggleiten. Damon atmete heftig ein.

»Ich will dich, jetzt«, sagte Damon plötzlich, und aus Erfahrung wußte Ellie, daß er das genau so meinte. Das war das Aufregendste, wenn sie sich liebten – manchmal überkam ihn eine Begehrlichkeit, die zu den erregendsten Ficks führte, die sie je gehabt hatte.

Aus irgendeinem Grund machte die Tatsache, daß sie beide noch angezogen waren, die ganze Situation noch pikanter. Als Damon aufstand, nahm ihn Ellie bei der Hand und führte ihn durch das Zimmer, bis sie mit dem Rücken an der Wand stand. Dann hob sie die Arme und streckte sie waagerecht aus, während sie den Hintern an die harte Oberfläche preßte. Damon verstand sofort, was sie wollte, er packte sie um die Taille und hob sie hoch, wobei er darauf achtete, daß sie mit dem Rücken an der Wand lehnte. Zuerst hob er sie etwas höher an, dann ließ er sie langsam auf seinen steifen Schwanz gleiten. Mit den Schulterblättern konnte sie sich hinten abstützen, was bedeutete, daß ihre Pobacken frei beweglich blieben.

Damon legte die Hände unter ihre Oberschenkel, und sie schlang die Arme um seinen Hals, während sie seinen Schwanz langsam in sich hineingleiten ließ. Sein Mund glitt über die empfindliche Haut an ihrem Hals, und sie spürte, wie er mit der Zungenspitze darüber leckte.

Er zog sie so dicht an sich, daß ihre Brüste sich an seinem T-Shirt rieben, während sie sich auf und nieder bewegte und überall dort stimuliert wurde, wo sie es für einen neuen Orgasmus brauchte.

»Ich kann nicht mehr warten«, keuchte Damon plötzlich.

»Schon gut«, japste Ellie. »Ich bin auch gleich soweit.«

Sie spürte, daß Damon dicht davor stand, aber wie üblich konnte er sich auf unglaubliche Weise beherrschen; auch wenn die Venen an Armen und Hals hervortraten, bemühte er sich, zu warten, bis sie ihn eingeholt hatte. Plötzlich versteifte sich ihr ganzer Körper, sie fühlte die wunderbare Anspannung, die dem Orgasmus stets vorausging. Ihre Bewegungen wurden hektisch, und sie hörte sich selbst keuchen und schreien. Damon grub seine Finger tief in ihre Oberschenkel, und dieser letzte Reiz war es, der ihren dritten Orgasmus auslöste. Mit einem Triumphschrei taumelte sie dem Gipfel zu und fühlte, wie eine Welle des Glücks sie durchflutete. Als sie aufschrie, hörte sie, wie Damon einen seltsam gutturalen Laut ausstieß; dann warf er den Kopf in den Nacken, und die Kraft seines eigenen Orgasmus pulsierte durch seinen Körper.

Auch wenn es so schnell gegangen war, so war es doch unglaublich erregend gewesen, und als Damon sie freigab und Ellie langsam zu Boden sank, fühlte sie sich völlig befriedigt. Halb erwartete sie, daß er sie hochheben und zum Sofa tragen würde, wo sie zusammen sitzen könnten, bis es noch mehr Sex und noch mehr Höhepunkte gab. Aber es stellte sich schnell heraus, daß dem nicht so war. Kaum hatte er ihr auf die Beine geholfen und ihr Kleid heruntergezogen, zog er sich an und griff nach seinem Text.

»Gehst du schon?« fragte Ellie und wunderte sich, daß – egal wie vollkommen er sie befriedigte – sie immer noch mehr von ihm wollte.

»Ist mir lieber so«, sagte er. »Schließlich kommt morgen die Presse, und ich möchte nicht aussehen, als hätte ich die Nacht durchgemacht.« Er lachte.

Ellie verbarg ihren Frust. Statt dessen umarmte sie ihn und legte den Kopf an seine Brust. Aber Damon schob sie sanft, doch unmißverständlich fort. »Tut mir leid, Ellie, aber das war's für heute. Es war toll, wie immer.«

»Das war es«, pflichtete sie ihm mit einem strahlenden Lächeln bei.

Nachdem er gegangen war, kuschelte sie sich aufs Sofa und dachte lange über ihn nach. Sie hatte von Anfang an gewußt, daß ihre Beziehung keine Zukunft hatte. Was sie nicht gewußt hatte, war, daß ihr Körper sich so an ihn gewöhnen und ihn so sehr herbeisehnen würde. »Was soll's«, sagte sie tröstend zu sich selbst. »Wir sind noch ein paar Monate unterwegs. So schnell verlierst du ihn noch nicht.«

Der Gedanke beruhigte sie etwas, besonders bei der Vorstellung, was der West End-Regisseur wohl von ihr verlangen würde, damit sie die von ihr so sehr begehrte Rolle bekam, die er ihr versprochen hatte. Aber es gehörte nun mal zum Geschäft, und wenn es hart auf hart kam, war Ellie durch und durch Profi. Sex mit Damon war fantastisch. Aber die Vorstellung, einmal ein West End-Publikum in den Bann zu ziehen, war noch besser.

7

Als Christopher vor Esthers Haus in Nord-London stand, war er nervös und aufgeregt. Obwohl er eine sehr verärgerte Rebecca und eine ziemlich ratlose Theresa zurückgelassen hatte, war er überzeugt, das Richtige zu tun. Wenn er Esther während der Tournee zu seiner festen Freundin machen wollte, dann mußte er bald etwas unternehmen, und heute abend schien sich die perfekte Gelegenheit zu bieten. Er hoffte, daß Esther ihn ebenso begehrte, und als sie ihm die Tür öffnete, war er überzeugt davon. Sie trug einen knöchellangen, eng anliegenden Wollrock und eine elfenbeinfarbene langärmelige Krepp-Bluse. Um ihren Hals hing eine lange Kette mit Kunstperlen, und ihre Füße steckten in schwarzen Schuhen mit aufregend hohen Absätzen. Er lächelte sie bewundernd an. »Du siehst toll aus.«

Sie erwiderte sein Lächeln, wenn auch etwas schüchtern. »Ich dachte, es hilft mir vielleicht, Kays Charakter besser zu begreifen«, erklärte sie ihm. »Es ist wie in einem Kostümstück. Wenn man solche Sachen anhat, dann bewegt man sich anders, die Haltung wird anders, und man fühlt sich der Zeit verbunden.«

»Ganz meine Meinung«, sagte Christopher enthusiastisch. »Wenn ich in Akt I und III meine Uniform trage, fühle ich mich wirklich wie ein Soldat. Der mittlere Akt ist viel schwieriger.«

»Weil du es nicht wirklich bist«, sagte Esther. »Du spielst natürlich großartig, aber es fällt einem einfach schwer, dich als verlotterten Trinker zu sehen, geschweige denn als totalen Versager.«

Christopher verfügte über keinerlei Abwehrkräfte gegen jede Form der Schmeichelei, egal wie dick sie aufgetragen war. »Nett von dir, das zu sagen. Ich bemühe mich jedenfalls.« Er ging im Wohnzimmer umher und betrachtete die Bücher in den Regalen. »Sind das alles deine?« fragte er.

»Nein, die meisten gehören Marcus«, antwortete Esther.

»Das dachte ich mir. Er steht total auf Stanislawski, nicht wahr?«

»Auf alle Fälle hat er sich an Teile von Stanislawskis Theorie gehalten. Er nannte sich sogar einen Stanislawski-Puristen. Marcus meint, daß die modernen Schauspiellehrer seine ursprünglichen Prinzipien verfälscht haben.«

Christopher gähnte. »Nun, wollen wir nicht zu detailliert darüber sprechen, was Marcus meint. Wir sind hier, um dein Spiel zu verbessern.«

»Möchtest du vorher was trinken?« fragte Esther.

»Gute Idee«, meinte Christopher. »Hast du Whisky da?«

Esther hatte nur noch einen kleinen Rest und hoffte, daß Christopher nicht vorhatte, während des ganzen Abends zu trinken. »Natürlich«, sagte sie hastig. »Pur oder mit etwas drin?«

»Pur, es sei denn, es ist ein schlechter«, antwortete Christopher.

»Nein, es ist ein guter Malt. Jemand hat ihn Marcus geschenkt, aber der trinkt kaum Whiskey.«

»Gut, dann pur.«

»Nicht mal mit Eis?«

»Nein danke, so wie er ist. Also«, fuhr er fort, nachdem sie ihm den Drink gebracht hatte, »ich habe versucht, genau herauszufinden, wo du Fehler machst. In I und III bist du nicht schlecht, und wenn du die Reaktion des Publikums spürst, wird es sicher noch besser. Aber im mittleren Akt bekommst du Probleme.«

»Ja«, bestätigte Esther. »Ich denke, es fällt mir schwer zu verstehen, was da eigentlich passiert. Ist Kays Vision doch Realität – oder nur ein närrischer Traum, den ihre überreizten Sinne verursacht haben, wie ihre Mutter am Ende des Stücks andeutet?«

»Ich glaube, du mußt dem Publikum diese Entscheidung überlassen«, sagte Christopher.

»Aber was war die Intention des Autors?« fragte Esther.
»Wir können ihn schlecht fragen, oder?« meinte Christopher lachend. »Er weilt nicht mehr unter uns.«
»Aber was war sie deiner Meinung nach?« drängte Esther.
»Was ich meine, spielt wirklich keine Rolle«, erläuterte Christopher. »Was *du* meinst, macht den Unterschied aus. Aber warum ist das so ein Problem für dich?‹
»Ich glaube, weil Kay eine Realistin ist. Sie kommt als vernünftig und intelligent rüber.«
»Nun, das ist vielleicht ihr Traum – das hysterische Produkt einer kindlichen Fantasie.«
»Nun, ich habe Probleme mit dieser Vision. Es ist alles so düster. Nicht nur, daß alle scheitern – bis auf Ernest Beevers –, die arme Carol stirbt auch noch. Es scheint, als müsse diese Familie ein Übermaß an Unglück hinnehmen.«
»Ich glaube«, sagte Christopher vorsichtig, »es geht darum, wie sich die Dinge für alle ändern, nicht nur für die Conways. Priestley benutzt die Familie offenbar dazu, um zu zeigen, welche Veränderungen die nächsten zwanzig Jahre bringen werden. Wenn man es analysiert, dann hast du recht, das Unglück trifft sie härter, als man realistischerweise annehmen sollte; aber wenn man es gut rüberbringt, wird niemand mit diesem Gefühl entlassen. Das Publikum soll nur ein Gefühl der nahenden Tragik empfinden, besonders, da der dritte Akt so endet, daß Kay verzweifelt hofft, alles sei nur ein Traum gewesen. Das gibt dem Zuschauer die Chance auf Hoffnung – wenn er sie braucht.«
»Das ist das, worüber ich in Akt II spreche«, sagte Esther langsam, »also die Wahrheit. Ernest Beevers wird reich, und er wird Hazel abscheulich behandeln. Carol wird sterben. Robin wird zum nichtsnutzigen, hoffnungslosen Alkoholiker, sie verlieren das Familienvermögen. Aus allen wird eine Art verrückter Einsiedler, und Madge endet als frustrierte Lehrerin. Und was Gerald betrifft, so wird der so aufgeblasen und unangenehm, daß man in ihm kaum noch den netten jungen Mann aus dem ersten Akt wiedererkennt.«
»Aber so spielt das Leben mit den Menschen, nicht wahr?«

sagte Christopher erstaunlich sanft. »Denk nur an dein eigenes Leben, Esther. Denk daran, wie du mit fünfzehn warst und wie du dir damals vorgestellt hast, als Vierundzwanzigjährige zu sein. Hat es sich so entwickelt, wie du erwartet hast? Bist du dort, wo du sein wolltest?«

Esther überlegte kurz. »Nein, natürlich nicht. Mit fünfzehn war ich in den Jungen verknallt, mit dem ich Tennis spielte. Ich war sicher, daß wir heiraten würden, drei Kinder hätten und bis ans Ende unseres Lebens glücklich wären.«

»Was für ein altmodisches kleines Ding du gewesen sein mußt«, sagte Christopher. »Warst du nie in einen Popstar verknallt?«

»Nein«, sagte Esther. »Ich glaube, ich war furchtbar konventionell.«

»Und bist du es noch immer?« fragte Christopher vielsagend.

Esther sah ihn an, und ihr Herz begann schneller zu klopfen. »Nicht im geringsten«, versicherte sie.

»Nun, das ist genau das, was ich meine. Das Leben läuft nicht so, wie wir es uns vorstellen, und wenn die Veränderungen im Leben der Conways vielleicht überdramatisch sind, so sollte das für dich kein allzu großes Problem darstellen. Wenn du den dritten Akt noch besser an den zweiten bindest, dann wird sich in dir das Gefühl für die Tragödie vielleicht noch verstärken.«

»Aber wie?«

»Hier, ganz am Ende. Schau her.« Sie setzten sich nebeneinander aufs Sofa, und Christopher beugte sich herüber, um im Text zu blättern. Sie spürte seine Nähe nur zu gut. »Hier, auf der vorletzten Seite. Die Stelle, an der Kay von Alan getröstet werden möchte, so wie er es in ihrer Vision getan hat. Du willst ihn fast dazu zwingen, um die Gewißheit zu haben, daß das, was du gesehen hast, geschehen wird.«

»Ja, hier ist es.«

»Genau. Du zitierst an dieser Stelle Blake, und wenn du das tust, dann solltest du etwas länger verweilen ... als müßtest du dich erst an die Worte erinnern, denn schließlich hat Alan sie im Akt vorher gesagt, und du hast Mühe, sie zu wiederholen.«

»Ich verstehe«, sagte Esther.

»Gut, also – du brauchst länger, und wenn du die Stelle zitierst, dann mußt du sie aufbrechen. Ich meine nicht das Versmaß. Deine Stimme muß brechen, weil dir klar wird, wie entsetzlich traurig alles ist. Versuch es einmal. Nimm erst mal diese beiden Zeilen: *Fein gewoben sind Freud und Leid, der göttlichen Seele ein Kleid.*«

»Soll ich aufstehen?« fragte Esther.

»Ja, geh in die Mitte des Zimmers, das Gesicht zu mir. Stell dir vor, daß Alan etwas rechts von dir steht, also wendest du dich in diese Richtung, aber nur ganz leicht. Denk daran, ich bin das Publikum, das dich gut erkennen muß.«

Esther folgte seinen Anweisungen und sprach den Text, so wie sie ihn bei den Proben gesprochen hatte, aber im Hinblick auf das, was Christopher gesagt hatte, stellte sie entsetzt fest, wie tot die Zeilen aus ihrem Mund klangen.

»Gut, so hast du es bisher gemacht. Jetzt will ich, daß du den Text aufbrichst, daß du nach ›*gewoben*‹ eine Pause einlegst. Dann sagst du: ›*sind Freud und ...*‹ anschließend schaust du weg oder läßt deine Stimme leicht brechen, bevor du ›*Leid*‹ hinzufügst. Dann fährst du fort mit ›*der göttlichen Seele*‹ und suchst noch einmal nach den letzten Worten, bevor du mit ›*ein Kleid*‹ endest.«

Esther folgte seinem Rat, und mit einem Mal war alles anders. Zum ersten Mal spürte sie wirkliche Emotionen, und als sie den Text gesprochen hatte, breitete sich ein Lächeln auf ihrem Gesicht aus.

»Großartig«, sagte Christopher. »Viel besser. Nehmen wir jetzt die letzten beiden Zeilen: ›*Und wenn uns dieses Wissen hält, gehen wir sicher durch die Welt.*‹ Versuch es jetzt selbst, du weißt ja, was ich meine.« Esther tat es, und nach einem Fehlstart war sie selbst vom Ergebnis begeistert.

»Ausgezeichnet«, rief Christopher. »Und jetzt denk noch daran, daß du die letzte Zeile wiederholen mußt. Tu das bitte, und mach es genau so, wie du es in den Zeilen davor gemacht hast.«

»Kann ich nicht alle vier Zeilen sprechen?« bat Esther. »Dann komme ich besser rein.«

»Ich tue alles für dich«, entgegnete Christopher.

Esther ging jetzt so in ihrem Text auf, daß sie gar nicht richtig mitbekam, was Christopher gesagt hatte, aber Christopher hatte trotzdem ein gutes Gefühl, was den weiteren Verlauf des Abends betraf. Er lauschte ihrer Rezitation, und als sie die letzte Zeile wiederholte, fühlte er sich zum ersten Mal tief berührt von ihrem Spiel.

»Das war wirklich viel besser!« rief er begeistert.

»Ich habe jetzt ein ganz anderes Gefühl dafür«, sagte Esther erleichtert. »Vielleicht kann ich es doch.«

»Ich habe nie daran gezweifelt, daß du es kannst. Du hast dir nur selbst im Weg gestanden«, meinte Christopher.

»Nun, das soll heute abend nicht mehr vorkommen«, erklärte Esther lächelnd.

Sie arbeiteten noch eine halbe Stunde an dem Stück, und als sie fertig waren, wußten sie, daß Esthers Darbietung sich völlig gewandelt hatte. »Machen wir eine Pause«, sagte Christopher schließlich. »Ich könnte einen Kaffee vertragen.«

»Gute Idee«, meinte Esther. Die Erkenntnis, daß sie jetzt genau wußte, was sie mit der Rolle machen konnte, hatte sie geradezu euphorisch gestimmt. Sie kochte Kaffee für ihn und sich und brachte ihn zusammen mit einem Teller Schokoladenkekse ins Wohnzimmer. Dort wollte sie sich in den Sessel setzen, aber er klopfte auf den freien Platz neben sich. »Was willst du dort drüben?« fragte er.

»Ich weiß nicht«, entgegnete Esther und setzte sich neben ihn.

Christopher fragte sich, ob sie sich nur zierte, ober ob er sich vielleicht doch geirrt hatte, aber der Blick, den sie ihm unter ihren langen Wimpern zuwarf, zerstreute seine Bedenken. Esther war scharf auf ihn. Er stellte sich vor, wie sie wohl im Bett wäre, und seine Erregung wuchs.

Nachdem sie ihren Kaffee getrunken hatte, griff Esther wieder nach dem Text, aber Christopher legte die Hand auf ihren Arm. »Ich glaube, wir haben heute genug gearbeitet«, sagte er leise.

»Bist du sicher?« fragte Esther.

»Oh, weißt du, ich möchte dich etwas näher kennenlernen«, sagte Christopher. »Die letzten Wochen waren ziemlich hektisch.«

»Sicherlich«, entgegnete sie und lehnte sich nach hinten.

Christopher beugte sich zu ihr und begann ihre Bluse aufzuknöpfen. Er tat es sehr langsam, und als er zum letzten Knopf kam, hielt Esther den Atem an. Behutsam zog er ihr die Bluse von den Schultern und über die Arme, bevor er sie über die Sofalehne drapierte. Der Anblick war ungewöhnlich. Sie saß da, in ihrem langen schwarzen Rock und den High Heels, darüber nur ein cremefarbenes Hemdchen aus Seide und die langen Perlenkette, deren unteres Ende genau zwischen dem Dekolleté ihrer gerundeten Brüste hing.

Christopher, der Jeans und ein dickes Baumwollhemd trug, zog sich eilig aus. Er drehte sich herum und hob sachte Esthers Hemdchen an, so daß ein Teil des Bauchs zu sehen war. Dann ließ er seine Handfläche über die Haut gleiten, vor und zurück, auf eine fast hypnotische Weise.

Er sah, wie Esther die Augen schloß und den Kopf nach hinten legte. Christopher nahm das als Zeichen der Ermutigung, und während er fortfuhr, ihren Bauch zu massieren, beugte er sich herab und fuhr mit den Lippen über die empfindliche Haut an Esthers Schlüsselbein. Langsam glitt seine Zunge tiefer, und er leckte die Haut um die Perlenkette herum.

Er bewegte sich sehr vorsichtig und hörte an den kleinen Seufzern, die Esther ausstieß, daß es ihr sehr gefiel. Als nächstes küßte er die Brustwarzen und die sie umgebende Haut, allerdings durch den Stoff ihres Hemds. Schon bald wand sie sich vor Lust unter ihm.

Für Esther war das alles nicht nur ein Triumph, sondern auch ein reines Vergnügen. Aus irgendeinem Grund hatte sie einen eiligen Liebhaber erwartet, aber dieses unglaublich langsame Vorspiel war höchst erotisch. Nach einiger Zeit half ihr Christopher schließlich, das Hemd auszuziehen und schob eine Hand unter ihren französischen Slip. Zu ihrer Überraschung näherte er sich keineswegs ihrer Scham, sondern streichelte ihre Lenden und bewegte seine Finger weiter nach oben, wo sie kleine Kreise über den Hüftknochen zogen. Alles war so zärtlich und kam so überraschend, daß es sie immer mehr erregte. Sie hörte sich selbst Seufzer der Lust ausstoßen und wußte, daß sie sich unter ihm wand, daß sie verzweifelt versuchte, ihn dazu zu bringen, sie an intimeren Stellen zu berühren, doch er hörte nicht auf, sie auf seine eigene, langsame Weise zu stimulieren.

Es schien ihr, als würde dieses Streicheln und Lecken und Küssen, das ihre Erregung mit jeder Sekunde wachsen ließ, nie mehr aufhören, aber schließlich fragte er flüsternd, wo das Schlafzimmer wäre. Er hielt sie mit einem Arm umschlungen, als sie das Zimmer betraten, in dem sie mit Marcus so viele leidenschaftliche Stunden verbracht hatte.

Es blieb ihr nicht viel Zeit, diesem Gedanken nachzuhängen, denn Christopher zog sie sofort aus, trat dann einen vorsichtigen Schritt zurück und legte den Rest seiner Sachen ab, so daß sie sich nun nackt gegenüberstanden. Gemeinsam sanken sie aufs Bett, Esther über ihm. Er schlang seine Arme um sie, küßte sie leidenschaftlich und schob sie etwas weg, um in ihre Augen zu schauen. Sein Blick glänzte vor Zuneigung und Verlangen.

»Ich möchte jeden Zoll von dir kennenlernen«, flüsterte er. »Ich will dich küssen, lecken überall. Ich will dich zum Wahnsinn bringen.«

»Das tust du schon«, keuchte Esther.

Das war die Wahrheit, und obwohl sich ein Teil von ihr wünschte, er solle sich beeilen und in sie eindringen, wollte der andere, daß die süße Qual noch länger dauerte. Christopher hatte es nicht eilig, und es schien, als gefalle es ihm, sie auf diese Weise zu peinigen. Plötzlich umschlang er sie und rollte sich mit ihr zur die Seite. Dieser intensive körperliche Kontakt war wie eine Erleichterung, der Esthers Erregung aber noch verstärkte. Ihre Brüste fühlten sich geschwollen an, ihre Wangen waren gerötet, und sie spürte ein fast schmerzhaftes Verlangen zwischen den Beinen. Schließlich drehte Christopher sie auf den Rücken, hob ihre Knie an und schob ihre Beine auseinander, so daß er sich dazwischen knien konnte. Dann legte er seine Hände unter ihre Hüften, hob sie hoch und leckte mit der Zunge über ihren Bauch und ihren Oberkörper, während seine Hände ihre Seiten massierten. Esther erreichte langsam einen Grad der Erregung, wo sie glaubte, dieses lange Vorspiel nicht mehr aushalten zu können. Sie hatte nicht gewußt, wie viele Nervenenden ihre Haut besaß, im Gegensatz zu Christopher, der offenbar vorhatte, sie allesamt zu stimulieren.

Es erschien ihr wie eine Ewigkeit, bevor er endlich seinen Kopf zwischen ihre Schenkel schob und mit den Fingern ihre Schamlippen teilte. Plötzlich bewegte sich seine Zunge viel fordernder als vorher und glitt in langen Zügen über das feuchte Fleisch. Als er zum ersten Mal ihre Klitoris so berührte, stöhnte Esther erleichtert auf, und ihre Hüften zuckten nach oben, während sie versuchte, ihre Scham fester gegen sein Gesicht zu pressen. Sie brauchte einen gewissen Druck, und Christopher schien das sofort zu verstehen, denn sogleich drückte er seine Handfläche fest gegen ihr Geschlecht. Nach ein paar Sekunden ließ er die Hand kreisen und stimulierte gleichzeitig die Klitoris mit seiner Zunge. Diese Kombination von Reizen führte zu einem fast schockierend abrupten Orgasmus, der Esther vollkommen überraschte. Kaum war er vorbei, als Christopher fortfuhr, den Eingang ihrer Lustgrotte zu lecken, ohne ihr Zeit zum Atemholen zu gönnen. Esther gab einen leisen Protestlaut von sich.

»Ist schon gut«, murmelte Christopher. »Ich weiß, was ich tue.«

Esther war jetzt überempfindlich zwischen den Beinen, doch kaum hatte er seine Zunge wieder in ihre feuchte Öffnung gesteckt, als sie spürte, wie sich ihre Muskeln zusammenzogen und ihr Bauch zitterte. Sanft zog er mit der Zunge seine Kreise, während er eine Hand fest gegen ihren Unterleib drückte. Esthers Sinne waren noch hochintensiviert, schon nach Sekunden wurde sie von einem erneuten Orgasmus geschüttelt, der so heftig war, daß er ihr fast weh tat. Sie hörte ihren stoßweisen Atem, gleichzeitig stieß sie leise, klagende Laute aus, was sie noch niemals getan hatte. Sie wollte Christopher anbetteln, er solle aufhören, und doch hatte sie die perverse Sehnsucht, er möge weitermachen, um zu sehen, was noch alles passierte.

Für Christopher war es unglaublich aufregend. Er wußte, daß Esther wollte, daß er aufhörte, aber er spürte auch, daß sie auf diese Weise noch mehr Orgasmen haben konnte, bevor er in sie eindrang. Sanft legte er den Schaft der Klitoris frei und umschloß sie ganz mit den Lippen. Dann saugte er sachte daran, während er mit den Händen ihren Unterleib massierte. Auch dieses Mal erzielte er ein spektakuläres Resultat, und ihr Körper zuckte und wand sich, als ihn die Wellen des Orgasmus durchliefen. Sie stieß seltsame, animalische Laute aus, und auch als die Impulse des Höhepunkts verebbt waren, bewegten sich ihre Hüften weiter.

Christopher wußte, daß sie noch mehr vertrug, doch fand er es nun an der Zeit, auch an sich selbst zu denken. Langsam schob er sich an Esthers schweißüberströmtem Körper hinauf, wobei er jeden Zentimeter ihrer Haut küßte, bis sein Kopf schließlich neben ihrem auf dem Kissen ruhte.

Er nahm ihre Hände und bedeckte ihre Wangen, ihre Stirn und ihre Mundwinkel mit Küssen, bevor er sich auf sie rollte. Dann stützte er sich mit den Armen ab.

Zu Esthers erneuter Überraschung drang er auch jetzt noch nicht in sie ein. Statt dessen ließ er seinen Penis über ihren Kitzler und das umgebende weiche Fleisch gleiten, bis sie vor Lust fast verrückt wurde.

»Bitte, ich will dich jetzt in mir spüren«, flüsterte sie.

»Gleich«, versprach er.

»Ich kann nicht länger warten«, bettelte Esther.

Doch Christopher ignorierte sie und fuhr fort, sie mit

dem Penis zu stimulieren, bis er fühlte, wie sie unter ihm zu zucken begann. Er hatte ihr noch einen Orgasmus verschafft, ohne in sie einzudringen.

Für Esther war dieser Höhepunkt noch intensiver gewesen als die anderen, aber der Schmerz zwischen ihren Beinen wurde immer heftiger, und sie wußte, daß es nur eine Erleichterung gab – das Gefühl, ganz ausgefüllt zu werden, wenn Christopher in sie eindrang. Sie hielt es nicht mehr aus, schlang die Beine um seine Hüften und schob ihr Becken nach vorne, so daß sein Penis in sie hineinglitt, ob er es wollte oder nicht. Esther überkam eine unbeschreibliche Erregung. Endlich fühlte sie sich ganz ausgefüllt. Er bewegte sich hin und her, und auch seine Erregung wuchs, wobei er nicht vergaß, mit seiner rechten Hand ihre linke Brust im Rhythmus der Stöße seines Beckens zu streicheln.

Esther hatte das Gefühl, sie wäre mit erotischem Sprengstoff aufgeladen und könne jeden Augenblick explodieren. Doch Christopher war ein Experte, wenn es darum ging, den ultimativen Höhepunkt so lange wie möglich hinauszuzögern. Bis Esther endlich die Kontrolle verlor. Sie jammerte und bettelte, er solle sich beeilen und sie endlich kommen lassen, aber er bewegte sich noch immer langsam und sanft, während seine Hand ihre Brust massierte.

Dann plötzlich änderte sich der Rhythmus. Christophers Atem kam stoßweise, und er stieß gutturale Laute aus, während sich seine Hüften immer schneller bewegten. Er hatte sich so positioniert, daß sein Schambein mit jedem Schwung Esthers Kitzler reizte, und sie spürte, daß sie nur Sekunden von einem weiteren Orgasmus entfernt war. Und dann kam auch für Christopher der Punkt, an dem es keine Umkehr mehr gab. Sie hörte ihn japsen und hatte schon Angst, daß er sie im Stich lassen würde, als er den Griff um ihre Brust fast brutal verstärkte. Als er kam, kniff er in ihre Brustwarze und löste dadurch einen Schwall der Erregung aus, der durch sie hindurchschoß und auch sie veranlaßte, sich im Augenblick der Erleichterung zusammenzukrampfen.

Sobald es vorbei war, löste sich Christopher von ihr, blieb

jedoch dicht neben ihr liegen, legte seinen Arm um sie und strich ihr lange und sanft über Rücken und Po, bis sie sich endlich beruhigt hatte. »Na gut«, sagte er mit einem charmanten Lächeln. »Ich glaube nicht, daß Kay sich so benommen hätte, aber Spaß hat es doch gemacht, oder?«

»Es war fantastisch«, versicherte ihm Esther seufzend.

Christopher sah auf die Uhr an der Wand. »O Gott, ist es schon so spät? Ich muß nach Hause, sonst bringt Rebecca mich um«, sagte er.

Esther machte es nichts aus. Es war wunderbar gewesen, und sie wußte, daß es wieder geschehen würde. Außerdem entsprach es genau dem, was sie von Anfang an geplant hatte. Wobei sie dankbar für die Zugabe war, daß es auch noch so enorm viel Spaß gemacht hatte.

»Ich hoffe, du hast nichts dagegen, daß ich im Bett bleibe«, sagte sie lächelnd.

»Im Gegenteil, ich fasse es als Kompliment auf«, entgegnete er lächelnd.

Als sie hörte, wie die Haustür zuschlug, seufzte Esther zufrieden auf und schlief sofort ein.

Auf dem Heimweg lächelte Christopher immer noch zufrieden vor sich hin. Wenn das Marcus wüßte, dachte er. Nun, spätestens am Ende der Tournee, wenn alles nach Plan lief und er und Esther ein Paar waren, würde Marcus Bescheid wissen, und dann durfte er sich vorstellen, was Christopher in all den Wochen mit Esther gemacht hatte.

8

Die letzten Proben am Freitag liefen gut. Sowohl Esther als auch Theresa gaben ihre bislang besten Vorstellungen, und besonders Esther war sehr mit sich zufrieden. Endlich hatte sie ihre Rolle begriffen und sonnte sich in dem Gefühl, es fehle ihr nur noch ein Publikum, um einen vollen Erfolg daraus zu machen.

Auch das Treffen des Ensembles mit der Presse war gut gelaufen. Zwar hatte Christopher die meiste Zeit geredet, aber schließlich durften auch die Schauspieler sich interviewen lassen. Esther hatte Christopher bewußt gelobt und betont, wieviel Mühe er sich gegeben habe, um aus jedem die beste Leistung herauszuholen. Sie sprachen von der guten Atmosphäre innerhalb der Truppe und davon ›gemeinsam das Ziel zu verfolgen, das Theater zum Volk zu bringen‹.

Leider bemerkte Esther während ihres Gesprächs, daß Damon ihr zuhörte, und das Gesicht, das er dabei machte, brachte sie beinahe aus der Fassung. Er lächelte sardonisch, und sie spürte, wie er sie und alle anderen, die Christopher und das Projekt in den Himmel lobten, verachtete. Sie sah auch, daß Damon ein paar Worte mit einem Reporter wechselte, konnte aber nicht verstehen, was er sagte. Als sie ihn später fragte, erklärte er, er habe von den Erwartungen der Leute gesprochen, mit denen sie in die Vorstellungen kommen würden.

Am Samstag brach die Truppe auf. Es gab die üblichen Klagen darüber, daß die Frauen zu viel Gepäck mitgebracht hätten und daß es unmöglich in dem Bus und dem Wagen untergebracht werden könne. Trotzdem, und dies war ein in der Theaterwelt fast normales Wunder, wurde irgendwie alles verstaut, und es ging nach Leicestershire. Um vier Uhr nachmittags hatten sie ihre Ziel erreicht. Verblüfft stellte Esther fest, wie prächtig das Gebäude war.

Außer der Tatsache, daß es Small House hieß, hatten sie nichts über ihren Spielort gewußt, und der Name ließ eher auf ein gemütliches Haus schließen, mit genügend Räumen, um Sommer wie Winter Gäste zu beherbergen. Aber der Name täuschte. Das Anwesen war nur Small House genannt worden, um es von dem ersten, noch größeren Haus zu unterscheiden, das man in den Fünfzigern abgerissen hatte. Das Anwesen befand sich seit über 500 Jahren in Familienbesitz, aber der damalige Eigentümer hatte sich nach einem verheerenden Feuer entschlossen, neue Ställe und einen neuen Landsitz für die Familie zu bauen.

Das Resultat konnte sich sehen lassen. Abgesehen von dem riesigen Gebäude gab es über fünf Morgen Land, und während sie in ihrem ziemlich klapprigen Minibus am Westflügel vorbeifuhren, warfen sich Esther und Rosie einen Blick zu.

»Gut, daß ich für das Treffen heute abend mit der Lokalpresse ein schickes Kleid mitgenommen habe«, meinte Rosie. »Nach Leggings und Sweat-Shirt sieht's hier nicht gerade aus.«

»Auf keinen Fall«, stimmte Esther ihr zu. »Ich frage mich nur, wie es drinnen ausschaut.«

Die Schauspieler hatten erwartet, in kleinen Katen irgendwo auf dem Grundstück zu wohnen, aber das erwies sich als Irrtum. Kaum waren sie vor dem Haupteingang vorgefahren, kam ein etwa dreißigjähriger Mann aus dem Haus. Christopher stieg aus seinem Wagen und ging auf ihn zu, um ihm die Hand zu schütteln. Esther beobachtete die Szene durch das Busfenster. Dieser Mann mußte ziemlich wichtig sein, den Christopher tat sehr charmant, ja fast unterwürfig, was höchst ungewöhnlich für ihn war. Nach einem kurzen Gespräch kam er zum Bus. Damon kurbelte ein Fenster herunter.

»Es sieht so aus, als würden wir hier im Haus wohnen«, sagte Christopher, den die Aussicht darauf offenbar begeisterte. »Die Familie lebt wohl im Nordflügel und hält den Rest geschlossen. Wenn sie Besucher haben, öffnen sie die

Räume in der Süd-Ost-Ecke, und dort werden wir schlafen.«

»Und wo treten wir auf?« fragte Damon.

»Auch im Südflügel. In einer umgebauten Orangerie an der Seite des Hauses. Es gibt dort wohl auch eine Galerie, wie in den alten Zeiten.«

»Du meinst damals, als du mit der Schauspielerei angefangen hast?« fragte Damon mit scheinbarem Ernst. Rosie kicherte.

»Ich meine das elisabethanische Theater«, entgegnete Christopher kühl. »Wir sollen die Autos hintenrum parken, damit die Besucher sie nicht sehen. Danach werden uns die Zimmermädchen zeigen, wo wir unser Gepäck abladen können.«

»Und das Treffen mit der Lokalpresse?« fragte Esther.

»Findet statt wie vorgesehen«, bestätigte Christopher. »Nach dem, was Sir Michael gesagt hat, wird es wohl eine ganz schicke Angelegenheit. Also, Mädels, die schönsten Fummel und volle Kriegsbemalung. Es macht euch sicher nichts aus«, fügte er lächelnd hinzu. »Ich habe gehört, das gefällt den Damen am besten.«

»Nicht nur den Damen«, sagte Damon leise.

Christopher drehte sich um und ging davon. »Was meinst du damit?« fragte Esther.

Ellie, die neben Damon saß, lächelte. »Damon ist nur wieder fies, wie immer. Letztes Jahr hat Christopher einen Hautausschlag bekommen, und er fing an, auch am Tag Make-up zu tragen, um es zu verbergen, wenn er Interviews gab und so. Es gefiel ihm so gut, daß er es dann immer benutzt hat.«

»Aber er trägt doch gar keins mehr, oder?« fragte Ellie.

»Ich glaube, er benutzt diesen sogenannten getönten Moisturiser«, sagte Ellie. »Nicht, daß ich was dagegen habe. Ich finde, auch ein Mann sollte so gut aussehen wie möglich.«

»Sicher«, stimmte Esther halbherzig zu. Theoretisch war natürlich nichts daran auszusetzen, aber selbst für einen Schauspieler fand sie es übertrieben eitel.

Es gab genug Zimmer für alle, riesige Räume, edel ausgestattet, mit wertvollen Gemälden, prächtigen Vorhängen an den Fenstern und beeindruckenden Himmelbetten. Schon die Eingangshalle hatte Esther bezaubernd gefunden. Dort gab es eine eiserne Treppenbalustrade, die Kopie eines irischen Entwurfs aus dem 18. Jahrhundert, und einen herrlichen Kristallüster, der von der hohen Decke herabhing. Christopher erzählte, daß das Haus ursprünglich über zwei Bibliotheken verfügt habe, von denen eine jedoch letztes Jahr in einen zusätzlichen Wohnraum umgewandelt worden war. Das Haus strahlte einen solchen Reichtum aus, daß sich das Ensemble irgendwie unwohl fühlte. Der Gegensatz zu ihrem Probensaal in London hätte nicht größer sein können.

Erleichtert erfuhr Esther, daß sie ihr Zimmer mit niemandem teilen mußte. Sie wußte, daß Christopher und Rebecca zusammen wohnten, ebenso wie Ellie und Damon und Noel und Michael. Mary und George hatten ebenfalls ihre eigenen Zimmer; Theresa und Rosie teilten sich eins. Esther kam sich ungeheuer verwöhnt vor. Ihr Zimmer war so groß, daß es für drei Personen ausgereicht hätte, da es neben einem Doppelbett auch eine große Chaiselongue aufwies.

Nachdem sie ihre Sachen ausgepackt hatte, wurde sie mit den anderen durch das Haus geführt, aber wie alle anderen interessierte auch Esther sich im Grunde nur für die umgebaute Orangerie. Zu ihrer Freude sahen sie, daß sie auf einer richtigen Bühne spielen würden. Die Akustik war gut, die Beleuchtung exzellent. Das Theater bot etwa 200 Leuten Platz, vielleicht auch 250, was immer noch bedeutete, daß sie fast die ganze Woche ausverkauft sein mußten, wenn sie Gewinn machen wollten.

»Sir Michael sagt, der Vorverkauf liefe sehr gut«, verkündete Christopher. »Das heißt aber nicht, daß wir uns nicht anstrengen müssen. Denkt daran, wir spielen nicht nur *Die Zeit und die Conways*, sondern auch zwei gekürzte Shakespeare-Stücke.«

»Was für ein Glück«, sagte Nicholas. »Sonst wäre mir

wirklich nichts eingefallen, was ich der Presse hätte erzählen können.«

»Wo schläfst du eigentlich?« fragte Rosie.

Nicholas zögerte. »Er teilt sich ein Zimmer mit mir«, sagte George eilig.

»George hat mich gefragt«, sagte Nicholas. »Und warum nicht – es kommt mir ein bißchen unmäßig vor, allein ein Zimmer zu belegen.« Er warf Esther einen vielsagenden Blick zu.

»Welche Stücke spielen wir denn überhaupt?« fragte Rosie.

»Meine Liebe, wir geben den Lear und Macbeth!« verkündete George. »Ich bin nicht nur hier, um die anderen zu bewundern. Das wird meine große Stunde.«

»Das hoffe ich, George«, sagte Christopher. »Merk dir nur, an welchem Abend du dran bist und laß an diesem Tag die Finger von der Flasche.«

»Mittwoch, oder?« fragte George.

»Nein, nicht Mittwoch, am Donnerstag«, sagte Christopher wütend. »Krieg das bloß richtig hin, wenn du mit der Presse sprichst. Hat jemand noch Fragen?«

»Um wieviel Uhr und wo treffen wir uns heute abend?« fragte Damon.

»Halb sieben in dem neuen Wohnraum«, sagte Christopher. »Wenn ihr euch verlauft, fragt einen der Dienstboten. Es scheint hier genug davon zu geben.«

»Ich glaube, ich könnte mich daran gewöhnen, so zu leben«, sagte Ellie.

»Ich bin sicher, daß dein West End-Freund alles tun wird, um dir das zu ermöglichen«, sagte Damon etwas zu laut für Ellies Geschmack.

Alle verschwanden auf ihren Zimmern, um sich auszuruhen, bevor es am Abend losging. Esther konnte sich nicht entscheiden, was sie tragen sollte. Schließlich wählte sie ein Outfit, das sie an einer von Marcus' Premieren getragen hatte. Es handelte sich um einen sündhaft teuren, dunkelbeigen Hosenanzug. Das seidendurchwirkte Jackett hatte einen hohen Mandarin-Kragen und schwarze Doppelknöpfe. Es war ziemlich schwierig zuzukriegen, aber der Effekt war beeindruckend. Die Jacke saß eng bis zu den Hüften, wo die Knöpfe aufhörten, und fiel dann weit bis zu den Knien hinab. Die Hosen wiesen einen schwarzen Seitensaum auf. Darunter trug sie durchsichtige Seidenstrümpfe, an den Füßen leichte Schuhe mit hohem Absatz.

Kurz bevor sie nach unten ging, betrachtete sie sich noch einmal im Spiegel. Was sie sah, gefiel ihr. Ihr frisch gewaschenes, geföntes Haar fiel ihr locker auf die Schulter herab; sie hatte es nach hinten gekämmt, um einen etwas strengeren Look zu erzielen. Auch mit dem Make-up hatte sie sich besondere Mühe gegeben, hatte die Augenpartie akzentuiert und den Mund nur sehr dezent geschminkt, damit ihre hellblauen Augen um so besser zur Geltung kamen. Das eng sitzende Jackett betonte ihre kurvenreiche Figur, und sie war sicher, oft fotografiert zu werden. Mit dem Gedanken daran, was wohl die anderen Mädchen tragen würden, verließ sie ihr Zimmer.

Sie war eine der letzten, die im Wohnraum eintrafen. Die Familie Clifford, die Besitzer des Hauses, hatte sich bereits unter die Schauspieler gemischt. Ellie war nicht zu übersehen. Sic hatte sich dafür entschieden, den Vamp zu spielen und trug ein höchst verführerisches Abendkleid aus schwarzem Samt. Um die Taille hatte sie ein Satinband mit Schleife gebunden, und über dem Kleid glänzte eine lange Chiffonbluse. Das Kleid war ärmellos, und das scharfe V des Ausschnitts wirkte sehr beeindruckend. Noch beeindruckender wäre es, wenn sie die richtige Figur dafür hätte, dachte Esther. So betonte es eigentlich nur die Tatsache, daß Ellie ziemlich schlank war. Dennoch, mit ihren dramatischen scharlachroten Lippen und den langen silbernen Ohrgehängen, zu denen sie ein passendes Halsband trug, machte sie auf alle Fälle Eindruck. Rosie hatte sich für einen eher schlichten langen Rock und eine Bluse entschieden, genau wie Mary. Rebecca jedoch fiel jedem ins Auge.

Sie stand neben Christopher – der in seinem Dinneranzug unverschämt gut aussah –, ihr rabenschwarzes Haar war nach hinten gekämmt bis auf eine lange Strähne, die hinter dem linken Ohr bis auf die Schulter herabfiel. Der Rest war zu einem festen, glänzenden Knoten gebunden. Ihr Kleid war sehr ungewöhnlich. Das Oberteil bestand aus üppigem schwarzen Satin. Um die Hüfte trug sie eine auffällige, mit Schmuck besetzte blitzende Schärpe, fast wie einen Kummerbund, während der untere Teil des Kleides aus raffiniert geschnittenem dunkelblauem Satin war. Ein langer, übereinandergeschlagener Schlitz enthüllte von Zeit zu Zeit einen großen Teil ihrer enorm attraktiven schlanken Oberschenkel. Mehrere Männer umringten sie, und plötzlich kamen Esther Zweifel, ob ihr Aufzug vielleicht zu geschmackvoll und zu wenig effektvoll war.

Ihr Verdacht schien sich zu bestätigen, als eine junge Frau etwas schüchtern auf sie zukam. »Entschuldigung, aber können Sie mir sagen, wer die Schauspieler im einzelnen sind?« fragte die Frau. »Ich komme von der Lokalzeitung und habe keine Ahnung, wer wer ist. Sind Sie auch von der Presse?«

»Nein, ich bin eine der Schauspielerinnen«, antwortete Esther mit einem Lächeln.

Die Journalistin wurde dunkelrot. »Verzeihen Sie«, erwiderte sie eilig. »Um die Wahrheit zu sagen, Ihr Gesicht kam mir irgendwie bekannt vor, so daß ich annahm, Sie seien aus der Gegend.«

Esther schüttelte den Kopf. »Nein, ich bin Esther Reid, und ich spiele Kay Conway in *Die Zeit und die Conways.*«

Die Frau holte ein Notizbuch hervor und wollte gerade etwas aufschreiben, als sie Esther verblüfft ansah. »Sie sind Esther Reid? Deshalb habe ich Sie erkannt! Sie waren doch die Freundin von Marcus Martin, nicht wahr?«

Esther fragte sich, ob das je aufhören würde oder ob sie für den Rest ihres Lebens die Ex-Freundin von Marcus bleiben müsse. »Stimmt«, entgegnete sie mit einem gequälten Lächeln.

»Und was machen Sie dann hier?« fragte die Journalistin taktlos. »Hollywood ist ziemlich weit weg, nicht wahr?«

»In der Tat«, stimmte Esther zu. »Aber Marcus und ich verfolgen zur Zeit sehr verschiedene Pfade unseres Berufs. Ich habe mich im Grunde meines Herzens immer als Bühnenschauspielerin gefühlt, und deshalb habe ich mich auch sehr gefreut, daß Christopher mich in sein Ensemble aufgenommen hat.«

Sie plauderte noch eine Weile mit der Journalistin, war jedoch äußerst froh, als Damon zu ihnen kam, offensichtlich, um sie zu befreien. »Hier steckst du, Esther«, sagte er mit für ihn ungewöhnlicher Wärme. »Da ist jemand, der dich unbedingt kennenlernen möchte. Entschuldigen Sie uns bitte«, fügte er mit einem Lächeln für die Frau von der Presse hinzu und führte Esther dann weiter, eine Hand unter ihrem Ellbogen.

»Du sahst aus, als würdest du etwas müde«, sagte er überraschend sanft.

»Ganz recht«, meinte Esther. »Weißt du, ich glaube, ich bin für diesen Abend nicht richtig angezogen.«

Damons Blick glitt an ihr herab, und sie spürte, wie sie errötete. »Ich finde, du siehst großartig aus«, sagte er dann. »Du hast Klasse, anders als einige dieser aufgetakelten Schnepfen.«

»Das nehme ich als Kompliment«, erklärte Esther.

»Erwarte nicht viel mehr von mir«, meinte Damon. »Hast du schon was gegessen?«

Esther verneinte, und sie gingen zum Buffet, das auf einem langen Tisch angerichtet war. Gerade wollten sie ihr Gespräch fortsetzen, als Rebecca auftauchte und Damon entführte, um ihn jemandem vorzustellen, der ihn ebenfalls ›unbedingt‹ sprechen wollte. Esther war sehr enttäuscht. Zum ersten Mal hatte sich Damon ihr gegenüber einigermaßen nett verhalten, und als er sie angesehen hatte, war ihr die Bewunderung in seinem Blick nicht entgangen. Auch wenn der Sex mit Christopher unglaublich gut gewesen war, so begehrte sie im Grunde Damon, hatte aber gleichzeitig das Gefühl, als könne es mit ihnen niemals klappen.

Schließlich neigte sich der Abend dem Ende zu, und kurz nach Mitternacht kehrten alle Schauspieler in ihre Zimmer zurück. Am nächsten Tag sollte eine letzte Probe stattfinden, und alle wußten, wie wichtig es war, ausreichend Schlaf zu bekommen. Gerade deshalb fand es Esther jedoch schwieriger als sonst, einzuschlafen; es wurde drei, und sie lag noch immer wach. Entnervt griff sie nach der Zeitschrift, die auf ihrem Nachttisch lag. Es war ein Magazin für Agrarwissenschaft und erwies sich als langweilig genug, um sie schläfrig zu machen. Aber als sie am Morgen erwachte, fühlte sie sich müde und überhaupt nicht ausgeruht.

Den ganzen Sonntag über arbeiteten sie hart. Sie mußten das Bühnenbild aufbauen, die Beleuchtung testen, sich umziehen und zum ersten Mal, seit sie mit den Proben begonnen hatten, auf einer richtigen Bühne spielen. Als sie gegen acht Uhr fertig waren, wirkte selbst die stets gutgelaunte Rosie bedrückt, und nachdem Christopher ihnen eröffnet hatte, daß sie zum Abendessen der Familie Clifford eingeladen seien, stöhnten alle auf.

»Ich werde mich bestimmt nicht zu ihnen setzen und wie ein Zirkusäffchen zu ihrer Belustigung speisen«, knurrte Damon. »Ich gehe in die Stadt und esse in einem Pub. Hat jemand Lust, mich zu begleiten?«

Esther fühlte sich versucht, aber dann sah Christopher sie an. »Du kommst doch mit uns, Esther, nicht wahr?« fragte er eindringlich.

»Natürlich«, antwortete sie munter. Heimlich ärgerte sie sich über ihre Feigheit, aber sie wußte, daß sie sich Christopher warmhalten mußte, wenn sie ihre Ziele erreichen wollte. Sie sah, wie ein abschätziger Ausdruck über Damons Gesicht glitt, doch er verschwand ohne ein weiteres Wort, Ellie im Schlepptau.

Als die Zeiger der Uhr auf elf zeigten, wußte Esther, daß Damon die richtige Entscheidung getroffen hatte. Mary und

George hatten sich ihm und Ellie angeschlossen, so daß es den übrigen acht zufiel, sich heiter, unterhaltsam und positiv zu geben. Esther wünschte sich langsam, sie hätte nie von *Die Zeit und die Conways* gehört, als sie zum dritten Mal an diesem Abend einem der Gäste erklären mußte, worum es in dem Stück ging, ohne zuviel von ihrer Inszenierung zu verraten. Sie fragte sich bereits, ob die Inszenierung überhaupt gelungen war und ob das Stück die Zuschauer tatsächlich unterhalten würde, aber sie wußte auch, daß es allen Schauspielern kurz vor der Premiere so ging.

Schließlich durften sie auf ihre Zimmer gehen, und mit einem erleichterten Seufzer schlüpfte Esther in ein kurzes Seidennachthemd, kuschelte sich unter die schwere Damastdecke und legte den Kopf auf die weichen Kissen. Sie freute sich auf den Schlaf.

Esther wußte nicht, was sie aufgeweckt hatte, aber ihr war klar, daß sie schon eine ganze Weile geschlafen haben mußte. Während sie langsam wach wurde, spürte sie mit Schrecken, daß jemand neben ihr im Bett lag. Gerade als sie aufschreien wollte, legte sich eine Hand auf ihren Mund und sie hörte die leise Stimme Christophers an ihrem Ohr: »Schon gut, ich bin's nur.«

Als er die Hand wegnahm, atmete Esther erleichtert auf. »Du hast mich zu Tode erschreckt«, sagte sie wütend.

»Tut mir leid«, entschuldigte Christopher sich. »Aber ich verspürte den unwiderstehlichen Drang, dich zu lieben, während du schläfst. Leider bist du aufgewacht.«

»Ich ziehe es vor, dabei wach zu sein«, sagte Esther. Sie fühlte sich nicht besonders glücklich in dieser Situation.

»Nun, das bist du ja jetzt, also ist es okay, oder?« meinte Christopher und strich mit der Hand über ihr Bein, bis er den Saum ihres Nachthemds erreicht hatte. Fast gegen ihren Willen reagierte ihr Körper sofort auf ihn, und sie drehte sich um die andere Seite, um es ihm leichter zu machen.

Christopher lachte leise und zog sie fester an sich. »Das

wird dich für morgen entspannen«, versprach er, während seine Hände weiter hinaufwanderten und er begann, sanft die Wölbung ihrer Brüste zu streicheln.

Esther dachte daran, daß morgen die Premiere war und zweifelte, ob das hier wirklich eine gute Idee war. Er schien ihre Unsicherheit zu spüren, denn sofort begann er abwechselnd ihre Brüste zu massieren, während er gleichzeitig seinen steifen Penis zwischen ihre Beine preßte und damit über ihr Schamhaar glitt, bevor er ihn in die Spalte unter ihren Pobacken schob.

Esthers Puls beschleunigte sich, und plötzlich spielte morgen keine Rolle mehr – nur was heute nacht geschah, zählte. Sie wollte die Nachttischlampe anknipsen, aber Christopher hielt ihre Hand fest. »Es ist so aufregend, im Dunkeln«, flüsterte er.

Esther mußte ihm zustimmen. Dieses Gefühl, seine Hände auf ihrem Körper zu spüren, seine Lippen auf ihrem Hals und ihrem Gesicht, ohne dabei Augenkontakt zu haben, war sehr erregend; so konnte sie sich noch mehr gehen lassen als beim ersten Mal. Sie griff nach unten und streichelte seinen Penis, bevor sie sanft damit begann, ihn zu reiben. Christopher knabberte an ihren Ohrläppchen, bis sie schließlich unter ihm lag.

Esther sehnte sich danach, daß er ihr das Nachthemd auszog, aber gerade als sie ihn darum bitten wollte, ging das Licht im Zimmer an. Esther stieß einen leisen Schrei aus, richtete sich auf und starrte über Christophers Schulter Rebecca an, die in der Tür stand.

Rebeccas Augen funkelten, aber Esther wunderte sich eher über das, was sie anhatte. Sie trug bis zu den Oberschenkeln reichende Lederstiefel und ein enges schwarzes Latexkleid, das kurz über den Stiefeln endete, so daß nur ein schmaler Streifen Haut sichtbar war. In der Hand hielt sie eine Reitpeitsche. Während Esther sie weiterhin anstarrte, schloß sie die Tür hinter sich und kam auf das Bett zu.

»Was geht hier vor?« fragte Esther unsicher.

»Sie wird uns Gesellschaft leisten«, antwortete Christopher mit einer Stimme, die so zärtlich wie eine Umarmung war.

»Das ist mir nicht recht«, erklärte Esther ernst.

»Sei doch nicht so engstirnig«, sagte Christopher. »Es wird dir gefallen, das verspreche ich dir.«

»Nicht, wenn sie vorhat, mich mit dieser Peitsche zu schlagen«, entgegnete Esther.

»Keine Bange«, sagte Rebecca. »Die Reitgerte ist nicht für dich, sondern für Christopher. Später.«

Esther blinzelte ratlos, aber bevor sie noch mehr Fragen stellen konnte, zog Rebecca die Decke vom Bett. Esther schrie auf und versuchte, die Decke festzuhalten, aber sie schaffte es nicht. Christopher hockte über ihr, knöpfte ihr Nachthemd auf und zog es ihr vom Körper, so wie sie es sich noch vor wenigen Minuten gewünscht hatte. Aber mittlerweile hatte sich die Atmosphäre völlig gewandelt.

Auch Christopher hatte sich verändert. Er war nicht mehr der sanfte, zärtliche Liebhaber, den sie bei ihrer erste Begegnung kennengelernt hatte. Sein Verhalten hatte etwas Wildes, Ungestümes an sich, und Esther spürte, daß nur Rebecca die Situation völlig unter Kontrolle hatte.

»Hast du alles mitgebracht, was wir brauchen?« wandte sich Rebecca an Christopher. Esther, die nackt auf dem Bett lag, beachtete sie gar nicht.

»Ja, es ist alles dort in der Schachtel«, antwortete Christopher. »Leider habe ich sie aufgeweckt, bevor ich richtig anfangen konnte.«

»Das spielt keine Rolle«, sagte Rebecca. »Du wirst doch keinen Aufstand machen, Esther, oder?«

Esther, die von Christopher an den Schultern auf die Matratze gedrückt wurde, wußte nicht recht, was sie antworten sollte. »Vielleicht doch«, sagte sie trotzig.

»Ich bezweifle, daß es jemand hören würde«, meinte Rebecca. »Und, davon abgesehen, was sollte wohl Damon Dowden dazu sagen?«

»Das ist mir doch egal«, entgegnete Esther, aber ihre unsichere Stimme verriet sie.

»Es ist alles gut«, versicherte ihr Christopher noch einmal. »Wir werden viel Spaß miteinander haben, glaub mir.«

Dann legte er sich auf Esthers nackten Körper, wobei er sie noch immer an den Schultern festhielt, und rieb seinen Unterleib und seinen Penis über ihre Haut. Schließlich ließ er ihre Schultern los und hockte sich auf sie, schob seinen Schwanz zwischen ihre Brüste und drückte sie zusammen. Sie spürte die samtweiche Haut zwischen ihren sanften, weichen Rundungen. Ohne es zu wollen, wurde sie erregt. Doch dann zuckte sie zusammen, als sie eine Hand zwischen ihren Beinen spürte.

»Du wirst sehr feucht«, sagte Rebecca amüsiert. »Es scheint, als habe Christopher recht. Es macht dir doch Spaß.«

Esther hätte das am liebsten verneint, aber ihr verräterischer Körper hatte die Antwort schon gegeben, und ihre Erregung wuchs mit jeder Sekunde.

»Diese weißen Damastlaken sind perfekt«, sagte Christopher zu Rebecca, die einen großen Pappkarton auf das Bett stellte. Er sah Esther in die blauen Augen. »Du wirst unser Picknicktisch sein«, sagte er.

»Was?« fragte Esther verblüfft.

»Du hast richtig gehört. Ein großer, lebendiger Teller. Rebecca und ich werden Essen auf deinem Körper verteilen, und dann werden wir uns gütlich tun, aber ohne Messer und Gabel zu verwenden. Statt dessen benutzen wir unsere Lippen und Zungen. Es wird köstlich sein, für uns alle, aber du mußt ganz still liegen, damit das Essen nicht herunterfällt. Tische bewegen sich ja auch nicht, wenn man von ihnen ißt.« Er lachte über seinen eigenen Scherz.

Esther ließ es zu, daß die beiden ihre Arme und Beine auseinanderzogen und beobachtete fasziniert, wie Rebecca verschiedene Speisen auf verschiedenen Teilen ihres Körpers plazierte. Sie strich eine spezielle flüssige Schokolade über Esthers Bauch und legte darauf Fruchtstücke, Birnen, Bananen und Satsuma. Esther bemühte sich, stillzuliegen, auch wenn es ihr schwerfiel, als Rebecca ihr cremigen Frischkäse über die geschwollenen Brüste schmierte und besonders die Brustwarzen ganz bedeckte.

»Denk daran«, sagte Christopher, »du sollst dich nicht bewegen, und das heißt natürlich, daß du auch keinen Orgasmus haben darfst.«

Esther erregten diese Worte ungemein; sie wußte jetzt, daß die beiden alles nur noch schwerer für sie machen wollten. Ständig mußte sie gegen das Zittern ihrer Muskeln ankämpfen, während sie immer geiler wurde.

Die wahre Natur dieser göttlichen Folter trat jedoch erst zutage, als Christopher und Rebecca zu essen begannen. Rebecca leckte die Schokoladen von ihrem Bauch, während Christopher mit fast unglaublicher Zartheit an den Obststücken knabberte. Dann und wann strichen seine Zähne über Esthers weiße Haut, und sie hielt den Atem an, während heiße Ströme der Lust durch ihre erogenen Zonen schossen.

Schließlich hockten sich die beiden links und rechts von ihr hin und begannen langsam den Frischkäse abzulecken, der Esthers Brüste und ihre Nippel bedeckte. Jetzt schien sie den Orgasmus kaum noch zurückhalten zu können. Als sich ihr Körper erwartungsvoll zusammenzog, spürte Christopher die Gefahr und schnippte mit den Fingern an die weiche Unterseite ihrer Brust, um sie daran zu erinnern, was er ihr verboten hatte.

Als die beiden den Frischkäse abgeleckt und Esthers Brustwarzen freigelegt hatten, spürte sie, wie die kühle Luft ihre Nippel steif und größer werden ließ. Rebecca, die sah, wie sehr Esther um Beherrschung kämpfte, lachte leise auf und kitzelte ihre linke Brustwarze behutsam mit dem Finger. Sofort zuckte Esther zusammen, aber Christopher gab ihr sofort einen leichten Klaps auf den Bauch.

»Wir sind noch nicht mit dem Essen fertig«, teilte er ihr mit. »Was sollten denn unsere Gastgeber denken, wenn sie Essensreste auf ihren Damastdecken vorfinden?«

»Ich kann nichts dafür« murmelte Esther. »Schon gar nicht, wenn Rebecca so etwas tut wie eben.«

»Hör auf damit, Rebecca«, sagte Christopher. »Du sollst nur essen und sie dabei nicht anders berühren.«

»Ich konnte einfach nicht widerstehen«, gestand Rebecca. »Sie sah so scharf aus, als wolle sie es. Ist es nicht so, Esther?«

Esther stöhnte bejahend auf, und Rebecca tat so, als habe sie Mitleid mit ihr. »Du armes Ding«, flötete sie und hielt plötzlich ein kleines Glas Honig in der Hand. Sie träufelte die Flüssigkeit ganz langsam und bedächtig in die dunkle Höhle zwischen Esthers Schenkeln. Esther spürte, wie die klebrige Substanz über ihr Geschlecht lief. Sie tropfte an ihren Pobacken hinab und bildete eine kleine Pfütze auf dem Bettlaken. Das Gefühl war sensationell, und sie stieß einen leisen Schrei der Lust aus. Christopher und Rebecca leckten den Honig auf, ihre Zungen glitten über Esthers Körper, bis diese alles vergaß. Sie preßte die Fußsohlen gegen die Matratze, ihre Knie zitterten, und sie stieß ihnen ihr Becken entgegen, als wolle sie die beiden zwingen, sie mit ihren sinnlichen, sanften Zungen härter zu stimulieren. Dann rollte die erste Welle höchster Lust durch ihren Körper und steigerte sich zu einem gewaltigen Crescendo, bis ihr Körper in einem Orgasmus, der nicht mehr zu enden schien, hin und her zuckte. Christopher und Rebecca beobachteten sie mit glänzenden Augen.

Als Esther sich schließlich beruhigt hatte, verschwand Rebecca im Badezimmer, aus dem sie mit einem Schwamm und einem Handtuch zurückkehrte. Christopher wusch sie und trocknete sie ab. Als er fertig war, nahm Esther an, daß die beiden sie nun verlassen würden, aber statt dessen zog Christopher sie hoch und streichelte ihre Wange.

»Das hat dir gefallen, oder?« fragte er mit ernstem Gesicht.

Esther nickte, unfähig zuzugeben, wie sehr sie es genossen hatte.

»Gut«, erklärte er. »Denn jetzt möchte ich, daß du mich zusammen mit Rebecca verwöhnst. Willst du?«

»Natürlich ...«, begann Esther etwas überrascht.

»Weiß sie, wie du es magst?« unterbrach Rebecca sie.

Christopher schüttelte den Kopf. »Nein, ich dachte, du erklärst es ihr.«

»Nun, mein Outfit hat wohl schon genug erklärt«, sagte Rebecca und sah Esther zum ersten Mal direkt an. »Weißt du, worum es geht, Esther?«

Esther runzelte die Stirn. »Nun, ich ...«

»Ach, komm schon«, sagte Rebecca ungeduldig. »Es ist so: Christopher wird gerne dominiert. Ich trage dieses Kostüm hier nicht zu meinem eigenen Vergnügen, obwohl es letzten Endes geil ist, wie du auch noch merken wirst.«

Esther schwang ihre Beine über die Bettkante und beobachtete verblüfft, daß sich Christopher auf den Teppich warf. Rebecca stellte sich breitbeinig über ihn, die Hände auf den Hüften. Er war nackt, stützte sich leicht mit einem Arm auf und sah mit einem unterwürfigen Blick zu ihr hoch.

Esther konnte kaum glauben, was sie sah. Das war nicht der Christopher Wheldon, den sie von der Bühne kannte, oder der Mann, mit dem sie vor ein paar Tagen geschlafen hatte. Hier zeigte sich eine ganz andere Seite seiner Persönlichkeit, eine, die Esther weit weniger ansprechend fand.

»Komm«, sagte Rebecca. »Du mußt mir helfen. Es ist schade, daß du nichts Passendes zum Anziehen hast, aber du könntest ihm die Augen verbinden. Hast du irgendwas da?«

»Ich habe einen Schal«, schlug Esther vor.

»Prima«, meinte Rebecca. Christopher wandte den Kopf, um zu sehen, wohin Esther ging, aber Rebecca packte ihn am Schopf und zog ihn hoch. »Du bleibst ganz ruhig«, zischte sie und preßte den harten Peitschenstiel gegen sein Rückgrat, während sein Kopf zwischen ihren Beinen ruhte, der Mund auf den Rocksaum gepreßt.

Als Esther mit dem Schal zurückkam, sah sie, wie Christopher versuchte, mit der Zunge über die Haut zwischen Rebeccas Stiefeln und dem Rock zu lecken. Auch Rebecca bemerkte es, und sofort schwang sie die Peitsche und ließ sie mit beachtlicher Härte auf Christophers Schultern sausen. »Wage es nicht, dich zu rühren, es sei denn, du wirst gefragt«, zischte sie.

Esther stand über dem nackten Schauspieler und verband ihm die Augen. Seine Erektion war enorm; offensichtlich war er sehr erregt. Sie zog den Knoten sehr fest zu und vernahm mit einer gewissen perversen Befriedigung sein Stöhnen.

»Ich glaube, darin könntest du ganz gut werden«, sagte Rebecca gedehnt.

Esther bezweifelte das, aber als Rebecca ihr befahl, Christophers Kopf nach hinten zu ziehen und ihn zu küssen, genoß sie das Gefühl der Macht, besonders als er sich in ihrem Griff wand und sie die Hände fest gegen seine Ohren pressen mußte, bevor sie sich zu ihm beugte und ihre Zunge tief in seinen Mund steckte. Er schien begeistert. Ihre Zungen trafen sich, und ihre Lippen klebten förmlich aneinander, nur daß es dieses Mal nicht sanft und sinnlich war. Esther erkannte plötzlich, daß sie einen männlichen Sexsklaven vor sich hatte, und diese Erkenntnis wirkte wie ein Aphrodisiakum auf sie.

Eine halbe Stunde lang zwangen sie und Rebecca Christopher dazu, sich hinzuknien, zusammenzukrümmen, ja sogar durch das Zimmer zu kriechen. Wenn er ihren Befehlen nicht schnell genug nachkam oder wenn Rebecca befand, daß er zu nahe davor war, zu kommen, wurden seine Pobacken mit der Reitpeitsche bearbeitet.

Schließlich zwang Rebecca ihn, eine absolut unterwürfige Pose einzunehmen. Er kniete auf dem Boden, die Stirn gegen den Teppich gepreßt, die Hände locker auf den Rücken gebunden. Seine Beine waren gespreizt, und Esther hatte eine brillante Idee. Sie schob sich unter ihn und preßte ihre Brüste gegen sein Gesicht. Mit einer Stimme, die sie kaum als die eigene erkannte, befahl sie ihm, ihre Brüste zu lecken.

Rebecca applaudierte schweigend, und während Christopher sich bemühte, Esthers Befehl nachzukommen, griff sie mit ihrer rechten Hand zwischen seinen Pobacken durch nach seinem Pennis. »Ich werde dich dort jetzt drei Minuten massieren«, sagte sie sachlich. »Und ich erwarte von dir, daß du nicht kommst, bis die drei Minuten vorbei sind. Verstehst du mich?«

»So lange halte ich es nicht aus«, jammerte Christopher flehentlich.

»Wenn nicht, werde ich dich noch härter bestrafen«, drohte Rebecca.

Esther merkte, daß seine Erregung dadurch nur gesteigert wurde. »Du hast aufgehört, meine Brüste zu lecken«, beschwerte sie sich und hörte, wie die Peitsche geschwungen wurde und niedersauste. Sofort leckte und saugte Christopher wieder fieberhaft, und plötzlich wurde Esther von einem Orgasmus geschüttelt, der ganz unerwartet kam, und den nur das Gefühl ausgelöst hatte, daß sich Christopher den beiden Frauen vollkommen unterwarf.

Christopher leckte weiter, während ihn Rebecca gnadenlos massierte. Drei Minuten konnten eine lange Zeit sein, und Rebecca zählte die Sekunden laut mit; mit jeder wurde Christophers Stöhnen und Jammern immer hilfloser. Esther streckte die rechte Hand aus und strich über den steifen Schwanz. »Nein! Bitte, tu es nicht!« flehte Christopher. »Ich halte es nicht aus! Ich schaffe es nicht!«

Esther hatte nicht vorgehabt, ihn noch mehr zu erregen; sie wollte nur wissen, wie dicht er davor stand, zu kommen. Jetzt wurde ihr klar, wieviel Selbstbeherrschung er brauchte, um das zu ertragen, was Rebecca mit ihm machte.

Schließlich zählte Rebecca die letzten zehn Sekunden auf. Christopher schnappte nach Luft wie ein Schwerverletzter. Esther hatte ihn noch nie so erregt gesehen – seine Zunge strich noch immer über ihre schmerzenden Brüste –, aber dann waren die drei Minuten vorbei. Nach der letzten Sekunde, als Rebecca noch heftiger massierte, kam Christopher mit einer Reihe von Spritzern, die seinen Körper erschauern ließen. Esther hielt die Handfläche vor seinen Penis und fing die heiße, milchige Flüssigkeit auf.

Als sein Orgasmus vorüber war, entfernte Rebecca die Fesseln von seinen Handgelenken, und Esther befreite ihn von dem Tuch vor seinen Augen. Er rollte sich auf die Seite. Der Schweiß lief ihm über sein Gesicht, und er sah zu den beiden Frauen auf. »Ihr seid fantastisch, beide«, sagte er beglückt. »Was für eine Nacht.«

Zehn Minuten später waren er und Rebecca verschwunden und ließen eine sexuell befriedigte, aber höchst verunsicherte Esther zurück. So etwas hatte sie noch nie zuvor erlebt, und sie war sich nicht sicher, ob sie es noch einmal tun würde, so erregend es auch gewesen sein mochte. Leider hatten die Ereignisse sie so aufgewühlt, daß sie kaum Schlaf fand, und als sie am nächsten Morgen erwachte, wußte sie, daß es nicht einfach werden würde, die wichtige Premiere am Abend zu überstehen.

9

Als Esther am nächsten Morgen in den Theatersaal gehen wollte, traf sie auf dem Treppenabsatz Rebecca. Die andere Frau schaute kurz zu ihr herüber, aber es gab kein Lächeln, auch kein wissendes, das zwischen ihnen ausgetauscht wurde. Esther verlangsamte ihren Schritt und ließ Rebecca vorangehen. Sie fühlte sich ausgelaugt und hatte fast Angst vor den Proben. Als sie Schritte hörte, drehte sie sich um. Es war Christopher. Er winkte ihr lächelnd zu. Im Gegensatz zu Esther wirkte er frisch und voller Energie.

»Heute ist also der große Tag«, sagte er und drückte Esther an sich.

Sie wich etwas zurück, und Christopher sah sie verwundert an. »Was ist los?«

Esther konnte es nicht erklären. Es wäre lächerlich gewesen, wenn sie so getan hätte, als hätte sie die vergangene Nacht nicht genossen, aber jetzt, im kalten Licht des Tages, wußte sie, daß die Ereignisse dazu geführt hatten, daß sie sich nicht mehr besonders zu diesem Goldjungen der Bühne hingezogen fühlte. Für Esther mußte Sex immer gleichberechtigt sein, und sie hatte nie den Wunsch verspürt, jemanden zu dominieren. Obwohl die Nacht sehr aufregend gewesen war, hatte sie schon deshalb nicht vor, die Erfahrung zu wiederholen. Es hatte ihr auch nicht besonders gefallen, von Rebecca in den intimsten Augenblicken beobachtet zu werden. Eines überraschte sie jedoch – wie schnell ihre Sinne auf die Konstellation reagiert hatten. Vielleicht war ihre Sexualität doch komplexer als sie bislang gedacht hatte.

»Letzte Nacht hat dir gefallen, nicht wahr?« fragte Christopher, während sie durch den prachtvollen Flur gingen.

»Ich hätte gedacht, das wäre offensichtlich gewesen«, sagte Esther.

»Das war es!« stimmte Christopher ihr zu. »Was hältst du davon, heute abend, wenn alles vorbei ist, richtig zu feiern? Vielleicht kannst du in unser Zimmer kommen. Wir haben da noch eine Reihe anderer Spielzeuge und könnten alles noch spannender machen.«

Esther wußte nicht recht, was sie sagen sollte. Die Wahrheit war – sie hatte absolut nicht vor, sich nach der Vorstellung mit Christopher und Rebecca zu treffen. Auf der anderen Seite mußte es so aussehen, als sei sie immer noch scharf auf ihn, wenn ihr Plan gelingen sollte. Abgesehen davon mußte ihr Christopher auch noch bei ihrer Rolle helfen, und sie wollte ja zudem den Eindruck vermitteln, als hätten sie ein enges Verhältnis. Eine Sekunde lang fragte sie sich, ob Marcus all diese Anstrengungen wirklich wert war. Sicherlich wollte sie ihm beweisen, daß sie eine gute Bühnenschauspielerin war, aber war eine intime Beziehung zu Christopher wirklich nötig? Sie beantwortet ihre Frage mit ja, denn das würde Marcus noch mehr verletzen als jeder Erfolg, den sie als Schauspielerin erringen könnte. Sie zwang sich, zu lächeln.

Es tut mir leid, ich bin heute morgen ein bißchen abweisend«, gestand sie Christopher.

»Lampenfieber«, sagte Christopher sofort. »Wenn es erst losgeht, ist alles okay. Mach dir keine Sorgen, ich habe jede Menge Vertrauen in dich.«

Während der morgendlichen Proben ging Esther jedoch immer wieder durch den Kopf, daß Christopher seine Worte noch bedauern würde, denn was sie bot, war flach und schal. Zum Glück war sie nicht die einzige, und alle wußten, daß dies normal war. Jeder sparte sich seine Kräfte für den Abend auf. Es hatte keinen Sinn, sich zu verausgaben, wenn man wenige Stunden später vor zahlenden Zuschauern eine Top-Leistung bringen mußte. Damit machten sich alle Mut, besonders Christopher und George, der die Rolle des stellvertretenden Regisseurs übernommen hatte, da Christopher selbst so viel auf der Bühne stand.

Als sie schließlich in die Mittagspause gingen, machte

Christopher noch ein paar kleinere Anmerkungen. Er sagte, daß sie alle hervorragend seien und daß alles wunderbar laufen würde. Bis sechs Uhr hatten sie nun frei. Dann mußten sie in der Garderobe erscheinen.

Rosie fragte Esther, ob sie mit ihr, Noel und Michael in den örtlichen Pub gehen wolle, und sie sagte zu, vor allem, weil sie nicht vorhatte, mit Christopher und Rebecca allein zu bleiben. Gerade als sie sich auf den Weg machen wollten, es waren nur ein paar Minuten bis zum Pub, tauchte plötzlich Theresa vor ihnen auf.

»Ich hoffe, du bist zufrieden«, sagte das rothaarige Mädchen wütend zu Esther. »Hast du solche Probleme? Willst du beweisen, daß Marcus einen Fehler gemacht hat, oder was?«

»Was ist denn jetzt los?« fragte Noel verblüfft.

»Das fragst du lieber Esther.« Theresa spie die Worte förmlich aus.

»Nein, ich frage dich«, sagte Noel.

»Es handelt sich nur darum, daß sich Esther auf einmal sehr gut mit unserem Regisseur versteht«, sagte Theresa. »Bei seinen Privatstunden ging es um mehr als das Stück, stimmt's?«

»Wirklich?« Amüsiert hob Michael eine Augenbraue. »Gut für dich, Esther. Das erklärt, warum er dich in der Lokalpresse über den grünen Klee gelobt hat.«

»Hat er das?« fragte Esther verblüfft.

»Sicher, ich habe mitbekommen, wie er gesagt hat, du seist die aufregendste Entdeckung, die er seit Jahren gemacht habe. Er meinte, daß du eine der größten Schauspielerinnen der nächsten Generation werden könntest.«

»Da hat er wohl doch etwas zu dick aufgetragen«, warf Rosie ein, um Esther sofort entschuldigend anzusehen. »Tut mir leid, aber du mußt zugeben, daß er da ziemlich übertreibt.«

»Das ist ein Alptraum«, sagte Esther entsetzt. »Wenn ich so spiele wie heute morgen, denken die Leute, er sei nicht ganz bei Trost.«

»Das ist er wahrscheinlich auch nicht«, sagte Theresa schroff. »Wie hast du ihn denn bezirzt?«

»Ich weiß gar nicht, was du mit dieser Sache zu tun hast«, sagte Esther und wollte an dem Mädchen vorbeigehen.

»Lügnerin«, zischte Theresa. »Du weißt nur allzu gut, daß er und ich miteinander im Bett waren.«

»Darling«, sagte Noel gelangweilt, »es interessiert uns wirklich nicht, mit wem du Sex hattest. Es könnte jeder sein, außer mir natürlich.«

»Außer dir und Michael«, sagte Theresa höhnisch. »Ihr teilt euch die Mädchen doch immer. Was ist los, könnt ihr allein keine Frau befriedigen?«

Rosie kicherte. »Doch, das können sie«, sagte sie begeistert. »Aber sie sind einfach so großzügig, daß sie gerne doppelte Portionen verteilen.«

»Du mußt es ja wissen«, entgegnete Theresa.

»O ja«, gab Rosie bereitwillig zu. »Ich weiß es tatsächlich, und es ist herrlich. Du bist nur eifersüchtig, das ist dein Problem. Außerdem ist Christopher mit Rebecca zusammen. Du kannst also nur ein Nebenwert gewesen sein.«

»Und was war dann Esther?« fragte Theresa.

Rosie und die beiden Männer sahen fragend zu Esther hinüber. »Ich habe keine Ahnung, wovon du redest«, sagte Esther, der es schließlich gelang, das zornige Mädchen beiseite zu schieben und den Weg über die lange Auffahrt des Small House fortzusetzen.

Als sie dann im Pub saßen, wußte sie, daß sie den anderen dreien eine Erklärung liefern mußte. Rosie war auch ehrlich zu ihr gewesen, und obwohl die drei Theresa nicht besonders mochten, so nahmen sie doch sicherlich an, daß an dem, was sie gesagt hatte, etwas dran sein könnte.

»Guten Appetit«, sagte Noel fröhlich und stellte einen großen Teller mit verschiedenen Sandwiches in die Mitte des Tisches, während Michael die Getränke verteilte. »Eßt, soviel ihr könnt. Heute abend wird euch nicht nach Essen zumute sein.«

Esther konnte das bestätigen. Ihr wurde vor jedem Auftritt schlecht. Erst danach bekam sie einen Heißhunger. »Also, was Theresa gesagt hat ...«, begann sie zögernd.

»Wir hören«, entgegnete Michael sofort und tat erst gar nicht so, als sei er nicht interessiert.

»Es stimmt, daß ich eine Affäre mit Christopher habe«, gestand Esther.

»Gut für dich«, meinte Rosie. Sie tauschte einen verständnisvollen Blick mit Esther aus, denn sie wußte ja bereits von ihr, daß dies einer der Gründe gewesen war, sich dem Ensemble anzuschließen.

Noel sah sie zweifelnd an. »Bist du sicher, daß er der Richtige für dich ist? Ich würde denken, daß er viel zu selbstsüchtig ist. Außerdem kann er nicht treu sein. Ich meine, Rebecca ist seine Freundin, aber so wie es aussieht, hat er es hinter ihrem Rücken mit Theresa und mit dir getrieben.«

Esther behielt lieber für sich, daß es nicht gerade hinter Rebeccas Rücken geschehen war. »Es ist nichts Ernstes«, sagte sie zu Noel. »Es ist einfach passiert.«

»Nun, solange es dir Spaß macht ...« meinte Michael. »Dein Spiel hat sich jedenfalls enorm verbessert.«

»Aber nicht heute«, sagte Esther mürrisch.

»Heute zählt nicht«, versicherte Rosie. »Heute waren wir alle furchtbar, sogar Christopher. Er hat sich mehrere Male versprochen, und das ist noch nie vorgekommen.«

»Heute abend wird das nicht passieren«, sagte Noel. »Dazu sind er und Damon viel zu professionell.«

»Was mich nervös macht«, sagte Michael, »ist Theresas Madge. Ich stehe mit ihr auf der Bühne, wo sie von Sozialismus und Gleichheit predigt, doch wenn sie dabei nur an Christopher denkt und wem er es besorgt oder auch nicht, dann wird sie kaum eine der besten Vorstellungen aller Zeiten abliefern. Fängt sie wieder an, den Vamp zu spielen, flippe ich aus.«

»Dann laß sie stehen und geh ab«, schlug Noel lachend vor. »Das Publikum wird volles Verständnis haben.«

Nun mußten alle lachen, und danach drehte sich das Gespräch um allgemeinere Themen – wie das Publikum sein würde, ob die Lokalpresse ihnen freundlich gesonnen war und wie die Kurzversion von *Macbeth* am folgenden Abend ankommen würde.

»Ich glaube, das wird sehr interessant«, sagte Noel, als sie aufbrachen. »Nicholas spielt den Banquo, als sei er Macbeth, und Christopher wird sich anstrengen müssen, ihn im Zaum zu halten.«

»Und das nur, weil Nick glaubt, Christopher hätte ihm die Rolle des Macbeth geben müssen. Er wird nicht richtig integriert. Irgendein Grund muß Christopher dazu bewogen haben, ihn mitzunehmen, aber er hat nicht viel zu tun. Abgesehen von den Shakespeare-Stücken spielt er nirgendwo mit.«

»Na ja, aber für ein Coward-Stück käme er auch kaum in Frage, oder?« meinte Michael. »Nicks Problem ist, daß er seine eigenen Grenzen nicht akzeptiert. Was er gut kann, kann er sehr gut, wenn ihr versteht, was ich meine. Das Problem ist, daß er aber in allem gut sein will, und das funktioniert einfach nicht. Ich persönlich kenne meine Grenzen genau. Rollen wie Gerald kann ich im Handstand spielen. Ich sehe so aus, ich spreche so, und so wie mir scheint, steht mir eine lange, wenn auch nicht spektakuläre Karriere mit solchen Rollen bevor.«

»Was ist, wenn du alt bist?«

»Ich trete würdevoll ab und gründe eine Agentur«, antwortete Michael. »Ich werde Rollen exklusiv für hinreißende junge Schauspielerinnen auftun. Das dürfte mir großen Spaß machen – und mit etwas Glück auch ihnen.«

»Ich bin sicher, daß so etwas nicht anständig ist«, meinte Esther lächelnd.

»Was heißt da schon anständig«, sagte Michael. »Das Land wird von Absolventen der Schauspielschulen überflutet sein, die so verzweifelt nach einem Agenten suchen, daß es ihnen egal ist, ob ich anständig bin. Aber im Ernst, ich glaube wirklich, daß ich mal als Agent enden könnte, wenn ich über genügend Kontakte verfüge und die Rollen rarer werden.«

»Für Frauen werden die Rollen viel eher rar«, sagte Rosie. »Was nicht gerecht ist. Männer scheinen mit dem Alter besser zu werden, aber Frauen serviert man ab, zumindest was Film und Fernsehen betrifft. Und auf der Bühne gibt es auch nicht besonders viele Rollen für ältere Frauen.«

»Du armes Ding«, meinte Noel und streichelte ihr den Kopf, als sei sie ein Schoßhündchen. »Dir kann es dann ja egal sein, Rosie. Du bist dann verheiratet und hast ein halbes Dutzend Kinder.«

»Ich will kein halbes Dutzend Kinder haben«, keuchte Rosie entsetzt.

»Ach, du bist so vergeßlich, daß du sie trotzdem bekommen wirst«, lachte Noel.

In der Gesellschaft der drei besserte sich Esthers Laune wieder. Trotzdem war sie froh, niemandem aus dem Ensemble zu begegnen, als sie zu ihrem Zimmer zurückging. Drinnen stellte sie einen Stuhl unter die Türklinke und legte sich hin. Sie schlief bis half fünf, nahm ein Bad in der altmodischen Emaillewanne und begann sich dann mental auf den vor ihr liegenden Abend vorzubereiten.

Es überraschte sie immer wieder, wie lange die Stunde zwischen sechs und sieben vor einer Vorstellung zu dauern schien. Die letzte halbe Stunde jedoch, wenn man hörte, wie das Publikum die Plätze einnahm und das Gemurmel begann, flog nur so dahin. Eben hatte man noch endlos Zeit, und dann plötzlich hieß es auf die Bühne und spielen.

Sie tauschten Premierenkarten mit den anderen Schauspielern aus. Damons Karte gefiel ihr besonders. Sie zeigte das Bild einer Music Hall-Sängerin aus den alten Zeiten, die blond und Esther nicht ganz unähnlich war. Darunter stand *Ein Vogel im goldenen Käfig,* und Esther lächelte in sich hinein. Sie behielt nicht alle Karten, die sie bekam, sondern nur die schönsten; die von Damon sollte auf jeden Fall Teil ihrer Sammlung werden.

Allzu schnell kam der erste Aufruf, langsam ging Esther

hinter die Bühne. Ellie und Rebecca eröffneten das Stück, kurz darauf trat Noel zu ihnen, und ein paar Minuten später war Esther dran. Ihre Handflächen waren naß, und in ihrem Magen rumorte es. Sie konnte es kaum erwarten, auf die Bühne zu gehen, schon aus dem Grund, weil sich ihre Nerven erst dann wieder beruhigen würden. Plötzlich hörte sie, wie ihr Theresa als Madge das Stichwort gab: »Also, wir sollten jetzt anfangen. Kay, wir sollten anfangen.« Noch bevor sie den zweiten Satz ganz zu Ende gesprochen hatte, stand Esther als Kay auf der Bühne, und das Stück nahm seinen Lauf.

Als alles zu Ende war, konnte sie kaum fassen, was für eine Katastrophe ihr Auftritt gewesen war. So schlecht hatte sie wahrscheinlich noch nie gespielt, aber es gab einen Grund dafür. Jedesmal, wenn ihr Blick sich mit dem Rebeccas oder Christophers traf, fühlte sie sich in die letzte Nacht zurückversetzt. Sie konnte fast spüren, wie sie das Essen von ihrem nackten Körper geleckt hatten, wie Rebeccas Finger in sie eindrangen. Unverständlich, warum sie diese Gedanken nicht aus ihrem Kopf verbannen und sich auf das Stück konzentrieren konnte, aber es ging einfach nicht, und das Ergebnis war haarsträubend.

Esther fiel auf, daß während der Pausen zwischen den Akten alle das Gespräch mit ihr mieden. Das war keine Unfreundlichkeit, sondern das einzige, was man unter den Umständen tun konnte. Da sie schon dreimal in ihrem Text gepatzt hatte, war sicherlich auch dem naivsten Besucher deutlich geworden, daß sie Probleme hatte.

Als sie sich zum Schluß des letzten Aktes durchkämpfte, fühlte sie sich etwas besser. Die Aussicht auf das Ende des Alptraums tat ihr gut. Sie hörte, wie Noel als Alan sagte: »Nein, ich ... verstehe es nicht.« Jetzt mußte sie Blake zitieren. Sie versuchte sich zu erinnern, was Christopher ihr geraten hatte, und tatsächlich erfüllte so etwas wie Leidenschaft ihre Stimme, die sie leicht brechen ließ. Es ging gut, und sie dachte, daß dem Publikum zumindest ein letzter, positiver Eindruck bleiben würde, doch dann geschah das Unglück. Als sie zu den letzten beiden Zeilen kam, hörte sie sich zu ihrem eigenen Schrecken sagen: »... und wenn uns dieses Wissen *fehlt,* gehen wir sicher durch die Welt.«

Kaum waren die Worte über ihre Lippen gekommen, als ihr der Schweiß ausbrach. Sie konnte nicht fassen, daß ihr ein solcher Fehler unterlaufen war. Ihr Kopf war völlig leer. Zum Glück war das Stück fast zu Ende, und Esther stand mit dem Rücken zum Publikum, nachdenklich aus dem Fenster schauend. Das war gut so, denn sie war den Tränen nahe, und in der Schlußszene, als sie sich ihrem Bruder Alan zuwandte, während das Licht abgedunkelt wurde, bis nur noch ein Scheinwerfer das Paar erhellte, war ihr zittriges Lächeln nicht gespielt.

Auch hinter der Bühne hatte Esther das Gefühl, als nehme der Alptraum kein Ende mehr. Sie war so abwesend, daß Damon sie am Arm festhielt und nach vorne zog. Sie selbst hatte nicht daran gedacht, daß sie sich verbeugen mußte. Es gelang ihr, ein freundliches Lächeln aufzusetzen, und der Beifall des Publikums war frenetisch, aber sie wußte, daß niemand für sie klatschte. Sie war grauenhaft gewesen; es gab kein anderes Wort dafür.

Schließlich trat Christopher einen Schritt aus der Reihe der Akteure hervor und hielt eine kurze Ansprache. Als er den Mitgliedern seines Ensembles dankte, kam spontaner Applaus auf, der über eine Minute anhielt, und er lächelte mit einer Mischung aus Charme und Bescheidenheit, von der die, die ihn kannten, später sagten, daß dies eine seiner besten Leistungen gewesen sei. Schließlich war alles vorbei, das Publikum strömte in die Nacht hinaus, und die Schauspieler kehrten in die Garderobe zurück, um sich abzuschminken und umzuziehen und wieder sie selbst zu werden.

Um Esther herum gratulierten die Leute einander. »Darling, du warst wunderbar.« – »Großartig, das Publikum hat dich geliebt.« Die Worte dröhnten in ihrem Kopf, aber mit Esther sprach niemand. In gewisser Weise war sie sogar dankbar dafür, denn nichts wäre jetzt schlimmer gewesen als falsche Komplimente.

Sie versuchte, sich zusammenzureißen und gratulierte Rosie und Rebecca zu ihren Darbietungen, die wirklich sehr gut gewesen waren. Rosie bedankte sich lächelnd, ohne sich zu einem geheuchelten Lob Esthers hinreißen zu lassen. Rebecca zuckte nur mit den Schultern, als hätten die Worte gar keine Bedeutung für sie.

Esther stand gerade im Slip vor dem Spiegel und entfernte die letzten Make-up-Reste mit Cold Cream, als sie sah, wie Christopher hinter ihr auftauchte. Ihre Blicke trafen sich im Spiegel. Christophers Augen waren kalt.

»Was zum Teufel war das?« fragte er zornig.

»Es tut mir wirklich leid«, sagte Esther leise. »Ich weiß, ich war furchtbar, und es gibt keine Entschuldigung.«

»Waren es die Nerven? Bist du in Panik geraten, oder was?« fragte Christopher.

»Ich weiß es nicht«, behauptete Esther. Sie konnte ihm unmöglich die Wahrheit sagen, denn er sollte ja weiterhin glauben, daß sie scharf auf ihn war. Ihr Plan mußte gelingen.

»Nun, sieh zu, daß es nicht noch einmal passiert«, sagte Christopher. »Ich habe allen Reportern am Presseabend erzählt, wie wunderbar du sein würdest. Du hast mich zum Idioten gemacht.« Mit diesen Worten drehte er sich um und stapfte wütend aus dem Raum.

»Zumindest hast du ihm die Mühe erspart, das selbst zu übernehmen«, sagte Damon leise.

Esther blickte über die Schulter zur anderen Seite des Raums, wo Damon vor seinem Spiegel saß. »Was meinst du damit?« fragte sie.

»Du weißt ganz genau, was ich meine. Christopher macht sich auch ohne deine Hilfe dauernd zum Idioten.«

Esther lachte nervös. »Das ist nicht sehr nett von dir. Er war brillant heute abend.«

»Sicher, er war okay, aber eine so große Herausforderung ist die Rolle auch nicht.«

»Du warst auch gut«, fügte Esther hinzu. »Ich glaube, du

warst dynamischer als bei den Proben. Rebecca schien ziemlich verblüfft.«

»Wirklich?« fragte Damon. »Ich kann mir vorstellen, daß man Rebecca nicht so schnell verblüfft.«

»Trotzdem war sie gut«, murmelte Esther. »Alle waren gut, außer mir.«

»Das mußt du vergessen«, sagte Damon. »Abenden wie diesem darf man nicht nachhängen, das wäre fatal. So etwas passierte jedem von uns mal«, fügte er sanft hinzu. »Es liegt sicher nur an deinem Mangel an Bühnenerfahrung. Nächstes Mal wird es bestimmt ganz anders, und du stellst uns alle in den Schatten.«

»Im Moment ist es mir egal, ob es ein nächstes Mal gibt«, stieß Esther hervor. »Vielleicht bin ich doch besser beim Fernsehen aufgehoben, wo man alles wiederholen kann.«

Damon zog die Augenbrauen zusammen. »Ich habe dich nie als Verliererin gesehen, Esther«, sagte er. »Du brauchst einen Drink und ein ruhiges Gespräch. Ich weiß, daß gleich eine Party stattfindet, aber wahrscheinlich ist dir jetzt nicht danach, oder?«

»Ganz sicher nicht.«

»Dann laß uns ins Dorf gehen. Es gibt da ein nettes kleines Restaurant, wo wir gut essen, ein halbwegs gutes Glas Wein trinken und über alles reden können.« Er sah Esthers Miene. »Nicht über das Stück«, versprach er. »Über andere Dinge.«

Seine Freundlichkeit berührte sie, vor allem, da sich im Ensemble niemand die Mühe gemacht hatte, ein tröstendes Wort an sie zu richten. »Das klingt nicht schlecht«, sagte sie.

»Ich warte draußen. Wir können zu Fuß gehen, dann dürfen wir auch ein Glas mehr trinken.«

Er ging hinaus, und Esther zog sich eilig an. Plötzlich fühlte sie sich viel besser. Zum ersten Mal hatte sich Damon ihr gegenüber umgänglich gezeigt, und die Aussicht, einen Abend in seiner Gesellschaft zu verbringen, war sehr angenehm. Sie dachte daran, daß Damon der Mann ihrer Träume war. Aber mit Damon konnte sie Marcus nicht eifersüchtig machen. Ihre Wege hatten sich nie gekreuzt, und es würde Marcus völlig egal sein, wenn sie eine Affäre mit Damon hätte. Trotzdem hoffte sie auf einen schönen Abend, der sie die Vorstellung vergessen lassen würde. Es war eine wertvolle Erfahrung gewesen, wenn auch eine, die sie kein zweites Mal machen wollte.

»Wo geht sie hin, verdammt noch mal?« fluchte Christopher, als er sah, wie Damon und Esther in der Nacht verschwanden.

»Noch mal zur Schauspielschule?« schlug Rebecca vor.

»Das findest du wohl witzig«, knurrte Christopher.

»Es ist ziemlich witzig«, sagte Rebecca lachend. »Ich habe sie ja nicht in den Himmel gelobt und so getan, als sei sie die neue Vanessa Redgrave.«

»Ich weiß nicht, was mit ihr los war«, sagte Christopher. »Sie hatte die Rolle gestern noch im Griff.«

»Vielleicht hat sie letzte Nacht nicht genug Schlaf gekriegt.«

»Nun, wenn es nach mir geht, bekommt sie auch heute nicht genug«, sagte Christopher grinsend. »Ich würde das Ganze gern wiederholen und habe ihr sogar schon vorgeschlagen, uns in unserem Zimmer zu besuchen. Allerdings wußte ich da noch nicht, daß sie abends mit Damon Dowden ausgehen würde. Was für ein schlechter Geschmack – erst Marcus und jetzt er.«

»Warum willst du sie wieder dabei haben?« fragte Rebecca. »Bin ich dir nicht mehr genug?«

Christopher strich mit der Hand durch ihr langes, dunkles Haar. »Natürlich bist du das«, versicherte er. »Aber zu dritt ist es einfach noch aufregender. Vielleicht kann Theresa zu uns kommen, wenn Esther zu lange wegbleibt. Was meinst du?«

»Mich kannst du nicht einwickeln«, entgegnete Rebecca. »Ich weiß, daß du ein Schauspieler bist. Aber da du fragst – nein, ich will nicht, daß Theresa zu uns kommt. Ich möchte mit dir allein sein.«

In diesem Augenblick rief jemand nach Christopher.

»Also, ich muß jetzt auf diese verdammte Party«, sagte Christopher verdrossen. »Du weißt, ich hab' versprochen, daß ich hingehe. Du kommst doch mit, oder?«

»Gleich«, antwortete Rebecca mit müder Stimme.

»Hoffentlich wirst du jetzt nicht zickig«, sagte Christopher. »Ich hasse es, wenn Frauen Spielchen spielen. Dafür habe ich einfach keine Zeit.«

Rebecca sah ihm nach und biß sich auf die Unterlippe. Sein Charme begann sich langsam zu verbrauchen, und sie fand sein Bedürfnis, dominiert zu werden oder eine zweite Frau dabei zu haben, mit der Zeit abstoßend. Zuerst hatte es Spaß gemacht, aber sie wollte einfach mehr Zeit mit ihm allein verbringen. Gegen sexuelle Experimente hatte sie gar nichts einzuwenden, sie wußte nur nicht, warum immer eine dritte Person dabeisein sollte. Es gab eine Menge Dinge, die man zu zweit machen konnte. Außerdem hatte sie es satt, dauernd sein berufliches Ego zu füttern.

Ihr war auch klar, daß sie besser spielen konnte, als sie es heute abend getan hatte, aber sie hielt sich bewußt zurück, weil sie am nächsten Abend Lady Macbeth spielen sollte. Wenn Christopher auch nur für einen Augenblick dachte, sie könne besser sein als sein Macbeth, würde er sie ohne zu zögern auswechseln – wahrscheinlich gegen Ellie Ford.

Nachdenklich ging sie durch die Dunkelheit und wäre fast mit Nicholas zusammengestoßen. »Gehst du zur Party?« fragte er.

»Ja, gleich.«

»Was ist los?« erkundigte sich Nick. »Du wirkst ein bißchen bedrückt.«

»Ist wohl die Müdigkeit«, sagte Rebecca.

»Du warst absolut brillant, weißt du das?« schwärmte Nick. »Ich mußte dich die ganze Zeit ansehen.« Er zögerte. »Um die Wahrheit zu sagen, das könnte ich auch sonst immer tun«, fuhr er dann leise fort.

Rebecca trat näher an ihn heran. Sie wußte, daß er hinter ihr her war; während der Proben in London hatten sie ein- oder zweimal dicht vor einer Affäre gestanden, aber Rebecca hatte im letzten Moment einen Rückzieher gemacht, wegen Christopher. Allerdings schien ihr jetzt Nick bedeutend attraktiver, und sie schob sich so dicht an ihn heran, daß sich ihre Hüften berührten. »Vielleicht können wir irgendwo hingehen?« schlug sie vor. »Ein stilles Plätzchen, wo uns niemand stört.«

»Sicher«, sagte Nick. »Aber mußt du nicht zu dieser Party im Westflügel?«

»Ich habe Christopher versprochen, daß ich komme, aber ich bin ja nicht sein Eigentum«, murmelte Rebecca.

»Das kann ich mir bei dir auch nicht vorstellen«, sagte Nick. »Aber ich kann es mir nicht leisten, Ärger mit ihm zu kriegen, gerade jetzt. Niemand von uns kann das.«

»Wie sollte er es denn herausfinden?« fragte Rebecca. »Ich glaube nicht, daß einer von uns es ihm erzählen wird.«

»Natürlich nicht«, sagte Nick lachend.

»Also, wohin sollen wir gehen?« fragte Rebecca.

Nicholas überlegte kurz. »Ich weiß ... Wenn wir den Schotterweg an der Westseite des Hauses entlanggehen, kommen wir zu einer entlegenen Ecke in der Nähe der Mauer. Dort steht eine lange Bank. Da ist nie jemand. Der Weg führt nirgendwo hin.«

»Das klingt gut«, meinte Rebecca.

Nicholas ergriff ihre Hand, und als sie um das Gebäude herumgingen, spürte sie, wie er mit dem Daumen über ihren Handteller strich. Noch bevor sie die Bank erreicht hatten, küßten sie sich, und Rebecca fand seinen starken, festen Griff und seinen fordernden Mund sehr erregend. Es war schön, mal zur Abwechslung begehrt und bewundert zu werden, denn wenn sie mit Christopher zusammen war, bewunderte der nur eine Person – sich selbst.

Nachdem sie die Bank erreicht hatten, fand Nicholas' Hand schnell den Spalt zwischen ihren schwarzen Seidenhosen und dem silbernen Lurex-Top. Er berührte ihre Brüste und pfiff anerkennend, als er feststellte, daß sie keinen BH trug. Sofort begann er ihre Brüste zu streicheln. »Du bist zu schade für ihn«, murmelte er mit belegter Stimme, die Lippen dicht an Rebeccas Ohr.

Rebecca sah das mittlerweile ähnlich, aber sie sagte nichts, weil sie sich ganz ihren Gefühlen hingeben wollte. Nick war nicht so sanft wie Christopher, aber an seinem Enthusiasmus gab es keinen Zweifel; nach wenigen Sekunden drückte er Rebecca auf die Bank, bis sie den Efeu in ihren Haaren spürte, der sich die Wände des Westflügels hinaufrankte.

Die Nacht war kühl, aber sie fühlte die Hitze in sich aufsteigen und protestierte nicht, als Nick ihr das Lurex-Top auszog. Als die Luft über ihre glühende Haut strich, waren ihre Brustwarzen bereits hart, und sie gab einen Laut des Entzückens von sich, als Nicks Zunge langsam von ihrem Hals zwischen ihre Brüste glitt. Dabei legte er die Hände auf ihre Hüften und streifte ihr die Hosen ab, die über ihre Knöchel glitten. Rebecca zog auch die Schuhe aus und räkelte sich auf der Bank. Bis auf ein seidenes rosafarbenes Bikinihöschen war sie nackt.

Nick stand über ihr, hielt sich mit der einen Hand an der Rücklehne der Bank fest und strich mit der anderen über den Slip. In der Ferne hörte Rebecca Stimmen und Lachen, und das machte die Sache noch aufregender.

Sie spürte, wie Nicholas' Finger durch ihre dunklen Schamhaare wanderten. Plötzlich zog er an einigen Strähnchen, und als sie zusammenzuckte, lachte er leise, bevor er dies mehrmals wiederholte. Zu Rebecca Überraschung brachte er sie so an den Rand eines Orgasmus. Ihr Körper spannte sich an, und sie stieß einen zufriedenen Seufzer aus. Sofort hörte Nick auf und kniete sich auf den Schotterweg. Sie kam sich plötzlich sehr nackt vor.

Er schob ihre Knie auseinander und legte seine Hände auf die Innenseite ihrer Oberschenkel, aber anstatt sie zu streicheln, glitt er mit den Nägeln über die empfindliche Haut. Rebecca griff nach unten und versuchte, seinen Kopf hochzuziehen, weil sie mit dem Mund befriedigt werden wollte, aber er erfüllte ihr den Wunsch nicht. Statt dessen saugte er an ihrem linken Oberschenkel und biß gierig in die gespannte Haut.

Das erregte Rebecca so sehr, daß sie sich immer unruhiger auf der Bank bewegte. Nick fuhr fort, sie mit den Nägeln zu kratzen, doch dann glitten seine Finger über den Schritt ihres Höschens, bis er unter dem Stoff ihre angeschwollene Klitoris erfühlt hatte und sie leicht zu reiben begann.

Rebecca merkte, daß ihr Seidenslip sehr schnell feucht wurde. Sie spürte, wie der Stoff an ihrer Haut klebte und jede Falte und jeden Winkel ausfüllte. Als er mit der Zunge darüberfuhr, schwoll das Fleisch darunter sofort an, und sie hatte das Gefühl, sie habe sich noch nie so sehr danach gesehnt, zu kommen. Ihr Geschlecht glühte und pochte, und als er vorsichtig mit den Zähnen durch den Stoff die Klitoris berührte, zuckte Rebeccas Körper und bereitete sich auf einen Orgasmus vor.

Erneut wechselte Nicholas die Stellung. Er stand wieder auf und beugte sich so über Rebecca, daß ihre Brustwarzen sich an seinem Pullover rieben. Mit der rechten Hand zog er den Slip zur Seite und schob ihre Oberschenkel noch weiter auseinander – gleich darauf spürte sie, wie sein kräftiger Schwanz an ihren Schamlippen entlangglitt. Sie glaubte, daß sie nun endlich ihren Höhepunkt erreichen könne, aber dann spürte sie, daß ihr Körper sie im Stich ließ, und zwar deshalb, weil sie sich nichts sehnlicher wünschte, als ihn tief in sich zu fühlen. Sie wollte genommen werden und nicht führen, wie sie es so oft bei Christopher tun mußte.

»Ich will dich in mir« keuchte sie Nicholas zu, der seinen Penis weiterhin über ihre Scham schob und die Geschwindigkeit nur dann verlangsamte, wenn er in die Nähe der Klitoris kam.

»Bist du sicher?« fragte er und ließ sie noch etwas zappeln.

»Ja! Ja!« rief sie, ohne daran zu denken, daß sie im Freien waren und ihre tönende Bühnenstimme in der Nachtluft besonders gut zu hören sein mußte.

»Also gut«, sagte Nicholas und drang mit solcher Kraft in sie ein, daß sie mit dem Rücken auf die Bank gepreßt wurde.

Sie schnappte nach Luft, und er schien in einer anderen Welt zu sein, so wild stieß er sie. Seine Hüften bewegten sich immer schneller, er packte sie an den Schultern und grub seine Nägel tief in ihr Fleisch.

Sie war überrascht, wie gut er sie ausfüllte und stellte erstaunt fest, wie ausdauernd er so weitermachen konnte. Schließlich begann das Feuer, das er geschürt hatte, Funken zu schlagen und sich auszubreiten. Rebeccas Körper stand in Flammen, die sich bald an diesem wichtigsten Punkt hinter ihrer Klitoris konzentrierten. Sie war so erregt, daß sie sich nicht mehr beherrschen konnte, schlang ihre Arme um ihn und griff mit der Hand nach hinten in seine Jeans, die er immer noch anhatte, um ihn zu stimulieren, aber er bewegte seinen Körper so, daß sie nicht an ihn heran konnte.

»Ich habe heute das Kommando«, erinnerte er sie.

»Ja! O ja!« keuchte Rebecca und hoffte, daß ihr Körper seine natürlichen Reaktionen noch nicht verloren hatte. Sie hätte sich keine Sorgen machen müssen, denn Nicholas startete nun einen erotischen Großangriff auf fast alle Teile ihres Körpers, wobei er Lippen, Zunge, Zähne, Hände und Finger einsetzte, während er sie die ganze Zeit mit aller Kraft stieß. Nicht lange, dann spürte Rebecca, wie sich alles in ihr anspannte und wie jeder Muskeln zu zittern begann. Sie explodierte in einem vehementen Orgasmus und stieß dabei einen Lustschrei aus, der mehr nach einem wilden Tier als einem menschlichen Wesen klang. Nick kam zusammen mit ihr, während er noch immer zustieß. Wieder und wieder rief er ihren Namen, sein Körper verkrampfte sich, und die Adern an seinem Hals traten wie Stricke hervor.

Als sie wieder zu Atem kamen, half Nick Rebecca beim Anziehen. Dann preßte er sie an sich. »War das nicht großartig?« fragte er.

»Grandios«, pflichtete Rebecca ihm bei.

»Willst du wirklich zu dieser Party gehen?« fragte Nickt.

Rebecca überlegte kurz. »Ich denke schon«, sagte sie. »Zwar habe ich keine Lust, aber, wie du schon sagtest, in bezug auf Christopher sollten wir jetzt kein Risiko eingehen. Die Tournee hat gerade erst angefangen.«

»Wann sehen wir uns wieder?« fragte er.

Rebecca zögerte. »Ich weiß nicht, aber ich werde dafür sorgen, daß wir nicht zu lange warten müssen«, versprach sie ihm.

»Du wirst mir morgen auf der Bühne doch zuschauen, oder?« fragte er unsicher.

»Von jetzt an werde ich dir dauernd zuschauen«, sagte Rebecca lächelnd.

Nick nahm ihre Hände und zog sie hoch. »Ich glaube, wir sind uns ähnlicher, als du denkst«, sagte er.

Rebecca vermutete das auch, wollte es ihm aber jetzt noch nicht verraten. »Ich weiß nicht, was du meinst«, sagte sie.

»Ich glaube doch«, entgegnete er. »Du brauchst einen richtigen Mann.«

»Und du meinst, daß Christopher kein richtiger Mann ist?«

»Nicht wenn das, was ich höre, wahr ist«, sagte Nick.

»Nun, du mußt ja nicht jeden Klatsch glauben«, entgegnete Rebecca lachend.

»Willst du sagen, ich habe unrecht?« drängte er.

»Habe ich das gesagt?« meinte Rebecca, und bevor er weitere Fragen stellen konnte, lief sie den Weg hinunter, dorthin, wo die Party stattfand.

Als Rebecca den Haupteingang des Small House erreicht hatte, hielt sie einen Augenblick inne, um ihre Kleidung zu glätten und die heißen Wangen zu kühlen. Ihre Haut brannte noch, und sie erinnerte sich lebhaft daran, wie grob, ja fast brutal Nick es ihr besorgt hatte – und daß sie diese fast primitive Art so viel mehr erregt hatte als Christophers lange, komplizierte Sexaktionen. Allerdings konnte ihr Nick im Hinblick auf ihre Karriere nicht viel nützen; für den Augenblick mußte sie sich weiterhin in der Hauptsache von Christopher befriedigen lassen. Dennoch wollte sie dafür sorgen, daß nicht allzu viele Tage vergingen, bis sie und Nick sich wieder miteinander vergnügen konnten.

Schließlich hatte sie sich zurechtgemacht, ging ins Haus und gesellte sich zu den Partygästen.

»Tut mir leid, daß ich so spät komme«, sagte sie zu dem stirnrunzelnden Christopher.

»Wo warst du?« fragte er.

»Ich brauchte etwas frische Luft, und dann habe ich mich mit ein paar Fans unterhalten.«

Christophers Blick erhellte sich. »Du hast mit Besuchern gesprochen?«

»Ja«, log Rebecca.

»Was haben sie gesagt?«

»Sie fanden es großartig, und du hast ihnen besonders gefallen«, erklärte sie lächelnd. Sie wußte, daß sie ihn damit von dem Gedanken abbringen konnte, wo sie gewesen war.

»Super!« entfuhr es Christopher, bevor er sich bemühte, seine Genugtuung zu verbergen. »Ich meine, das ist für das ganze Ensemble eine schöne Sache.«

»Allerdings«, stimmte Rebecca zu.

Danach mischten sie sich unter die anderen Gäste, wobei Rebecca darauf achtete, daß sie stets an Christophers Seite blieb und ihn bewundernd anlächelte, sobald eine Kamera in der Nähe war. Das erwartete er von ihr, und ihr kam es auch gelegen. Erfreut stellte sie fest, daß die Premiere trotz Esthers Versagen ein voller Erfolg war. Das Stück schien den Nerv des Publikums zu treffen, und viele Leute versprachen, ihren Freunden zu raten, sich unbedingt die nächste Vorstellung am Mittwochabend anzusehen.

Gegen ein Uhr kehrten sie in ihr Zimmer zurück; Rebecca fühlte sich völlig erschöpft. Als sie sich auszog, merkte sie, daß Christopher sie anstarrte. »Was ist los?« fragte sie.

»Auf deinem Rücken sind rote Streifen, und dort ist ein blauer Fleck an deinem Oberschenkel«, sagte er.

Rebecca sah auf ihr Bein. Das war die Stelle, wo Nick sie gebissen hatte. Was die Striemen auf dem Rücken betraf, so kamen sie sicherlich daher, daß er sie gegen die hölzerne Rücklehne der Bank gepreßt hatte. »Ich hab' an der Mauer gelehnt, als die Fans mit mir gesprochen haben.«

»Und der blaue Fleck am Bein?« fragte Christopher mißtrauisch.

»Keine Ahnung«, antwortete sie. »Muß ich mich für jeden blauen Fleck an meinem Körper rechtfertigen?«

»Ich denke, daß du mir zumindest eine Art Erklärung schuldest, besonders nachdem du die Hälfte des Abends verschwunden warst«, sagte er.

»Das ist wohl übertrieben«, entgegnete Rebecca und unterdrückte ein Gähnen. »Den größten Teil des Abends haben wir das Stück aufgeführt – das Stück, in dem du so erfolgreich warst.«

»Das war ich.« Ein Lächeln kehrte auf seine attraktiven Züge zurück. »Nein«, sagte er zu Rebecca, »laß das Nachthemd liegen. Ich hätte es lieber, wenn du das hier anziehst.« Rebeccas Blick folgte seiner Hand, die auf die Lederstiefel, die Reitpeitsche und das schwarze Minikleid deutete, die auf dem Bett bereitlagen.

Ihre Stimmung sank. Aber das Vernünftigste war, seinen Wunsch zu erfüllen. Wenn nicht, würde das nur seinen Verdacht schüren, und außerdem kam sie so vielleicht noch mal zu einem Orgasmus.

Und so war es auch, aber als sie kam, breitbeinig über Christopher stehend, der mit der Zunge zwischen ihren Beinen arbeitete, mußte sie daran denken, wie es mit Nick gewesen war. Plötzlich wußte sie, daß sie diesen blonden, selbstverliebten Mann unter ihr früher oder später verlassen würde.

Normalerweise dachte Rebecca nicht an andere Leute, aber kurz bevor sie einschlief fragte sie sich, was um alles in der Welt Esther Reid und Damon Dowden zu bereden gehabt hatten, die in der Nacht verschwunden waren. Hoffentlich würde Damon sie nicht noch mehr verunsichern. Sie fand es jedoch gut, daß er sie ausgeführt hatte, weil ihr so eine lange Sex-Session mit ihr und Christopher erspart geblieben war.

In den frühen Morgenstunden erwachte Rebecca. Christopher lag auf ihr, sein Penis tief in ihr, während er sich lautlos auf und ab bewegte. So war er oft, wenn der Erfolg wie eine Droge auf ihn wirkte, und Rebecca gestattete ihm, sie zu einem sanften, aber angenehmen Höhepunkt zu bringen. Aber das konnte ihre Meinung nicht ändern: Sie teilte Christophers sexuelle Vorlieben nicht mehr.

10

Während Rebecca sich mit Nick vergnügte, lernten Damon und Esther sich endlich besser kennen.

»Wo ist Ellie heute abend?« fragte sie Damon, als der Kellner ihnen das Essen brachte. Sie hatte eine Lasagne und einen Salat bestellt, während vor Damon ein gemischter Grillteller stand. Das Restaurant war klein, mit wunderschönen alten, dunklen Deckenbalken und glänzenden Kupferornamenten. Außer ihnen speisten nur zwei andere Paare, und es herrschte genau die ruhige und friedliche Atmosphäre, die Esther nach dem Debakel des Abends brauchte.

»Ich weiß nicht«, sagte Damon. »Ich glaube, sie wollte mit Mary und George auf die Party gehen.«

»Mary und George?« fragte Esther überrascht.

Damon lächelte. »Die beiden bewundern sie, wußtest du das nicht? Es paßt zu ihr, zwei Verehrer zu haben.«

»Aber sie hat doch schon dich«, platzte Esther heraus.

Damon zog die Augenbrauen zusammen. »Niemand ›hat‹ mich, Esther«, sagte er.

»Das meine ich nicht«, sagte Esther. »Ihr beide habt doch ein Verhältnis, oder?«

»Ab und zu«, gestand er.

»Warum läßt sie sich dann von George und Mary anhimmeln?«

»Weil ich ihr nicht alles bieten kann, was sie braucht, schätze ich«, sagte Damon schmunzelnd. »Außerdem neigt sich unsere Affäre wohl dem Ende zu.«

»Aber sie hat doch sicher nicht vor, etwas mit Mary anzufangen.«

»Nicht mit Mary, nein. Mit George ist das schon eine andere Sache.«

»Das ist doch lächerlich«, meinte Esther. »George könnte

ihr Vater sein. Er ist weder reich noch besonders attraktiv. Warum sollte sie eine Affäre mit George anfangen?«

»Weil George sie vergöttert, und dem kann Ellie nicht widerstehen«, erklärte er. Dann zuckte er mit den Schultern. »Die Wahrheit ist, Esther, daß ich keine Ahnung habe, mit wem sie in Zukunft ins Bett gehen wird und warum – und, ehrlich gesagt, interessiert es mich auch nicht.«

»Oh«, sagte Esther leise.

»Fühlst du dich denn etwas besser?« fragte er nach einer kurzen Pause.

»Eigentlich nicht«, antwortete sie. »Es geht nicht nur darum, daß ich das Zitat verbockt habe ... Ich war die ganze Zeit schauderhaft. Nie war ich Kay! Es war immer ich, die in Kays Kleidern steckte, und das bringt mich zur Raserei. Ich wünschte, ich könnte zurückgehen und alles noch mal machen. Ich bin sicher, daß ich es viel besser kann.«

»Das glaube ich auch«, meinte Damon. »Bei einer der letzten Proben warst du sehr gut. Das hat sicher mit Christophers Privatstunden zu tun.«

»Kann schon sein.« Sie war nervös, aber sie hatte nicht vor, Damon zu erzählen, was in ihr vorging. Während sie ihn ansah, fragte sie sich, was sie überhaupt an Christopher anziehend gefunden hatte, wenn Damon in der Nähe war.

Es war nicht nur, daß er so unglaublich gut aussah – das war in ihrem Beruf keine Seltenheit –, er hatte einen wirklich echten Charakterkopf. Die Tatsache, daß er sich stets ruhig und verschlossen gab, machte ihn außerdem attraktiver als die meisten Schauspieler, die sie kennengelernt hatte und die einem nach fünf Minuten ihre Lebensgeschichte erzählten, ob man wollte oder nicht. Sie hätte nur zu gerne gewußt, welche Gefühle Damon in bezug auf sie hegte.

»Warum hast du dich der Truppe angeschlossen?« fragte er unvermittelt.

»Weil Christopher es mir angeboten hat.«

Damon sah sie erstaunt an. »Du meinst, er ist auf dich zugekommen?«

»Nein, aber er hat mir angeboten, mitzumachen.«

»Das ist wohl kaum das gleiche. Vielleicht hätte ich mich genauer ausdrücken sollen. Warum hast du bei ihm vorgesprochen?«

»Weil ich etwas Neues machen wollte«, sagte Esther. »Ich wollte raus aus dem Scheinwerferlicht, weg von all den Fotografen und dem Klatsch über Marcus und mich.«

»Und aus diesem Grund hast du dir eine publicityträchtige Tournee ausgesucht, angeführt von einem Mann, dessen Ego nur noch von dem deines Marcus übertroffen wird?«

»Wenn man es so formuliert, klingt es tatsächlich seltsam«, räumte Esther ein. »Aber wie eine Menge anderer Dinge auch, schien es damals eine gute Idee zu sein.«

»Ich glaube nicht, daß du mir die Wahrheit sagst.«

»Das ist dein gutes Recht«, gab Esther zurück. »Aber da wir bei diesem Thema sind – warum bist du dabei? Jeder sieht, daß du Christopher geradezu verabscheust, und die Stücke gefallen dir, glaube ich, auch nicht besonders. In anderen Ensembles wären dir weitaus bessere Rollen angeboten worden. Nach deinem Jago hattest du sicher viele Angebote.«

»Nicht unbedingt«, sagte Damon. »Du weißt, wie es in unserem Gewerbe zugeht: du kannst einen großen Erfolg haben und dann ein Jahr lang arbeitslos sein.«

»Du hast also gar keine Angebote bekommen?«

»Ein paar schon«, räumte er ein.

»Und warum hast du dich dann mit Christopher Wheldon eingelassen?« hakte sie nach.

»Vielleicht weil ich den brennenden Wunsch verspüre, dem Volk die Klassiker näherzubringen«, sagte Damon spöttisch.

»Vielleicht aber auch nicht«, fügte sie hinzu.

»Es scheint«, meinte Damon langsam, »als erzählten wir beide Lügen. Vielleicht wechseln wir lieber das Thema.«

Plötzlich verspürte Esther das überwältigende Verlangen, Damon die Wahrheit zu sagen. Sicherlich ahnte er etwas von ihren Motiven, aber sie wollte, daß zwischen ihnen alles klar war, zumindest von ihrer Seite aus. Ob er sich dann ihr anvertrauen wollte, war seine Sache. Sie hatte jedoch den Verdacht, daß er sich bedeckt halten würde, egal, wie offen sie sich ihm gegenüber gab. Trotzdem wagte sie den Sprung.

»Willst du wirklich die Wahrheit hören, den Grund, warum ich hier mitmache?« fragte sie.

Damon richtete sich auf. »Ja, ehrlich«, sagte er.

»Ich bin hier, um mich an Marcus zu rächen«, begann sie. »Er haßte Christopher. Ich meine, wahrscheinlich tut er das immer noch. Außerdem wollte er mich von der Bühne fernhalten. Er hat mir immer gesagt, ich passe besser ins Fernsehen, während man mir auf der Schauspielschule stets zu einer Theaterkarriere geraten hat.«

»Du bist nicht ganz fair. Vielleicht hielt er das Fernsehen für ein gutes Sprungbrett für die Bühne«, sagte Damon. »Heutzutage ist es oft andersherum.«

»Du spielst den Advocatus Diaboli, nicht wahr?« entgegnete Esther.

Damon nickte. »Eine alte Gewohnheit von mir.«

»Und du könntest recht haben, aber so war es nicht«, sagte sie. »Jedenfalls wollte ich es ihm heimzahlen, und dies schien mir der beste Weg. Ich hatte es mir so vorgestellt – wenn ich als Schauspielerin groß rauskomme und mein Name mit Christopher in Verbindung gebracht wird, egal ob es stimmt oder nicht, würde Marcus vor Wut rasen, wenn er davon hörte. Eifersucht war eine seiner großen Schwächen.«

»Ich möchte nicht grausam sein«, erwiderte Damon, »aber wenn Marcus dich nicht mehr liebt, wird es ihm nicht viel ausmachen, wenn du mit Christopher in Verbindung gebracht wirst, oder?«

»Doch«, sagte Esther bestimmt. »Die Sache ist die – Marcus hat im Grunde nicht viel Selbstvertrauen. Abgesehen davon, wenn er auf der Bühne steht. Ist er der Meinung, daß Christopher Wheldon mich liebt, daß wir ein Paar sind, dann würde er sich fragen, ob es richtig von ihm war, mich abzuservieren. Seien wir ehrlich, wer ist denn diese Claudine – nur ein sehr hübsches Gesicht ...«

»Das allerdings«, unterbrach Damon.

Esther seufzte. »Wie schwierig willst du es mir eigentlich machen?«

»Tut mir leid«, sagte er rasch. »Erzähl weiter.«

»Ich schätze, du findest das alles ziemlich langweilig und nichtig«, fuhr Esther etwas verschnupft fort. »Aber für mich ist es wichtig. Jedenfalls war es das. Jetzt bin ich mir nicht mehr so sicher. Wenn ich auf der Bühne eine solche Versagerin bin, wird sowieso nichts daraus. Dann habe ich das alles umsonst gemacht.«

»Nicht ganz umsonst.«

»Wie meinst du das?«

»Dein Namen wird doch schon mit Christopher in Verbindung gebracht. Vielleicht reicht das bereits, um Marcus wütend zu machen.«

Esther verzog den Mund. »Ich habe nirgendwo gelesen, daß etwas zwischen mir und Christopher ist.«

»Ich meine nicht die Presse«, erklärte Damon. »Das kommt sicher noch, aber im Ensemble geht jeder davon aus, daß du mit ihm geschlafen hast. Stimmt das etwa nicht?«

Esther hatte nicht erwartet, daß er sie so direkt fragen würde. »Es stimmt«, murmelte sie.

»Nun, ich hoffe, das ist dir die Sache wert«, meinte Damon. »Weiß Rebecca davon?«

Erleichtert registrierte Esther, daß Damon nichts von dem Dreier wußte, den sie mit Christopher und Rebecca gehabt hatte. »Sie ahnt es wahrscheinlich«, sagte sie. »Aber ich glaube, es macht ihr nicht viel aus, besonders nach heute abend.«

»Das ist alles?«

»Ja«, antwortete Esther.

»Nun, ich bin nicht in der Lage, darüber zu urteilen«, meinte Damon. »Wie du schon zu recht vermutet hast, sind auch meine Motive nicht so rein wie Neuschnee. Ich halte Christopher Wheldon für absolut überschätzt. Die Tournee wird letztlich eine Katastrophe werden. Aber wie du habe auch ich mich aus persönlichen Motiven ihm angeschlossen.«

»Willst du darüber sprechen?« fragte sie.

»Ich glaube, ja«, sagte Damon zu seiner eigenen Überraschung. »Weißt du, ich habe eine Halbschwester, Suzie, die mit Christopher in der RSC war. Sie ist zwanzig, sehr ambitioniert. Und sie ist wunderschön, eines der schönsten Mädchen, die ich je gesehen habe. Natürlich verliebte sich Christopher in sie, und sie wurden ein Paar. Das, aber auch die Tatsache, daß sie so unglaublich viel Talent hatte, war der Grund dafür, daß man sie als Beatrice und ihn als Benedict besetzte. Sie bekamen beide gute Kritiken, aber leider waren die Suzies noch besser als die von Christopher.

Zwei Tage, nachdem die Kritiken erschienen waren, kehrte sie zu dem Haus in Stratford zurück, in dem sie wohnten, und mußte feststellen, daß die Türschlösser ausgewechselt waren. So fand sie heraus, daß er sie abserviert hatte. Mit einem Schlag war sie wieder in die hinteren Reihen relegiert, und obwohl sie Angebote von anderen Ensembles bekam, nahm sie keines davon an. Sie dachte nur an Christopher. Ob morgens, mittags oder abends, immer hieß es nur Christopher, und wenn sie nicht von ihm redete oder versuchte, ihn anzurufen, dann saß sie da und heulte sich die Seele aus dem Leib.

Schließlich mußte sie eine Therapie machen, und im Augenblick hat sie die Schauspielerei ganz aufgegeben. Sie war etwas ganz Besonderes, und er hat sie ruiniert. Ich beschloß, daß er für das bezahlen sollte, was er ihr angetan hat, und deshalb bin ich hier.«

»Aber wie willst dich rächen?« fragte Esther.

»Das ist das Problem«, räumte Damon ein. »Ich weiß es noch nicht.«

»Vielleicht sollten wir uns zusammentun«, schlug Esther vor.

Damon sah sie eindringlich an, und wieder dachte sie

daran, wie er wohl im Bett sein mochte. »Das ist vielleicht eine gute Idee«, meinte er.

»Was, glaubst du, würde Christopher am tiefsten treffen?« fragte Esther.

»Ich schätze, sein Versagen als Schauspieler«, antwortete Damon. »Aber den Weg dorthin sehe ich nicht.«

»Du könntest ihn doch an die Wand spielen«, entgegnete sie. »Du hast genauso viel Talent, aber eine größere Bühnenpräsenz als er. Und deine Rolle als Ernest Beevers ist viel stärker als seine. Ich weiß von Christopher, daß er den mittleren Akt nicht leiden kann, in dem er Robin als schwächlichen Alkoholiker spielen muß. Wenn du diese Szene an dich reißen würdest, dann könnte ihn das so verwirren, daß er mit dem dritten Akt nicht mehr zurechtkommt.«

»Ich weiß noch etwas, das ihn treffen könnte«, sagte Damon.

»Was?«

»Wenn seine Fähigkeit wahres Talent zu erkennen, in Zweifel gezogen würde. Ich weiß, daß er dich in den Himmel gelobt hat, aber nach heute abend wird er dich schnellstens fallenlassen und, wie ich schätze, wieder zu Rebecca halten, die allgemein als sein Schützling galt, bevor du aufgetaucht bist.«

»Aber Rebecca ist doch auch gut«, sagte Esther.

»Sie ist gut, aber sie ist nicht brillant«, meinte Damon. »Wenn das so wäre, würde Christopher sie nicht an seiner Seite dulden, nicht nach der Sache mit Suzie.«

»Und Rebecca ist schlau«, ergänzte Esther. »Sie weiß, was sie will, und sie weiß, daß sie Christopher braucht, um ihre Ziele zu erreichen. Sie wird nicht den gleichen Fehler machen wie deine Halbschwester.«

»Das stimmt«, sagte Damon. »Sie wird sicher nicht versuchen, besser zu sein als ihr eigener Freund, besonders nicht, wenn sie sich dadurch die Karriere ruinieren würde. Aber er fördert sie, und es wäre doch herrlich, wenn sie versagen würde. Und zwar vor einem großen Publikum – einem wichtigen Publikum.«

»Ich weiß nicht, wie wir das umsetzen könnten«, sagte Esther. »Die Idee ist brillant, aber nicht realistisch.«

»Du irrst dich«, sagte Damon. »Wir haben einen Vorteil.«

»Und welchen?« erkundigte sich Esther.

»Die Tatsache, daß ich im mittleren Teil Rebeccas Ehemann spiele. Ich demonstriere, wie ich ein Macho bin, der sie unterdrückt, und das ist ein furchtbarer Kontrast zu den Verhältnissen zu Beginn und am Ende des Stücks. Das Publikum soll schockiert sein, wenn es merkt, daß dieses hübsche Mädchen, dem die ganze Welt zu Füßen lag, in der Ehe mit einem Mann endet, der sie abscheulich behandelt und nicht liebt. Sie soll dem Publikum zutiefst leid tun, so wie es heute abend war.

Die Sache ist die: Ich könnte mich noch viel dominanter geben, und ich könnte auch im ersten Akt einiges anders spielen, so daß Rebecca zu Beginn des zweiten Aktes schon ziemlich nervös würde. Sie ist jemand, der immer alles unter Kontrolle haben will. Es braucht nur ein oder zwei mißratene Zeilen, und sie verliert die Fassung. Wenn ich so spiele, daß sie wirklich glaubt, daß ich sie dominiere, daß sie neben mir verblaßt, dann wird sie die Fassung verlieren. Christopher hat mich schon in London davor gewarnt, sie in den Schatten zu stellen, erinnerst du dich?«

»Stimmt. Vielleicht ist es wirklich möglich«, sagte Esther langsam. »Aber wo kriegen wir das große, das wichtige Publikum her?«

»Hast du noch nichts davon gehört?« fragte Damon.

»Wovon?«

»Von dem großen Finale«, erklärte Damon. »Am Ende der Tournee geben wir eine große Freiluftvorstellung von *Die Zeit und die Conways* im Regent's Park. Christopher hat alle Hebel in Bewegung gesetzt. Eine Menge Agenten werden erwartet, dazu noch ein paar Talentspäher aus Hollywood. Natürlich hat er sie eingeladen, damit sie ihn sehen, und wahrscheinlich auch dich oder Rebecca. Er hat sich wohl noch nicht entschieden, wen er favorisieren will. Wenn Christopher und Rebecca an diesem Abend total floppen und wir großartige Vorstellungen geben, dann wäre das doch eine herrliche Rache, oder?«

»Sicherlich«, sagte Esther, auch wenn sie leichte Zweifel hegte.

Damon zog die Augenbrauen zusammen. »Aber ich vergaß ja ganz, daß du mit Christopher schlafen willst.«

»Es ging gar nicht darum, mit ihm zu schlafen«, sagte sie schnell. »Ehrlich gesagt, mittlerweile wäre es mir lieber, ich hätte es nicht getan. Ich wollte nur, daß die Leute an ein Verhältnis glauben.«

»Selbst wenn du versagst?« fragte Damon. »Wenn du und ich strahlen, dann wärst du doch besser dran, wenn die Leute glaubten, du würdest mit mir schlafen.« Er lachte, und Esther wünschte, das hätte er nicht getan.

»Glaubst du wirklich, daß wir es schaffen könnten?« fragte sie unsicher.

»Ja, wenn wir in der Zwischenzeit verdammt hart arbeiten«, sagte Damon.

»Ich werde Christopher ein bißchen einstimmen müssen«, meinte Esther. »Ich erzähle ihm, daß ich mich nur noch darauf konzentriere, mein Spiel zu verbessern. So kann ich verhindern, mit ihm schlafen zu müssen, ohne sein Ego zu verletzen.«

»Gute Idee«, sagte Damon, »denn besser werden mußt du wirklich.«

»Ich weiß«, entgegnete Esther düster. »Du wirst es natürlich schaffen, aber wie sieht es mit mir aus?«

Damon beugte sich zu ihr über den Tisch. »Hör zu«, sagte er leise, »ich werde dir helfen, soviel ich kann. Wir können jede Rolle, die du spielst, einstudieren, aber niemand darf es wissen. Und wir dürfen niemanden ahnen lassen, wie gut wir in der letzten Vorstellung sein werden. Ich werde den Ernest Beevers weiterspielen wie bisher, und wenn du eine akzeptable Leistung als Kay und als Ophelia zeigst – der große Christopher spielt den Hamlet – wird niemand Verdacht schöpfen. Erst am letzten Abend geben wir Gas.«

»Das heißt, daß wir eine Menge Zeit miteinander verbringen müssen«, sagte Esther.

»Ich werde versuchen, dir keine Ungelegenheiten zu machen«, meinte Damon trocken.

»Ich habe nicht gesagt, daß mir der Gedanke nicht gefällt.«

»Keine Angst, ich bin nicht wie Christopher. Ich erwarte nicht von dir, daß du mit mir schläfst. Ich möchte es auch gar nicht.«

Esther war zutiefst enttäuscht. Noch während er ihr von seinem Plan erzählt hatte, war sie mit dem Gedanken beschäftigt gewesen, wie sie ihn dazu bringen könnte, sie endlich als Frau wahrzunehmen. Jetzt hatte er ihr unmißverständlich klar gemacht, daß er nichts von ihr wollte. Dabei war sie sicher, daß er sich von ihr angezogen fühlte.

»Keine Angst«, entgegnete sie. »Mein Wunsch, unsere Beziehung nicht zu vertiefen, ist genauso stark wie deiner.«

»Gut, dann ist ja alles klar zwischen uns«, sagte Damon.

»Ellie wird sicher auch erleichtert sein«, murmelte sie.

»Ich sagte dir doch, daß unsere Affäre fast zu Ende ist.«

»Es gibt einen Unterschied zwischen fast und ganz.«

»Wenn ich mit ihr zusammen bin, muß ich aufpassen, was ich sage«, entgegnete er. »Also gut, ich gebe es zu – ich werde wahrscheinlich noch ein paarmal mit ihr schlafen, und warum auch nicht? Es macht uns beiden Spaß, und wir wissen beide, daß es nicht für ewig ist.«

»Wird es sie nicht stören, wenn wir soviel Zeit mit Proben verbringen?« fragte Esther.

»Sie darf gar nichts davon wissen«, antwortete Damon. »Wenn sie es erfährt, erzählt sie es dem ganzen Ensemble, und Christopher wird bestimmt mißtrauisch. Ich werde mir etwas einfallen lassen ... Abgesehen davon ist sie es gewohnt, daß ich launisch bin und manchmal einfach verschwinde. Gott sei Dank will sie nicht wissen, wo ich mich jede Sekunde des Tages aufhalte.«

»Du Glückspilz«, sagte Esther. »Was für eine bequeme Freundin.«

»Das ist sie«, meinte Damon mit einem Lächeln.

Esther hielt es für angebracht, zu gehen. Sie fragte sich, warum er so fest entschlossen schien, sich nicht auf sie einzulassen. Vielleicht weil er wußte, daß sie mit Marcus und Christopher geschlafen hatte? Aber in ihrem Beruf stellte die Zahl der Partner, die man gehabt hatte, eigentlich kein Problem dar. Nun, was auch immer seine Gründe waren, er hatte sich deutlich ausgedrückt, und wenn ihr Racheplan gelingen sollte, war es wahrscheinlich besser, ihre persönlichen Gefühle für ihn zu unterdrücken und sich auf ihre Rolle zu konzentrieren. Nach ihrer heutigen Vorstellung mußte sie verdammt hart arbeiten, wenn sie bis Mitte Juni in der Lage sein wollte, eine brillante Kay abzuliefern.

Als sie das Lokal verließen, half ihr Damon in den Mantel. Dann trat er plötzlich vor sie, umschloß ihr Gesicht mit den Händen und sah ihr in die Augen. »Sag mir eines, Esther. Geht es dir nur um Rache, oder willst du wirklich auch eine gute Schauspielerin werden?« fragte er.

Esther überlegte sich die Antwort gut. »Beides«, sagte sie schließlich. »Und immerhin bin ich als Schauspielerin viel ehrgeiziger gewesen als den meisten klar wurde.«

»Das ist gut, denn du hast eine Menge Talent, aber du hast irgendwann unterwegs vergessen, wie man davon Gebrauch macht«, sagte Damon und ließ sie los. Sie gingen über den Parkplatz in Richtung des Anwesens. »Aber mach dir keine Sorgen, das bringe ich wieder in Ordnung.«

»Du bist nicht gerade bescheiden, was?« meinte Esther, die Mühe hatte, mit ihm Schritt zu halten.

»Ich glaube nicht an falsche Bescheidenheit«, sagte Damon. »Ich weiß, was ich kann und was nicht.«

»Ich wünschte, das wüßte ich auch«, murmelte Esther, mehr zu sich selbst.

»Wenn du daran arbeitest, wirst du dein ganzes Potential ausschöpfen können«, sagte Damon.

Vor dem Haus blieben sie stehen, und Damon schlug vor, daß Esther zuerst hineingehen sollte. »Ich bin sicher, daß ein paar Leute gesehen haben, wie wir zusammen weggegangen sind. Trotzdem wollen wir keine große Sache daraus machen. Geh jetzt rein. Ich komme in ein paar Minuten nach.«

»Gut. Du sagst mir Bescheid, wenn wir mit den Proben anfangen können.«

»Natürlich«, entgegnete Damon, und dann riß er sie zu ihrem großen Erstaunen an sich und gab ihr einen Kuß auf den Mund. Er dauerte lange, aber gerade als Esthers Knie weich wurden, ließ er sie los und stapfte, einen Fluch murmelnd, über die dunklen Wiesen davon. Esther triumphierte. Sie hatte immer gewußt, daß Damon etwas für sie empfand. Aus irgendeinem Grund hatte er so getan, als wäre dem nicht so. Nun, damit konnte sie umgehen. Wenn es nach ihr ginge, würden sie noch vor Ende der Tournee ein Paar.

Als Esther in dieser Nacht ins Bett stieg, fühlte sie sich weitaus besser, als sie das für möglich gehalten hatte. Die Erinnerung an ihre schauderhafte Vorstellung verblaßte bereits, und statt dessen freute sie sich auf ihre Proben mit Damon. Und sie freute sich auch auf das Ende der Tournee, wenn sie und Damon endlich Rache an Christopher nehmen könnten.

»Wo ist denn Damon heute abend?« wandte sich Mary Fuller an Ellie, als die beiden den Raum verließen, in dem die Premierenparty langsam ihrem Ende zuging.

»Keine Ahnung«, antwortete Ellie.

»Und es macht dir nichts aus?« fragte Mary verwundert.

»Damon verschwindet häufiger. Er macht, was er will«, erklärte Ellie. »Wenn ich versuchen würde, ihn an die Kette zu legen, wäre er schnell weg.«

»Ich muß sagen, es lief recht gut heute abend«, wechselte Mary das Thema.

»Ja, nur nicht für Esther«, meinte Ellie. »Für sie muß es ein Alptraum gewesen sein. Als sie schon nach fünf Minuten hängenblieb, wußte ich, daß sie Schwierigkeiten haben würde.«

»Ich weiß nicht, was mit ihr los war«, sagte Mary. »Sie

hatte sich sehr verbessert. Ich war richtig beeindruckt, aber heute abend hat nichts gepaßt.«

»Vielleicht sehnt sie sich noch immer nach ihrem Marcus«, sagte Ellie. »Nun ja, ich kann für uns alle nur hoffen, daß sie sich am Riemen reißt.«

»Was machst du jetzt?« fragte Mary und sah das zierliche Mädchen mit dem Elfengesicht nachdenklich an.

»Ich weiß nicht«, antwortete Ellie. »Schlafen kann ich noch nicht, ich bin viel zu aufgedreht.«

»Ich auch«, sagte Mary lachend. »Ist das nicht furchtbar? Man weiß, daß man eigentlich Schlaf braucht, weil man am nächsten Tag wieder auf der Bühne steht, aber man kann nicht schlafen, weil einen das Adrenalin von der Abendvorstellung noch wachhält.«

»Ich stehe morgen nicht auf der Bühne«, sagte Ellie. »Christopher war nicht so dumm, mir eine Rolle in seinem gekürzten Macbeth zu geben.«

»Ach ja, das hatte ich ganz vergessen«, entgegnete Mary. »Nun, ich spiele die Dienerin von Lady Macbeth, aber das verlangt einem nicht viel ab.«

»Also, was machen wir?« fragte Ellie.

Mary warf ihr einen Blick zu. »Hast du eine Idee?«

»Ich habe eine Menge Ideen«, warf George ein, der von hinten auf die Frauen zugekommen war und ihnen die Arme um die Hüften legte. »Leider will nie jemand mitmachen.«

Ellie sah ihn herausfordernd an. »Warum erzählst du uns nicht von deinen Ideen?« schlug sie vor. »Vielleicht mache ich ja mit.«

Georges Augen strahlten. »Das klingt aufregend. Aber für meine Ideen braucht man eine große Besetzung.«

»Meinst du eine große Frau oder mehr als eine Frau?« fragte Ellie grinsend.

»Zwei von normaler Größe würden völlig reichen«, erklärte George.

Ellie sah Mary an. »Ich könnte mir vorstellen, daß dir das auch zusagt«, meinte sie.

Mary nickte. »Das würde mir sogar sehr zusagen.«

»Da fällt mir was ein«, sagte Ellie. »Theresa schmollt schon den ganzen Abend, weil Christopher sie ignoriert. Ich könnte sie fragen, ob sie sich uns dreien anschließen will.«

»Und dann?« fragte Mary.

»Ich bin sicher, daß wir in einem Haus dieser Größe ein leeres Schlafzimmer finden«, entgegnete Ellie.

»Glaubst du, sie würde mitmachen?« fragte George verblüfft.

»Könnte schon sein«, sagte Ellie. »Sie hat neulich ein paar Andeutungen gemacht, und ihr sexueller Geschmack ist, glaube ich, ziemlich breit gefächert.« Damit ging Ellie wieder in den Partyraum, während Mary und George in der Halle warteten und sich gespannte Blicke zuwarfen.

»Könnte vielleicht unsere Glücksnacht werden, Mary«, sagte George.

»Es sieht so aus. Theresa ist wirklich wunderbar.«

»Ich ziehe Ellie vor«, meinte George. »Ich liebe Mädchen, die klein und knabenhaft sind, dabei aber unglaublich feminin.«

»Mich macht Theresa unheimlich an«, sagte Mary mit einem Seufzer. »Seit ich sie an diesem Abend in London zum ersten Mal gesehen habe, geht sie mir nicht mehr aus dem Kopf. Hoffentlich hat Ellie Erfolg.«

Ellie war erfolgreich, und zehn Minuten später hatten die vier im Gästeflügel ein leeres Schlafzimmer gefunden. Es war groß, herrlich eingerichtet und die Tür hatte – zu ihrer Erleichterung – sogar ein Schloß. Kaum waren sie drinnen, drehte George den Schlüssel um. »Wir möchten schließlich nicht gestört werden«, murmelte er.

»Auf keinen Fall«, stimmte Ellie zu.

Theresa sah sie etwas unsicher an. »Was wollen wir denn eigentlich tun?«

»Ich werde gar nichts tun«, gestand Mary. »Ich bin ein bißchen faul, werde mich einfach in diesen bequemen Sessel setzen und zuschauen, was immer euch einfällt.«

»Was ist mit dir, George?« fragte Ellie. »Machst du mit, oder bist du auch Voyeur?«

»Zunächst sehe ich euch nur zu«, antwortete George. »Aber vielleicht mache ich später mit.«

Ellie lächelte ihn an. »Hoffentlich.«

Nachdem sich Ellie und George gesetzt hatten, ging Ellie auf Theresa zu. »Warum tanzen wir nicht ein bißchen zusammen, so wie am Anfang des Stücks«, schlug sie dem rothaarigen Mädchen vor. Theresa nickte zustimmend, und einige Minuten schwebten die beiden langsam und sinnlich durch den Raum. Allerdings tanzten sie nicht ganz so wie in dem Stück, sondern viel aufregender, so daß sie nach kurzer Zeit bereit waren, sich weiter vorzuwagen.

Ellie machte den ersten Zug. Ganz, ganz langsam knöpfte sie Theresas Bluse auf und trat dann einen Schritt zurück, damit Theresa sie selbst ausziehen konnte, was sie in einer Art Striptease auch tat. Sie bewegte ihren Körper und ihre Arme, so daß ihre üppigen Brüste, die in einem zu kleinen BH gefangen waren, für das zusehende Paar besonders gut zur Geltung kamen. Schließlich warf sie die Bluse mit einem Schwung zur Seite, und Ellie zog ihr den Rock herunter, so daß Theresa nur herauszutreten brauchte. Jetzt stand sie in schwarzem BH und Slip, schwarzen Strümpfen und schwarzen High Heels vor den beiden. Mary Fuller lächelte anerkennend, während George sich erregt vorbeugte.

Ellie und Theresa waren gleich groß, so daß Ellie leicht an Theresas Ohr knabbern und ihr Schmetterlingsküsse auf die Schultern hauchen konnte, bevor sie sich zu ihren Brüsten vortastete. Theresa wollte ihren BH lösen, aber Ellie bedeutete George, zu ihnen zu kommen. George stolperte fast, als er auf das rothaarige Mädchen zuging. Mit zitternden Fingern löste er den BH, den er einfach auf den Boden fallen ließ. Sofort griff er nach den prallen Brüsten, aber Ellie deutete auf den Sessel.

»Du sollst nur zuschauen, George«, erinnerte sie ihn.

Etwas widerwillig setzte sich George wieder, und Ellie

wandte sich Theresa zu. Wie die beiden Beobachter, faszinierte auch sie die Größe von Theresas Brüsten und die großen Rosenknospen der Brustwarzen; sie nahm eine davon in den Mund, spielte mit der Zunge daran und biß sacht darauf. Sofort wurden die Nippel hart, und Ellie liebkoste beide Brüste mit den Händen.

Theresa atmete schneller, und ihre Erregung wuchs. Das Schweigen hing schwer im Raum, mit sexueller Erwartung aufgeladen. Für Theresa war es ein tolles Erlebnis. Bei Christopher und Rebecca hatte sie das Gefühl gehabt, letzten Endes nicht wichtig zu sein, aber hier stand sie plötzlich im Mittelpunkt, und das verstärkte ihre natürliche Sexualität.

Sie sah zu, als Ellie sich auf den Boden kniete, ihr die Schuhe auszog, einen Fuß anhob und an den Zehen lutschte. Es war ein wunderbares Gefühl, das nur dadurch getrübt wurde, daß niemand ihre Brüste streichelte. Sie legte ihre eigenen Hände darauf und massierte sie, um sie plötzlich fest zusammenzudrücken. Ellie langte nach oben, griff Theresa zwischen die Beine und schob ihren Slip zur Seite. Theresa ließ den Kopf in den Nacken fallen, und ihr langes Haar umschmeichelte ihre Schultern. Als sie spürte, wie Ellie ihre Schamlippen teilte und die geschwollene Knospe freilegte, schob sie ihre Hüften etwas nach vorne, so daß Mary und George noch bessere Sicht hatten.

Ellie war zweifellos eine Expertin, wenn es darum ging, eine andere Frau mit der Zunge zu verwöhnen. Während Theresas Klitoris weiter anschwoll, ließ Ellie ihre Zunge zuerst träge darum kreisen, bevor ihr Mund sie gefangen nahm. Sie saugte sanft, aber fest an der Knospe und knabberte quälend daran. Während sie das zitternde Mädchen verwöhnte, wanderte ihre Hand zu Theresas Pobacken und mit einem Finger dazwischen. Sanft bewegte sie ihn hin und her.

Ohne Vorwarnung zuckten Theresas Hüften, als sie plötzlich kam. Ellie saugte noch fester an ihrem Kitzler und behielt ihn trotz der heftigen Bewegungen Theresas im Mund.

Die Intensität der Gefühle machte Theresa fast verrückt. Sie spürte, wie der Schweiß zwischen ihren Brüsten hinablief, und sie hörte, wie sie stöhnte und japste, während die Wellen des Orgasmus sie durchfluteten.

»Leg dich aufs Bett«, flüsterte Ellie, als sie sich etwas beruhigt hatte. Theresa widersprach nicht. Sie wollte nur, daß es so weiterging. Kaum hatte sie den Befehl ausgeführt, da begann Ellie erneut, sie mit Mund und Fingern zu stimulieren und setzte ihre geschickte Zunge ein, bis sie kurz davor war, erneut zu kommen. Aber gerade als Theresa spürte, wie ihr Körper den Punkt erreichte, an dem es kein Zurück mehr gab, hörte Ellie auf. Theresa stieß einen Schrei aus.

»Bitte, nicht aufhören! Nicht jetzt!« flehte sie.

Mary und George waren ans Ende des Bettes getreten; sie hatten der Versuchung nicht widerstehen können. Theresa machte es nichts aus. Im Gegenteil, sie hoffte, daß sie von den beiden dort stimuliert würde, wo Ellie nicht hingelangen konnte. Mary schaute in die Augen des Mädchens, las die stumme Bitte und setzte sich sofort auf die Bettkante. Sachte begann sie die üppigen Rundungen zu kneten, die sie so anmachten.

»Das ist herrlich«, flüsterte Theresa. »Bitte, mach es doch auch mit dem Mund.«

Mary ließ sich nicht zweimal bitten, und sofort spürte Theresa, wie Marys Zunge über ihren linken Nippel glitt. Dann wurde auch ihre rechte Brustwarze von einer Zunge geleckt. George hatte sich dazugesellt.

Theresa ließ den Kopf aufs Bett fallen. Es war ein herrliches Gefühl, von allen verwöhnt zu werden, zu wissen, daß sie bald wieder einen intensiven Orgasmus erreichen konnte, und daß dabei die anderen noch erregter sein würden. Diese Macht wirkte wie ein Aphrodisiakum.

Ellie brachte Theresa immer wieder auf den Weg zum Höhepunkt, hörte aber jedesmal kurz vorher auf. Dann ebbte die Hitze zwischen ihren Schenkeln wieder ab; sie winselte, bettelte und flehte nach mehr, doch Ellie wartete, weil sie wußte, daß die Verzögerungen Theresas Orgasmus noch intensivieren würden.

Kurz darauf verließ Marys die Seite Theresas und holte ihre geräumige Handtasche, die sie neben Ellie auf den Boden stellte, bevor sie ihre Aufmerksamkeit wieder Theresas Brüsten zuwandte. Ellie öffnete die Tasche und entdeckte darin das perfekte Spielzeug. Nachdem sie Theresa erneut gefährlich nahe an den gewissen Punkt gebracht hatte, ließ sie Hand und Zunge wieder ruhen, und während Theresa flehende Laute ausstieß, stand Ellie auf und zeigte ihr, was sie in der Tasche gefunden hatte.

»Möchtest du das in dir drin haben?« fragte sie.

»Bitte, bitte!« jammerte Theresa, die das Gefühl hatte, sie würde bald den Verstand verlieren.

»Lange mußt du nicht mehr warten«, sagte George, und Theresa spürte, wie ihr ganzer Körper zu zittern begann. Langsam und sanft leckte Ellie Theresas feuchte Grotte ab und schob dann den Stab zwischen die Beine des Mädchens. Es handelte sich um einen langen, gerippten Vibrator, und noch während sie ihn in Theresas Vagina einführte, warf das rothaarige Mädchen den Kopf von einer Seite zur anderen. »Ja, ja«, stöhnte sie.

In dem Augenblick, da der lang ersehnte Höhepunkt endlich einsetzte, schaltete Ellie den Strom ein, und Theresa glaubte, eine Welle von Elektroschocks würde sie auseinanderreißen. Ihre Nervenenden reagierten, und ihre angespannten, gequälten Muskeln fanden endlich in einer ekstatischen Explosion Erleichterung.

Sekunden, nachdem der Orgasmus abgeebbt war, schaltete Ellie den Vibrator eine Stufe höher, und während er in der Vagina des sich windenden Mädchens summte, beugte sie sich herab und saugte und leckte gleichzeitig Theresas Kitzler. Theresa konnte kaum glauben, was mit ihr geschah. Ihre Brüste wurden massiert, Funken der Erregung sprühten in ihrem Unterleib, und da sie gleichzeitig die Ekstase des Vibrators genoß und dazu noch Ellies geschickte Zunge, konnte sie es kaum aushalten. Bis endlich ein neuer

Orgasmus durch sie strömte und sie ihre Lust laut hinausschrie.

Jedesmal, wenn sie kam, sah sie derart erregend aus, daß ihre Zuschauer gebannt zusahen und nicht widerstehen konnten, sie ein weiteres Mal zum Höhepunkt zu bringen. Zuerst glaubte Theresa, daß sie es nicht noch einmal ertragen könnte, aber als sie spürte, wie schnell ihre Nippel wieder hart wurden und die Erregung wuchs, wußte sie, daß sie zu noch mehr bereit war.

Doch als dieses Mal die Wellen des Orgasmus verebbten und sie die Augen öffnete, sah sie Mary an und flüsterte erschöpft: »Bitte, nicht mehr.«

Mary streichelte die schweißnasse Stirn des Mädchens und fuhr durch ihr feuchtes Haar. »Was du jetzt brauchst«, sagte sie leise, »ist ein schönes warmes Bad.«

Wie in Trance ließ sich die völlig erschöpfte Theresa ins Badezimmer führen. Ellie setzte sich zu ihr in die Wanne, und während George Ellie intensiv einseifte, tat Mary das gleiche für Theresa. Die beiden Mädchen sahen einander an und warteten darauf, wie die andere auf die Zuwendungen reagieren würde. Plötzlich streckte Ellie ein Bein aus und schob ihre Zehen zwischen Theresas Schamlippen, um sie dann leicht hin und her zu bewegen. Völlig verblüfft stellte Theresa fest, daß ihr Körper mittlerweile so sensibel geworden war, daß schon die sanfteste Stimulation ausreichte, um sie zum Orgasmus zu bringen; erneut durchströmte sie eine Welle heißer, prickelnder Lust.

Trotzdem registrierte sie mit Erleichterung, daß George und Mary sie erst einmal in Ruhe ließen und sich Ellie zuwandten. Jetzt durfte Theresa dabei zuschauen, wie Ellie in der Wanne kniete und von George zum Höhepunkt gebracht wurde, der ihr Geschlecht einseifte und dann fleißig mit den Fingern zwischen ihren Beinen arbeitete. Mary begnügte sich damit, Ellies Oberkörper zu küssen und zu streicheln.

Fasziniert sah Theresa, wie Ellies kleine Brüste mit den beinahe flachen Brustwarzen etwas anschwollen und die Nippel schließlich kleine, harte Hügel bildeten, die Mary begeistert leckte. George strengte sich weiter an, und dann beobachtete Theresa, wie sich Ellies Bauchmuskeln zusammenzogen; sie wußte, daß sie gleich kommen würde. Der Anblick war so geil, daß Theresa nicht umhin konnte, sich mit der Hand zwischen die Beine zu greifen und zu befriedigen. Zu ihrem Entzücken schaffte sie es sogar, noch gleichzeitig mit Ellie zu kommen. Gemeinsam wanden sich die beiden Mädchen im Wasser und schrien ihre Lust hinaus.

Als sie sich beruhigt hatten, sah Mary auf ihre Armbanduhr. »Ich glaube, wir machen jetzt besser Schluß«, sagte sie sanft. »Wir brauchen unseren Schlaf. Es ist fast eins.«

Theresa fühlte sich so schwer, daß George ihr aus der Badewanne helfen mußte. Er trocknete Ellie ab, und Mary tat das gleiche bei Theresa. Ihre Hände mit dem Tuch glitten so sanft über Theresas Körper, daß es schon wieder ausreichte, um sie zu erregen.

»Jetzt ist es genug«, sagte Ellie lachend, als sie den Ausdruck in Theresas Augen sah.

»Es wird noch andere Gelegenheiten geben«, flüsterte Mary Theresa zu, die schläfrig nickte.

Nachdem die beiden Mädchen sich wieder angezogen hatten, überzeugten sie sich davon, daß nichts mehr herumlag, schlossen die Tür auf und gingen ihrer getrennten Wege.

Als Ellie in das Zimmer kam, daß sie mit Damon teilte, lag Damon schon im Bett. Das Licht war aus. »Schläfst du?« flüsterte sie.

»Ja«, antwortete er.

»Dann ist's ja gut«, meinte Ellie und machte das Licht an.

Damon richtete sich im Bett auf und sah sie an. »War die Party gut?«

»Sehr gut«, sagte Ellie und begann sich auszuziehen.

»Gerade erst zu Ende gegangen?«

»Nein, schon lange, aber ich war noch bei einer Orgie«, sagte sie.

»Ich hoffe, es hat Spaß gemacht«, meinte Damon beiläufig und war nach ein paar Sekunden wieder fest eingeschlagen.

»Allerdings«, murmelte Ellie, als sie ins Bett stieg. Sie war noch immer verblüfft, wie ekstatisch Theresa reagiert hatte. Eigentlich wollte sie Damon fragen, wohin er verschwunden war, aber plötzlich interessierte sie das nicht mehr besonders. Was immer er getan hatte, er hatte bestimmt nicht so viel Spaß gehabt wie sie.

11

Die Woche in Leicestershire wurde ein großer Erfolg und erwies sich als ausgezeichnete Werbung für die gesamte Tournee. Während das Ensemble durch die Midlands, durch das North und West Country tourte und sich über einige Alternativtheater London näherte, machte es immer mehr Furore. Einen Monat vor der Aufführung im Regent's Park brachte die *Sunday Times* einen ausführlichen Artikel über die Gruppe, unter der Schlagzeile ›Die Erfolgsstory der Neunziger‹. Alle wurden gelobt, aber das meiste Lob heimste natürlich Christopher ein, der mutig bewiesen hatte, daß das wahre Theater noch lebte und daß die Leute gute Stücke sehen wollten, die solide inszeniert waren.

Obwohl auch die anderen Ensemblemitglieder immer wieder um Interviews gebeten wurden, war Christopher der einzige, der welche gab. Er vergaß nie zu erwähnen, wie wichtig jeder einzelne Schauspieler für den Erfolg wäre, aber dennoch betonte jeder Journalist – ob von Christopher beeinflußt oder nicht –, daß die Tournee ohne ihn nie einen solchen Erfolg gehabt hätte. Die Kritiken waren überall gut, und mit der Zeit wurden sie noch besser.

Esther und Damon hatten nach ihrem Gespräch begonnen, ernsthaft zu arbeiten, und mit jedem Auftritt gewann Esther an Selbstvertrauen hinzu. Dennoch achtete sie darauf, nicht alles zu zeigen. Sie war nie schlecht, und manchmal wurde sie lobend erwähnt, aber sie hielt sich stets etwas zurück, so daß dem argwöhnischen Blick Christophers verborgen blieb, wie sehr sie sich verbessert hatte. Sie wußte, daß er sie beobachtete, weil er nicht verstehen konnte, warum sie keinen Sex mehr mit ihm haben wollte. Immer wieder mußte sie ihm erklären, daß sie nach jener ersten furchtbaren Vorstellung das Gefühl überkommen habe, sie müsse all ihre Energie in ihre Arbeit stecken; und Sex wäre, so traurig das sein mochte, eine Ablenkung, die sie sich nicht leisen könnte.

Christopher hörte zu, nickte und lächelte, aber sie wußte, daß er ihr nicht wirklich glaubte. Er hatte nicht allzu oft eine Zurückweisung erlebt, und es fiel ihm offenbar schwer, damit umzugehen. Rebecca wiederum schien sich über Esthers Entscheidung sehr zu freuen und verhielt sich sehr viel freundlicher zu ihr. Insgesamt verbesserte sich die Atmosphäre innerhalb des Ensembles, je länger sie unterwegs waren; ja sie begannen sogar, eine echte Einheit zu bilden, eine Gruppe von Schauspielern gegen den Rest der Welt. Wenn es einmal eine unfreundliche Kritik gab, in der ein einzelnes Mitglied der Truppe unfair behandelt wurde, schweißte sie das um so mehr zusammen, und Esther erkannte, daß sie es vermissen würde, ein Teil dieser ganz besonderen Familie zu sein, wenn alles vorbei war.

Das war eines der Probleme mit der Schauspielerei; man verbrachte eine Menge Zeit mit den Kollegen, lernte sie sehr intensiv kennen und trennte sich dann plötzlich, um sich vielleicht nie wiederzusehen. Wenn man jemanden hatte, zu dem man nach Hause kam, mochte es nicht so schlimm sein, aber sie hatte niemanden. Also hoffte sie, daß der Ruhm, der auf sie wartete, wenn ihr Plan gelang, ein guter Ersatz sein würde.

Damon half ihr nicht nur bei ihrer Rolle als Kay in *Die Zeit und die Conways*. Er trainierte sie auch für die Ophelia in Christophers gekürzter *Hamlet*-Version. Das Stück hatte beim Publikum großen Anklang gefunden, und da die Rolle Christopher wie auf den Leib geschneidert war, hatte es Esther schwer, gegen ihn anzuspielen. Bei den ersten Vorstellungen hinterließ sie keinen bleibenden Eindruck, was durch Christophers Lob für sie nur bestätigt wurde.

»Da müssen wir etwas tun«, sagte Damon.

»Aber zu gut soll ich doch nicht rüberkommen«, meinte Esther. »Das heben wir uns doch für den Regent's Park auf.«

»Sicher, aber das heißt noch lange nicht, daß du jetzt wie ein blondes Dummchen spielen mußt. Ophelia ist eine verzwickte Rolle, aber trotzdem könntest du jetzt mehr daraus machen.«

Das Gespräch führte dazu, daß sie viele Stunden an der Rolle arbeiteten, an den Abenden, an denen *König Lear* aufgeführt würde, in dem keiner der beiden mitwirkte. »Weißt du«, sagte Damon, der auf der Kante von Esthers Bett saß, »die Wahnsinns-Szene müssen wir unbedingt hinkriegen.«

Esther sah ihn an und sehnte sich nach einem Zeichen, daß er sie mochte. Sie begehrte ihn immer mehr, aber er schien sich immer weiter von ihr zu entfernen, und obwohl er ihr so nahe war, betrachtete er sie nur mit dem Blick des Regisseurs und nicht mit dem eines Liebenden. Oft hielt er sie an den Schultern fest, um sie in eine bestimmte Position zu dirigieren, legte ihr die Hand unters Kinn und schob ihren Kopf in einen besseren Winkel. Doch das alles geschah, als seien sie einander völlig fremd. Jedesmal, wenn er sie berührte, spürte Esther, wie freudig ihr Körper reagierte, aber es schien, als gäbe es nichts, mit dem sie Damon ermutigen konnte.

»Gehen wir noch einmal eine deiner verrückten Szenen durch«, sagte er. Er sah etwas müde aus.

»Wir müssen nicht«, entgegnete Esther. An ihrem aktuellen Spielort – in Wales – wohnte die ganze Truppe gemeinsam in einem Haus, was Esther sehr bedauerte, weil sie und Damon so nur selten allein sein konnten.

»Ich weiß, daß wir nicht müssen, aber ich will«, sagte Damon. »Wenn du wirklich möchtest, daß die Talentspäher aus Hollywood von dir Notiz nehmen, dann mußt du mehr können, als nur ordentlich die Kay zu spielen. Ist dir nicht klar, daß sie wahrscheinlich ihre Leute haben, die uns die ganze Zeit auf der Tournee beobachten?«

»Das ist mir gar nicht in den Sinn gekommen«, gestand Esther.

»Nun, das ist sehr schade«, meine Damon leicht genervt. »Also, nehmen wir diese Zeilen: *›Bei jener Sonne, ich hätt's getan. Was gabst du dich umsonst?‹* Sprich mir diese Stelle bitte noch mal vor.«

Sie tat es und sah, wie er die Stirn runzelte. »Was ist?« fragte sie unsicher.

»Du klingst zwar so, als seist du wahnsinnig«, erklärte Damon. »Aber das Pathos fehlt. Denk daran – die Liebe hat das arme Mädchen in den Wahnsinn getrieben. Sie begehrt Hamlet wie nichts sonst, und sie weiß, daß er sie auch begehrt, daß er aber bestimmte Gründe dafür hat, sie zurückzuweisen. Sie ist eine Art modernes Groupie, und damit kommt sie nicht klar. Stell dir vor, wie es wäre, wenn du dich unsterblich in jemanden verliebt hättest – wenn du dir sicher wärst, daß deine Gefühle erwidert werden, daß derjenige aber trotzdem nicht mit dir schlafen will. In Ophelias Wahnsinn muß Wahrheit stecken, sonst wirkt sie lediglich traurig. Sonst ist sie nur ein hübsches, durchgeknalltes Mädchen.«

Esther wurde rot. »Das ist mir schon klar«, entgegnete sie wütend. »Ich bin nicht vollkommen blöd.«

»Das weiß ich«, sagte Damon seufzend. »Aber obwohl du es weißt, kommt es nicht rüber. Sprich es noch mal, und wenn du zu den letzten beiden Zeilen kommst, dann will ich mit dir mitfühlen, okay?«

Esther blickte in sein so attraktives Gesicht und spürte eine Welle puren Verlangens. Plötzlich erkannte sie, daß sie nur Hamlet gegen Damon auszutauschen brauchte, dann würde es ganz leicht sein. Sie tat es, und als sie zu den letzten Worten kam – ›*Was gabst du dich umsonst ...*‹ – hörte sie, wie ihre Stimme brach, und sie konnte die Tränen kaum zurückhalten.

Damon saß kerzengerade. »Das war brillant!« rief er. »Warum hast du es bloß vorher nicht so gemacht?«

»Ich weiß nicht«, log Esther.

»Also, wenn du das morgen genauso bringst, dann rasen die Leute.«

Er hatte recht. Am nächsten Abend erhielt Esther einen unerwarteten Applaus, als sie ihren Monolog im dritten Akt, Szene zwei hatte, der mit den Worten begann: *»O was für ein* *edles Gemüt ist hier zu Grunde gerichtet.«* Als sie zu der Stelle kam, die sie mit Damon geprobt hatte, spürte sie, daß ihr das Publikum aus der Hand fraß. Es war ein wunderbarer Augenblick – der beste der ganzen Tournee. Während sie sich nach dem Ende verbeugte, hörte Esther, wie der Applaus anschwoll, als sie ihren Knicks machte, und obwohl Christopher seinen üblichen tumultartigen Applaus bekam, wirkte sein Lächeln etwas gequält.

»Ich fand, daß du heute abend ein bißchen übertrieben hast«, sagte er hinter der Bühne zu ihr.

Esther weitete in gespieltem Erstaunen die Augen. »Wirklich? Das tut mir leid. Ich weiß nicht, wie das passiert ist.«

»Ich auch nicht, aber es sah dir gar nicht ähnlich«, sagte Christopher. »Achte bitte in Zukunft darauf, daß du die Rolle so spielst wie immer.«

»Ich werde es versuchen, aber mir war gar nicht bewußt, daß ich sie anders spiele.«

Rebecca kam zu ihnen. »Du warst fantastisch, Esther«, sagte die lächelnd. »Das hat dir Beine gemacht, Christopher, was?«

»Ich habe bereits mit ihr darüber gesprochen«, sagte Christopher. »Das Thema ist beendet.« Jetzt wußte Esther, wie recht Damon gehabt hatte, und sie war überzeugt, daß ihr großer Plan klappen würde.

Die Tage gingen nur allzu schnell vorbei, und plötzlich waren sie in London. Die Vorstellungen waren samt und sonders ausverkauft, und jeder Abend wurde zum Triumph.

»Vorsichtig«, warnte Damon Esther nach einer Vorstellung von *Die Zeit und die Conways.* »Du warst ein bißchen zu gut heute abend.«

»Du aber auch«, sagte Esther. »Christopher hat dir im mittleren Akt einen wirklich fiesen Blick zugeworfen.«

»Da hast du recht«, gab Damon zu. »Aber jetzt dauert es ja nicht mehr lange. Die nächsten Tage sollten wir im Hintergrund bleiben. Wir sind fast am Ziel.«

»Ich bin nervös«, gestand Esther.

»Dazu hast du keinen Grund«, versicherte ihr Damon mit einem bei ihm seltenen Lächeln. »Du hast mich überrascht, Esther, das gebe ich gerne zu. Du hast den Erfolg verdient. Und du wirst Erfolg haben. Ich glaube sogar, daß du alles im Leben erreichen kannst, was du dir vornimmst.«

»Es gibt da etwas, wo ich mir gar nicht sicher bin«, entgegnete Esther lächelnd und ging davon, um sich umzuziehen, einen leicht verwirrten Damon zurücklassend.

Um sich genügend auf den Regent's Park-Auftritt vorbereiten zu können, hatte das Ensemble davor zwei freie Tage. Mittlerweile hatten sich die Beziehungen unter den Schauspielern verändert. Damon und Ellie waren kein Paar mehr. Es kursierten Gerüchte, daß Ellie etwas mit George hätte, obwohl das niemand so recht glauben wollte. Theresa hielt Abstand von Christopher und schien sich in Gesellschaft von Mary Fuller wohl zu fühlen. Die meisten Schauspieler vermuteten, daß Mary als eine Art Ersatzmutter diente, aber diejenigen, die Marys sexuelle Vorlieben kannten, hatten einen anderen Verdacht.

Rosie vergnügte sich noch immer mit Noel und Michael und unterhielt Esther mit vergnüglichen Berichten über das, was sie zu dritt anstellten. »Manchmal fasse ich es gar nicht, wieviel Glück ich habe«, vertraute sie Esther an. »Zwei Männer zu haben ist wunderbar. Mir ist ja fast immer danach, und einer von beiden hat bestimmt Lust.«

»Was werdet ihr nur machen, wenn die Tournee vorbei ist?« fragte Esther.

»Darüber haben wir schon nachgedacht«, sagte Rosie. »Wir konnten Kontakt zu einem Tourneetheater herstellen, mit dem wir wahrscheinlich ins Ausland gehen werden – zusammen. Außerdem versuchen wir, Theresa zu überreden, mitzukommen.«

»Würde das eure Gruppendynamik nicht drastisch verändern?« fragte Esther.

»Ja, aber es gibt auch neue Impulse, und außerdem wäre es gut für Theresa. Für sie ist die Tournee schlecht gelaufen. Christopher scheint sie völlig fallengelassen zu haben.«

»Nun, du hast mir doch erzählt, daß er das immer so macht«, entgegnete Esther.

»Oh, du meinst Suzie«, sagte Rosie und senkte die Stimme. »Du hast recht. Ich dachte, er wäre auch hinter dir her gewesen, aber jetzt ist er wohl wieder mit Rebecca vereint, nicht wahr?«

»Das ist von mir ausgegangen«, erklärte Esther. »Ich mußte mich auf mein Spiel konzentrieren. Am Anfang hatte ich ziemlich zu kämpfen.«

»Aber jetzt bist du sehr gut«, sagte Rosie. »Und an einem Abend warst du als Ophelia geradezu brillant.«

»Was, nur an einem Abend?« sagte Esther.

»Oh, du bist immer gut«, erklärte Rosie. »Aber an diesem Abend warst du wirklich der Star.«

Esther verkniff sich ein Lächeln. Rosies Worte bewiesen, daß Damon richtig lag. Wenn sie alle Bremsen löste, dann stand sie im Mittelpunkt, und genau das mußte im Regent's Park passieren.

Am letzten Tag der Proben verfluchte Christopher die Flugzeuge, die über sie hinwegflogen, und auch der starke Wind im Park machte ihnen zu schaffen. Draußen mußten sie anders sprechen, und außerdem war für den nächsten Tag Regen angesagt. Rebecca kam auf Esther zu.

»Damon steht heute irgendwie neben sich«, meinte sie zu ihr. »In letzter Zeit haben seine Vorstellungen insgesamt etwas nachgelassen. Das wäre doch sehr schade, wo morgen die Talentspäher dabei sind.«

»Vielleicht hat er nicht die Kondition für längere Tourneen«, entgegnete Esther.

Rebecca zuckte mit den Schultern. »Vielleicht. Aber was auch immer der Grund sein mag – Christopher kommt es gelegen.«

»Allzu sehr sollte er sich nicht freuen«, meinte Esther. »Wir brauchen einen starken Ernest Beevers.«

»Oh, er wird schon gut genug sein«, sagte Rebecca. »Damon ist nie schlecht. Aber in letzter Zeit spielt er eben auch nicht besonders gut.« Sie zögerte. »Um die Wahrheit zu sagen, du scheinst mir auch nicht mehr ganz auf Draht.«

Esther verzog das Gesicht. »O je, da muß ich mich wohl wieder am Riemen reißen.«

»Mach dir keine Sorgen«, sagte Rebecca. »Ich bin sicher, daß du morgen großartig spielen wirst. Du hast doch ein paar sehr gute Kritiken bekommen. Dich Christophers Ensemble anzuschließen, hat deiner Karriere sicher nicht geschadet.«

»Nein, aber deiner auch nicht«, entgegnete Esther. »Deine Kritiken waren durchgängig gut, und bei den Proben hat man gemerkt, daß du mit Freiluftbühnen sehr gut zurechtkommst.«

Zum ersten Mal konnte Rebecca eine gewisse Genugtuung nicht verbergen. »Nett, daß du das sagst. Ich denke, wenn man mit jemandem wie Christopher spielt und auch privat zusammen ist, dann bekommt man etwas von seinem Genie mit – vorausgesetzt, man hat genügend eigenes Talent.«

»Und das hast du auf alle Fälle.« Langsam fragte sich Esther, ob sie es mit ihrer Schmeichelei nicht übertrieb. Aber Rebecca war begeistert.

»Schön, daß die Leute das merken«, sagte sie und ging davon.

Am Abend trennte sich die Truppe und suchte in kleineren Gruppen nach den Zerstreuungen, die jedem am besten gefielen. Esther und Damon schlenderten durch die Straßen Londons, bis sie zu Damons Lieblingsitaliener kamen. Bei einem ausgezeichneten Mahl erzählte Esther ihrem Kollegen von dem Gespräch mit Rebecca.

»Sieht aus, als sei unser Timing perfekt«, meinte Damon zufrieden. »Es ist lange her, seit ich einer Aufführung so entgegengefiebert habe. Ich kann es kaum abwarten, Christopher das selbstzufriedene Grinsen aus dem Gesicht zu wischen. Jedesmal, wenn er sich verbeugt, möchte ich ihm eine verpassen.«

Esther sah ihn überrascht an. »Mein Gott, du findest ihn wirklich abscheulich.«

»Ich hab' dir doch von Suzie erzählt …«

»Ja, ich weiß, daß du ihn haßt, aber du hast nie gesagt, daß du ihn gerne schlagen würdest.«

»Nun, so ist es aber«, entgegnete Damon. »Und wenn morgen alles vorbei ist, dann werde ich noch mal darüber nachdenken.«

Esthers gute Laune war dahin. Noch immer hatte sie gehofft, daß Damon nicht nur an Suzie, sondern auch an sie dachte, aber offensichtlich hatte sie sich geirrt. »Was ist los?« fragte Damon. »Du siehst plötzlich so traurig aus.«

»Nur die Nerven«, entgegnete Esther.

»Wo schläfst du heute nacht?«

»Im gleichen Haus wie Rosie, Noel und Michael«, sagte sie.

Damon verzog das Gesicht. »Ich hoffe, daß sie dich nicht in ihren Zirkel aufnehmen wollen.«

»Oh, daran habe ich gar nicht gedacht«, meinte Esther. »Aber ich glaube nicht. Und wo wohnst du?«

»Ich habe ein Zimmer in einem kleinen Hotel«, sagte Damon.

Nachdem er die Rechnung bezahlt hatte, stand er auf und sah nachdenklich auf Esther herab. »Du bist wirklich nervös, nicht wahr?«

Das stimmte tatsächlich, aber es war nicht der Grund für ihr Verstummen. »Schrecklich nervös«, murmelte sie.

»Vielleicht hast du Lust, noch auf ein Glas zu mir mitzukommen?« schlug Damon vor.

Besser als nichts, dachte Esther, und kurz darauf saßen sie in seinem Hotelzimmer, tranken Brandy und sprachen davon, wie der morgige Tag wohl enden würde.

Esther kauerte in einem großen Sessel am Fenster und sah auf London hinaus, Damon saß auf einem einfachen Stuhl neben dem Bett. Esther fragte sich, was um alles in der Welt sie tun würde, wenn alles vorbei wäre und sie Damon Lebewohl sagen müßte. Vielleicht feierten sie noch ihren Erfolg, aber dann … Langsam war ihr klar geworden, daß er nichts mit ihr zu tun haben wollte. In den letzten Wochen hätte es genügend Möglichkeiten gegeben, aber er hatte nichts unternommen. Ein Schauder lief über ihren Körper, und sie zitterte leicht. Plötzlich stand Damon auf, kam auf sie zu und setzte sich auf die Sessellehne. »Was ist los?« fragte er sanft.

»Ich hatte gerade ein unheimliches Gefühl«, entgegnete Esther.

Damon legte einen Arm um sie und drückte sie an sich. »Sei nicht albern«, flüsterte er. »Alles wird klappen. Du mußt dir keine Sorgen machen. Vor dir liegt eine großartige Karriere.«

Esther hätte ihn am liebsten angeschrien, hätte gesagt, daß es nicht nur um ihre Karriere ging, aber sie fand nicht die Worte und starrte ihn nur schweigend an. Zu ihrer Überraschung senkte Damon den Kopf und küßte sie sanft auf die Stirn. »Ich kenne ein gutes Mittel gegen Lampenfieber«, sagte er vieldeutig.

Esther traute ihren Ohren nicht. »Du?«

Mit einem Mal sprühten erotische Funken zwischen ihnen, und als er ihr die Hand hinhielt und sie zum Bett zog, sah sie die Glut in seinen Augen. Er zog sie so behutsam aus als sei sie ein Kind, und als sie nackt vor ihm stand, sah er sie bewundernd an, während er sich seiner eigenen Kleider entledigte. Die beiden legten sich aufs Bett. Esther lag auf dem Rücken, Damon neben ihr, den Kopf auf die Hand gestützt.

»Du bist unglaublich schön. Aber das weißt du sicher selbst.«

Esther antwortete nicht. Sie konnte einfach nicht den Blick von ihm abwenden, und als er seine freie Hand ausstreckte, sehnte sie sich danach, seine Finger auf ihren Brüsten zu spüren. Zu ihrer Überraschung ließ er seine Handfläche nur dicht über ihrem Busen schweben, bewegte sie dann tiefer, über ihre Rippen und den leicht zitternden Bauch. Zuletzt strich er über ihre Beine und Füße. Sie spürte einen Lufthauch, aber er berührte ihre Haut nicht. Dabei sprach er mit ihr, flüsterte ihr zu, was er mit ihr machen wollte und wie es sich anfühlen würde. Esther sehnte sich nach direktem physischen Kontakt, aber gleichzeitig wollte sie, daß diese seltsame Form des Streichelns weiterging, weil es das Erotischste war, das je jemand mit ihr gemacht hatte. Während seine Hand weiter über ihren Körper schwebte, küßte er sanft ihre Augenlider, die Ohren, die Nasenspitze und ihre Schultern. Dann glitt seine Zunge über die zarte Haut unter ihrer Achselhöhle.

Alles, was er tat, war sanft und freundlich, und dennoch reagierte Esthers Körper, als würde sie heftig stimuliert, als würde er ihre Brüste bereits streicheln und als würde seine Hand tatsächlich über ihren Bauch und ihre Beine gleiten. Es war eine erstaunliche Offenbarung, und als er seine Hand schließlich zwischen ihre Schenkel gleiten ließ, war sie so feucht, daß es ein leichtes für ihn war, einen Finger in sie zu schieben.

Immer wieder hielt er inne, manchmal am Eingang, manchmal tief in ihr, und dann flüsterte er: »Wo möchtest du mich spüren? Hier? Oder hier?« Mit jeder Frage erkundete sein Finger eine andere Stelle, bis sie sich wand und danach sehnte, ganz von ihm genommen zu werden.

Nachdem er herausgefunden hatte, was ihr am besten gefiel, legte sich Damon über sie und ließ seinen steifen Schwanz in sie gleiten. Seine Finger strichen über ihre Nippel, seine Hüften bewegten sich auf und ab, suchten den Rhythmus, der für beide der beste war.

Während er mit seinem Penis die Stellen berührte, die er zuvor erkundet hatte, fuhr er fort, Esther die Fragen zu stellen, die sie so erregend fand. Die Worte wurden zu einer anderen Art der Liebkosung, so daß sie in einer Aura der Sinnlichkeit versank, die nichts ähnelte, was sie kannte.

Schließlich spürte sie dieses langsame, tiefe Wohlgefühl, das anzeigte, daß sein geschicktes Vorspiel sie bereits auf den Weg zum Orgasmus gebracht hatte. Unruhig rutschte sie unter ihm hin und her, schob die Hüften hoch und stieß ihm ihr Schambein entgegen, um die Stimulation zu erhöhen. Damon merkte, daß sie bereit war und stieß schneller zu, massierte dabei aber weiter ihre Brüste; erst kurz bevor sie kam preßte er seinen Mund auf ihre Lippen. Ihr Lustschrei wurde von seinem Mund gedämpft. Sekunden später kam auch er, und sie fühlte sich ihm so nahe wie noch keinem Mann zuvor.

»War das gut für dich?« flüsterte er, als sie einige Augenblicke später einander in den Armen lagen.

»Es war so schön wie nie«, antwortete Esther.

»Ich wollte es eigentlich gar nicht«, sagte Damon. »Aber ich konnte mich nicht mehr zurückhalten. Schon seit Wochen wollte ich dich lieben.«

»Und warum hast du es nie getan?« fragte Esther.

»Nun, ich wußte nicht genau, wie deine Gefühle für mich waren. Außerdem habe ich Angst vor Bindungen.«

»Du mußt dich nicht binden«, versicherte Esther.

»Ich habe aber gar keine Wahl«, entgegnete Damon sehr leise. »Du bedeutest mir sehr viel, Esther. Dies ist keine Sache, die ich einfach hinter mir lassen kann. Aber ich weiß, daß du nur an deiner Karriere interessiert bist.«

»Nicht nur«, sagte Esther lächelnd. »Hast du nicht bemerkt, wie sehr ich mich nach dir gesehnt habe?«

Damon schüttelte den Kopf. »Nein, ich muß blind gewesen sein. Vielleicht habe ich mich zu sehr auf unsere Proben konzentriert.«

Sie lagen eine Weile schweigend übereinander, doch als Esther über Damons feste Bauchmuskeln und über die dünne Haut seiner Hüften fuhr, wurde er in ihr wieder steif. Sie liebten sich ein zweites Mal, heftiger und intensiver als zuvor. Beide ließen ihrer Lust freien Lauf, und als Damon zum zweiten Mal in dieser Nacht kam, stieß er einen lauten Schrei aus.

Esther schlief in seinen Armen ein. Sie dachte nicht länger an die Vorstellung und auch nicht an Marcus. Sie dachte nur an Damon und daran, daß sie sich hinsichtlich seiner Gefühle für sie geirrt hatte. Und sie wollte auch nicht an die Zukunft denken, wollte das Schicksal nicht herausfordern. Heute nacht war sie glücklich.

12

Zu Esthers Glück half ihr die Erinnerung an die letzte Nacht, am folgenden Tag ruhig zu bleiben. Bei den meisten Schauspielern lagen die Nerven blank, und besonders Christopher stand unter Hochspannung. Ein- oder zweimal verlor er vollkommen die Fassung. Er entschuldigte sich zwar hinterher, aber Esther wußte, daß dies sichere Zeichen dafür waren, daß er sich Sorgen machte. Heute abend kam seine große Chance; heute abend konnte er sich den Weg nach Hollywood ebnen, wo es ihm möglich wäre, sich wieder mit Marcus zu messen. Nein, er konnte es sich nicht leisten, zu versagen.

Auch wenn Damon nicht mit Esther darüber sprach, was zwischen ihnen geschehen war, wechselten sie ab und zu Blicke, und sie sah in seinen Augen die Leidenschaft – und auch ein gewisses Amüsement darüber, was vor sich ging. Die Leidenschaft erregte sie so sehr, daß die Bilder der letzten Nacht immer wieder vor ihr abliefen, wenn sie nicht auf der Bühne stand. Er war so unglaublich sanft gewesen, und hatte sie doch auf einen Gipfel der Lust geführt, den sie noch nie bestiegen hatte. Erst das Zusammenspiel von physischen und emotionalen Elementen hatte diese Offenbarung zustandegebracht. Selbst mit Marcus war es nie so gewesen.

Plötzlich war der Abend da, und das Stück begann. Man hatte sich das übliche ›Hals- und Beinbruch‹ oder ›toi toi toi‹ zugerufen. Damon hatte die Zeit gefunden, Esther den Arm um die Taille zu legen und ihr ins Ohr zu flüstern: »Denk daran, es ist für Marcus und Suzie.«

Er hätte Esther nicht daran zu erinnern brauchen, und als sie an diesem – trotz Regenwarnung – wunderschönen Sommerabend vor das riesige Publikum trat, spürte sie, wie das Adrenalin durch sie hindurchschoß.

Alles lief genauso, wie sie und Damon es geplant hatten. Sie gaben alles, und Esther spürte, wie sie über sich hinauswuchs. Sie vergaß, wer sie war und wurde Kay. Nichts konnte ihr etwas anhaben, auch nicht die kleinen Fehler und Stolperer um sie herum. Die meisten anderen waren so nervös wie nie, aber das inspirierte sie nur noch mehr. Heute abend war das Ensemblespiel vergessen. Sie wollte erstrahlen, sie wollte der Star sein.

Gegen Ende des zweiten Aktes brachte Damon den Ball endgültig ins Rollen. Er als Ernest war in diesem Zeitsprung-Abschnitt mit Hazel, die von Rebecca gespielt wurde, verheiratet, und das Publikum wurde Zeuge, wie dieses einst so schöne Mädchen, das so voller Selbstvertrauen gewesen war, das auf den jungen Ernest Beevers herabgeschaut hatte, sich zu einer reichen, aber ängstlichen Ehefrau veränderte, die von einem despotischen Mann unterdrückt wurde.

Esther, die bei dem Zwischenspiel mit Ernest, Hazel und Robin –, den Christopher spielte – wenig zu sagen hatte, beobachtete, wie Damon die Mitte der Bühne einnahm. Die Szene war stets sein Glanzstück gewesen, aber heute abend übertraf er sich selbst. Eine Weile kämpfte Rebecca tapfer gegen ihn an, und Esther glaubte schon, daß Damons exzellentes Spiel sie vielleicht eher motivieren würde, selbst besser zu sein als sonst, aber das geschah nicht. Rebecca, die so gern alles unter Kontrolle hatte, geriet mehr und mehr in Panik, weil Damon sie so erniedrigte, auch wenn es nur ein Theaterstück war.

»Ich kann es euch auch gleich sagen«, sagte Damon als Ernest, »auch wenn ich mich unbeliebt mache. Ich könnte euch die zwei- oder dreitausend leihen und würde es kaum merken. Aber ich gebe euch nichts. Keinen Penny.«

Diese Bemerkung galt Mrs. Conway und Robin, aber Rebecca als Hazel sollte mit einer Mischung aus Entrüstung und Furcht darauf reagieren. Ihr Text lautete: »Ich fühle mich so beschämt«, und sie hatte diesen Satz immer gut rübergebracht, aber jetzt sah sie erhitzt und nervös aus. »Ich fühle mich so ...«, begann sie, doch dann blieb ihr das Wort im Halse stecken.

Es gab keinen Souffleur – das war bei einer Freiluftaufführung zu schwierig –, und so entstand eine kurze Pause.

»Wie denn?« improvisierte Ernest/Damon.

»Ich weiß es nicht«, sagte Rebecca verzweifelt und kam immer mehr unter die Räder.

»Beschämt?« schlug Damon vor.

»Ja, ja! Beschämt!« stieß Rebecca hervor. Sie sah tatsächlich beschämt aus, völlig überrascht von ihrem eigenen Versagen.

Damon machte mühelos weiter. »Erzähl ihnen, warum ich dich beschäme. Erzähl es mir. Oder willst du später darüber sprechen, wenn ich *dir* ein paar Dinge erzähle?«

An dieser Stelle sollte Christopher als Robin aufspringen und rufen: »Ich habe dich nie gemocht, Beevers, ich hätte nicht übel Lust, dich aus dem Haus zu werfen!« Aber Christopher hatte natürlich mitbekommen, daß Rebecca die Rolle entglitt, und als er wütend und fast weiß vor Zorn aufsprang, stolperte er und stürzte fast, während er seinen Text sprach, so daß er schließlich auf den Knien vor Damon landete. Gelächter perlte durch das Publikum, und Damon wartete, bis es verebbte, bevor er weitersprach.

Das Stück nahm seinen Verlauf, aber weder Rebecca noch Christopher erreichten ihre Normalform auch nur annähernd. In Rebeccas Fall wurde es fast schon peinlich.

Auch der dritte Akt geriet nicht besser, und Christopher begann zu übertreiben. Er betonte zu stark, und seine Gesten wurden immer ausladender. Damon und Esther sahen amüsiert zu, wie er kämpfte und dabei in die Falle stolperte, die sie ihm gestellt hatten. In der Mitte des dritten Aktes hatte Christopher seinen großen romantischen Auftritt – eine Liebesszene mit Rosie, die Joan spielte. Am Ende der Szene machte er ihr einen Heiratsantrag, obwohl das nie sein Ziel gewesen war. Weil Rosie als Joan so süß und anrührend spielte, war die Szene immer gut gelaufen, und wenn Christopher seinen Charme versprühen konnte – er trug in dieser Szene Uniform –, hatte er stets beeindruckt. Aber auch das klappte nicht mehr.

Als er Rosie umarmte, um ihr einen Kuß zu geben, trat er aus Versehen mit dem Fuß hinter sie, und als sie sich mädchenhaft-kokett abwenden wollte, fiel sie fast um. Er mußte sie irgendwie festhalten, und als er sie an sich heranzog, sah es so aus, als wollten sie geradewegs Sex miteinander machen.

Rosie versuchte sich etwas zu lösen, um die Szene zu retten, aber aus irgendeinem Grund lockerte Christopher seinen Griff nicht.

»Oh, Robin!« rief Rosie.

»Oh, Joan!« Es sollte eigentlich nett und ironisch klingen, aber Christophers Tonfall war übelgelaunt und hämisch, so daß die Atmosphäre völlig zerstört wurde.

»Ich glaube, das hast du schon mit Dutzenden von Mädchen gemacht«, sagte Rosie.

An dieser Stelle sollte Christopher antworten: »Ja, Joan, mit Dutzenden«, auch auf eine leichte, neckende Art. Statt dessen stieß er zur allgemeinen Überraschung hervor: »Ja, das habe ich – mit Dutzenden und Dutzenden!« Er klang plötzlich wie eine Art Don Giovanni, und ein unangenehmer dazu. Erneut kam Gelächter im Publikum auf, und Rosie verlor völlig den Faden.

Sie kämpfte sich pflichtschuldig durch ihren Text, aber die fast peinliche Atmosphäre ließ ihr keinen Platz zum Atmen. Christopher war viel zu aggressiv. Sein jungenhafter Charme war verflogen; jetzt sah er aus wie ein verwöhnter, zu alter Schuljunge, den man beleidigt hatte.

Als das romantische Zwischenspiel durch den Auftritt von Mary Fuller als Mrs. Conway unterbrochen wurde, schauten Christopher und Rosie erleichtert auf, als begrüßten sie die Störung – obwohl sie natürlich pikiert wirken sollten.

Damon stand hinter der Bühne und sah ihnen mit unbewegter Miene zu. Esther schaute zu ihm hinüber. Niemand merkte ihm seine Genugtuung an, nur sie.

Danach hatte fast das gesamte Ensemble zu kämpfen,

mit Ausnahme von Damon und Esther. Sie gaben die Vorstellung ihres Lebens, und auch die Stelle am Ende gelang Esther traumhaft.

»Ich denke, wir sollten uns nur gemeinsam verbeugen«, sagte Christopher hastig, als sie sich hinter der Bühne versammelten.

»Warum?« wollte Damon wissen.

»Ach, es wird schon dunkel. So geht es schneller.«

»Mach dich nicht lächerlich«, fuhr Damon ihn an. »Jeder muß die Gelegenheit haben, sich allein zu verbeugen. Du weißt genau, daß es dort draußen von Agenten und Talentspähern nur so wimmelt. Du kannst nicht alles ändern, nur weil du selbst so beschissen gespielt hast.«

»Beschissen, *was*?« Christopher knirschte mit den Zähnen.

Die anderen hielten den Atem an. Sie wagten es kaum, einander anzusehen und traten unruhig von einem Fuß auf den anderen. »Fandest du dich denn gut?« fragte Damon.

»Ach verdammt, bringen wir's hinter uns«, sagte Christopher barsch und schubste Michael auf die Bühne, damit er seinen Applaus für die Rolle des Gerald entgegennehmen konnte.

Das Publikum machte sein Urteil deutlich. Esther bekam gewaltigen Applaus, und als sie über die Menschenmenge im Park schaute, wurde ihr klar, daß Marcus endgültig hinter ihr lag. Der Erfolg hatte ihre kühnsten Träume übertroffen, das Publikum liebte sie. Darum ging es. Das war es, wovon jeder Schauspieler träumte, und sie wußte, daß sie diesen Augenblick nie im Leben vergessen würde, was immer auch kommen mochte.

Der Applaus für Damon übertraf sogar noch den für sie. Vereinzelte Bravo- und Hurra-Rufe ertönten, und die Kameras klickten, als er kurz lächelte. Im Gegensatz zu Christopher bediente er sich nicht der ›Ihr-seid-zu-freundlich-und-ich-verdiene-all-das-doch-gar-nicht‹-Masche. Er blieb zurückhaltend und abgeklärt, aber Esther wußte, wie sehr er kämpfte, um seine Emotionen im Zaum zu halten.

Aber es sollte noch besser kommen. Als Christopher auf

die Bühne trat, um sich zu verbeugen, mit erhobenem Kopf, geraden Schultern und seinem üblichen charmanten Lächeln, ebbte der Beifall auf dramatische Weise ab. Irgendwo rief eine tapfere Seele sogar »Buh!«, und weil der Ruf durch die klare Abendluft getragen wurde, hörten ihn alle. Christophers Lächeln verblaßte, und als die Schauspieler sich noch einmal gemeinsam verbeugten, konnte jeder sehen, daß er vor Wut fast zitterte.

Danach brach die Hölle los. Christopher schrie, daß er mit niemandem im Ensemble sprechen wolle. Leider machten die wichtigen Leute im Publikum ebenso deutlich, daß sie nicht mit Christopher sprechen wollten. Statt dessen fanden sich Esther und Damon von den Vertretern der Theater umringt – und nicht nur das: zu Esthers ungläubiger Freude sprachen sie auch Talentspäher aus Hollywood an.

Während Esther lächelte, zuhörte und an den richtigen Stellen nickte, wobei sie ihren Triumph für sich behielt, warf sie immer wieder Blicke zu Damon hinüber, der ebenfalls Hof hielt. Sie tauschten ein kurzes, geheimes Lächeln aus, ein Lächeln der Freude und der Sehnsucht. Esther wünschte sich, der Abend würde nie vorübergehen. Ganz im Gegensatz zu Christopher natürlich.

»Wie konntest du nur!« brüllte Christopher und lief in der Suite seines Londoner Hotels auf und ab. Es war eine sehr teure Suite, denn er hatte erwartet, hier die Talentspäher aus Hollywood zu empfangen. Zu seinem und auch Rebeccas Leidwesen war niemand erschienen, und es galt zu befürchten, daß sie auch nicht mehr kommen würden.

»Wie konnte ich was?« fauchte Rebecca.

»Das ganze Stück ruinieren?« schrie Christopher.

»Das habe ich nicht.«

»Ach? Du meinst, du hast heute abend gar nicht die Hazel gespielt?«

Rebeccas Wangen röteten sich vor Zorn. »Ich weiß, daß ich Mist gebaut habe, aber nicht nur ich.«

»Und wer noch?« fragte Christopher.

»Man muß kein Genie sein, um diese Frage zu beantworten«, schnappte sie. »Ich hätte gedacht, daß die Reaktion des Publikums dir alles sagen würde.«

»Aber es war deine Schuld«, beharrte Christopher. »Ich habe gemerkt, daß du in Schwierigkeiten gerätst, und habe mich zu sehr bemüht, das zu überspielen.«

»Dann war es wohl auch ich, die das Publikum dazu gebracht hat, während deiner großen, romantischen Liebesszene zu lachen, obwohl ich gar nicht dabei war?« fragte Rebecca.

»Es spielte keine Rolle mehr, ob du auf der Bühne standest oder nicht. Du hattest den Schaden bereits angerichtet.«

»Mein Gott, wie egoistisch zu bist«, entfuhr es Rebecca. »Kannst du nie die Verantwortung für dich selbst übernehmen? Ich war schlecht, und du warst es auch. Das ist alles.«

»Dieser Mistkerl Damon ist an allem schuld«, zischte Christopher. »Ich weiß nicht, was in ihn gefahren ist. So hat er noch nie gespielt.«

»Er hat brillant gespielt«, sagte Rebecca, ohne ihre Bewunderung zu verbergen.

»Dann überrascht es mich, daß du nicht bei ihm bist«, entgegnete Christopher beleidigt.

»Er ist nicht mein Typ«, meinte Rebecca. »Ansonsten wäre ich es wahrscheinlich.«

»Warum nur hast du alles verbockt?« fragte Christopher. »Du hast mich aussehen lassen wie einen verdammten Narren. Ich habe allen erzählt, wie gut du bist, ich habe gesagt, du seist die neue Vanessa Redgrave. Jetzt wird mir niemand mehr zuhören.«

»Vielleicht wird dich auch niemand mehr beschäftigen«, sagte Rebecca.

»Vielleicht interessiert es dich, daß mich die RSC bereits gebeten hat, zurückzukommen«, sagte Christopher überlegen.

»Wirklich? Als zweiter Schwertträger, oder was?« spottete Rebecca.

»Sie wollen einen wirklich innovativen *Hamlet* inszenieren. Eine ganz neue, radikale Interpretation. Die Auswirkungen von Kindesmißbrauch werden als Motiv eingefügt, und Polonius wird als eine Art Therapeut agieren.«

»Ich dachte, du haßt diesen prätentiösen Unsinn«, entgegnete Rebecca erstaunt. »Deshalb hast du doch dieses Ensemble gegründet – um die Klassiker im traditionellen Stil auf die Bühne zu bringen.«

»Ein guter Regisseur wird sich der Sache annehmen«, sagte Christopher abwehrend. »Alle sind überzeugt, daß es ein Renner wird, sowohl in Stratford als auch am Barbican. Ich werde Erfolg haben.«

»Das hast du über *Die Zeit und die Conways* auch gesagt«, erinnerte ihn Rebecca. »Aber du scheinst das Unternehmen gründlich in den Sand gesetzt zu haben. Nun, mach, was du willst. Ich dachte schon immer, daß dieses Ensemble nur dir allein nutzen sollte. Jetzt weiß ich, daß ich recht hatte.«

»Mein Gott, ich wußte nicht, was für ein Schandmaul du hast.«

»Warum sollte das dein Privileg sein?« entgegnete Rebecca.

In diesem Augenblick klopfte es leise an die Tür. »Herein!« rief Christopher.

Die Tür ging auf, und Theresa trat ein. Sie lächelte, aber als sie Rebecca sah, erstarb ihr Lächeln, und sie schaute Christopher unsicher an.

»Laß dich durch sie nicht stören«, sagte Christopher. »Du warst wunderbar heute abend, Darling, ganz wunderbar.«

»Meinst du das wirklich?« fragte Theresa.

»Natürlich meint er das«, sagte Rebecca. »Zumindest hast du ihn nicht zum Stolpern gebracht oder dazu, dich fast umzuwerfen, was nach seiner Leistung heute abend auch schon beachtlich ist.«

Theresa blieb an der Tür stehen. »Vielleicht sollte ich ein anderes Mal wiederkommen«, sagte sie.

»Nein, es ist schön, daß du da bist«, meinte Christopher, und während Rebecca zusah, ging er zu Theresa, nahm ihr

Gesicht in seine Hände und küßte sie – zuerst sanft, aber dann immer leidenschaftlicher.

Rebecca zögerte. Sie hatte ihm etwas mitzuteilen, wollte aber den richtigen Augenblick abwarten. Gelassen beobachtete sie, wie Christopher Theresa gegen die Wand bugsierte, bevor er ihr die Bluse aufknöpfte und das Gesicht zwischen ihren gewaltigen Brüsten vergrub. Nach wenigen Minuten schienen die beiden nicht mehr mitzubekommen, was um sie herum geschah. Rebecca ließ noch einige Minuten verstreichen, bis Christopher seine Hose heruntergelassen hatte und bereit war, in das rothaarige Mädchen einzudringen.

»Es gibt da etwas, das du wissen solltest«, sagte sie laut.

Christopher schaute irritiert über die Schulter. »Ich bin sicher, das kann warten«, sagte er heiser. Theresa stöhnte leise und schob ihm die Hüften entgegen.

»Das kann es nicht«, entgegnete Rebecca eisig. »Ich werde dich verlassen.«

Sofort ließ Christopher das Mädchen los, zog sich die Hose hoch und wandte sich an Rebecca. »Mich verläßt niemand«, sagte er.

»Dies scheint der Abend für Premieren zu sein«, erklärte Rebecca lachend. »Es ist aber so. Ich werde noch ein paar Sachen zusammenpacken, und das war's dann.«

»Wohin willst du gehen? Erzähl mir nicht, daß man dir eine neue Rolle angeboten hat. Nicht nach dem heutigen Fiasko.«

»Ich gehe mit Nick weg«, sagte Rebecca, und als sie den Ausdruck ungläubigen Staunens auf seinem Gesicht sah, lächelte sie.

»Nicholas?« Christopher spielte nicht mehr. Er war wirklich geschockt.

»Ja, wir haben schon seit geraumer Zeit eine Affäre, direkt unter deiner Nase«, fuhr Rebecca mit Genugtuung fort. »Heute wurde ihm eine Hauptrolle in einer neuen Fernseh-Soap angeboten. Das kann er natürlich nicht ablehnen, und da wir zusammensein wollen, werde ich dich verlassen. Aber ich kann dich beruhigen. Niemand wird erfahren, daß dir der Star einer Seifenoper Hörner aufgesetzt hat.«

»Ich glaube es einfach nicht«, keuchte Christopher. »Was ist mit deiner Karriere?«

»Mein Agent meint, daß es mir gut täte, von dir wegzukommen«, sagte Rebecca.

»Aber Nick ist ein lausiger Schauspieler!« rief Christopher.

»Das warst du heute abend auch«, meinte Rebecca und sah zu Theresa hinüber. »Ich hoffe, ich habe dir nicht den Abend verdorben, aber für die nächste halbe Stunde wird er ihn nicht mehr hochkriegen – und falls doch, dann nur, wenn du die Lederklamotten anziehst.«

»Das macht mir nichts aus«, sagte Theresa.

»Wirklich? Was wird eigentlich aus dir und Mary Fuller?« fragte Rebecca maliziös.

»Was? Ihr habt was miteinander?« fragte Christopher.

Theresa schien die Sache peinlich zu sein. »Wir standen uns nahe«, gab sie zu. »Aber ich war einsam. Du hattest das Interesse an mir verloren, und ich hatte sonst niemanden.«

Christophers Blick wurde sanft. »Du armes Ding«, sagte er und streichelte ihr Haar. »Keine Bange, von nun an kümmere ich mich um dich.«

»Das wird er bestimmt«, höhnte Rebecca. »Ich denke, du wirst keine Probleme haben. Die Wahrscheinlichkeit, daß du ihn übertrumpfst, auf der Bühne oder dahinter, ist gleich null.«

»Wenn du gehen willst, dann geh!« schrie Christopher.

Rebecca ging, und sofort zog sich Theresa aus, um in die Ledermontur zu steigen, während Christopher nach der Reitpeitsche suchte. Rebecca hoffte für sie, daß sie glücklich wurden. Sie war einfach froh, sich von ihm befreit zu haben und fragte sich, wie er sie so lange in seinen Bann hatte ziehen können.

Als Rebecca aus dem Hotel trat, vor dem Nick schon wartete, sah sie Esther und Damon, die Hand in Hand die Straße entlanggingen. Esther sah sie und winkte ihr zu. Rebecca winkte zurück. Wahrscheinlich würden sich ihre Pfade nie wieder kreuzen, und außerdem empfand sie Esther gegenüber keine Feindschaft mehr.

Die ihrerseits auf Wolken ging. Sie konnte noch immer nicht fassen, wie gut alles gelaufen war. »Kneif mich«, sagte sie zu Damon, als sie in den Aufzug seines Hotels stiegen.

Er kniff sie sanft in den Po und lächelte über den Ausdruck auf ihrem Gesicht. »Hast du gedacht, ich tu's nicht?«

»Doch, aber nicht da«, sagte Esther lachend. »Wir haben es wirklich geschafft, Damon.«

»Mit Sternchen«, meinte er. »Schade, daß Suzie nicht dabei war.«

»Vielleicht hätte es ihr gar nicht so gut gefallen«, sagte Esther nachdenklich. »Wenn sie Christopher noch immer liebt, dann hätte sie es nicht gerne gesehen, wie er sich zum Narren machte.«

»Ich schätze, du hast recht«, räumte Damon ein. »Glaubst du, daß sie je über ihn hinwegkommt?«

»Irgendwann bestimmt. Besonders nach diesen Kritiken. Er wird für einige Zeit aus den Schlagzeilen verschwinden, und so hat sie vielleicht die Chance, zu vergessen. Wenn sie so gut ist, wie du sagst, rappelt sie sich bestimmt wieder auf, und dann wird sie auch Rollen bekommen. Christopher wird nie mehr so einflußreich werden, wie er war.«

Sie unterhielten sich bis spät in die Nacht, diskutierten die Angebote, die sie erhalten hatten und sprachen darüber, was sie wirklich wollten. Enttäuscht stellte Esther fest, daß Damon davon auszugehen schien, daß sich ihre Wege trennen würden, weil beide eine andere Karriere anstrebten. Als sie schließlich ins Bett gingen und einander liebten, zerstreute er ihre Befürchtungen für kurze Zeit. Langsam brachte er sie zum Orgasmus und wiederholte das bis in den frühen Morgen, während ihr Körper immer sehnsüchtiger und empfindsamer auf seine Zärtlichkeiten reagierte.

Sie schliefen nur kurz, und als Esther aufwachte, konnte

sie nicht anders, als die Hand über seinen Bauch und seine Schamhaare gleiten zu lassen und mit seinem Penis zu spielen, bis er sich wieder regte. Sie schob sich tiefer und nahm ihn in den Mund, leckte und saugte daran, bis er hart war. Damon erwachte mit einem Seufzer.

Esther wollte, daß er in ihrem Mund kam, aber er hatte eine andere Idee. Er zog sie wieder hoch und rollte sich herum, so daß sie unter ihm lag. Dann hob er ihre Beine so hoch, daß sie auf seinen Schultern ruhten, und drang tief und heftig in sie ein. Dabei sah er tief in ihre blauen Augen.

»Befriedige dich, während ich in dir bin«, sagte er.

Esther gehorchte, und als ihre Finger den Lieblingsrhythmus gefunden hatten, ging ihr Atem stoßweise. Ihr Körper begann zu brennen, und auf ihrer Haut bildete sich ein Schweißfilm, während die Pfeile der Lust sie durchdrangen. Sie spürte das schwere Pochen eines herannahenden Höhepunkts. Damons Hüften bewegten sich immer schneller, und beide kamen dem Orgasmus gemeinsam näher. Dann war es soweit, und sie taumelten zusammen in den Abgrund, ihre Lust hinausstöhnend. Damon ließ sich auf sie fallen, schlang seine Arme um sie und hielt sie fest, ganz fest.

»Was werden wir tun?« fragte Esther, als ihr Atem sich verlangsamt hatte.

»Tun?« fragte Damon.

»Mit unserer Arbeit.«

»Ich dachte, das hätten wir heute nach geklärt«, entgegnete Damon mit gespieltem Erstaunen. »Du willst doch nach Amerika.«

»Ja«, sagte Esther.

»Das klingt nicht sehr überzeugt.«

»Aber ich möchte auch nicht mehr ohne dich sein«, gestand Esther schüchtern.

»Warum solltest du mich verlassen müssen?« fragte Damon. »Glaubst du etwa, ich ließe dich allein gehen? Wir haben doch beide Angebote. Wir fliegen zusammen. Warum sollen nicht wir das nächste Traumpaar Hollywoods werden?«

»Aber das sieht dir nicht ähnlich«, platzte Esther heraus. »Du stehst nicht gerne im Licht der Öffentlichkeit. Dich interessiert nur die Schauspielerei.«

»Die Schauspielerei und du«, berichtigte Damon sie. »Jedenfalls kann ich es dir jetzt sagen: Ich habe die Hauptrolle in einer Filmversion von *Richard II.* angeboten bekommen. Gott weiß, was die Amerikaner daraus machen wollen, aber ich habe unter der Bedingung zugesagt, daß mir ein Mitspracherecht zusteht, es sollte also nicht zu furchtbar werden.«

»Vielleicht treffen wir Marcus«, sagte Esther nachdenklich.

»Mir wäre es egal«, meinte Damon. »Aber für dich wäre es zweifellos der perfekte Showdown.«

»Oh, ich weiß nicht«, sagte Esther. »Es liegt plötzlich so weit zurück. Mit Marcus war es nie wie mit dir«, fügte sie hinzu, und in Damons Augen leuchtete neu entfachtes Verlangen auf. Als er ihren Körper streichelte, fragte sich Esther, ob es immer so bleiben würde. Sie wünschte es sich. Die Aussicht, mit Damon an ihrer Seite eine Karriere in Amerika zu machen, schien zu schön, um wahr zu sein, und doch war der Traum zum Greifen nahe.

Zwei Monate später, als sich der Wirbel um Esthers und Damons Erfolg in *Die Zeit und die Conways* endlich gelegt hatte und die Verträge unterschrieben waren, beschäftigte sich Esther gerade damit, die Koffer für Amerika zu packen, als das Telefon klingelte.

»Hallo?«

»Esther? Hier ist Rosie.«

»Rosie! Wie schön, von dir zu hören. Was machst du so?«

Rosies vertrautes Gekicher erklang. »Wie meinst du das?«

»Oh, rein beruflich«, sagte Esther lachend.

»Es ist so gekommen, wie ich dir erzählt hatte. Ich gehe bald mit diesem Ensemble ins Ausland, und Noel und Michael kommen mit. Theresa ist im letzten Augenblick abgesprungen. Ich glaube, sie hat was mit Christopher, obwohl sie es nicht zugeben will.«

»Was ist mit den anderen?«

»Nun, soviel Erfolg wie Damon und dir wurde natürlich keinem zuteil, aber sie haben alle wieder Arbeit, was in unserem Gewerbe ja nicht selbstverständlich ist. Vielleicht hast du gehört, daß Christopher wieder zur RSC zurückgekehrt ist, um den Hamlet zu spielen. Rebecca und Nick sind in ein Haus in Kensington gezogen, weil er diese neue Fernseh-Soap dreht, und Mary Fuller hat eine ganze Menge Angebote.«

»Großartig«, sagte Esther. »Was ist mit George und Ellie?«

»Oh, passend, daß du sie im gleichen Atemzug erwähnst, denn Noel hat sie erst letzte Woche getroffen. Er sagte, George habe sehr müde ausgesehen, was mich nicht überrascht.«

Esther lachte. »Du meinst, Ellie lebt mit George zusammen?«

»Ich glaube nicht, daß sie zusammen wohnen, aber auf alle Fälle schlafen sie miteinander, und er hat auch viel mehr Arbeit als früher, wahrscheinlich wegen seines Lear.«

»Ich dachte, Ellie wollte bei einem Musical im West End mitspielen«, sagte Esther.

»Oh, ich denke, das will sie immer noch, aber der Regisseur ist bis Weihnachten im Ausland, und deshalb begnügt sie sich in der Zwischenzeit mit George. Wahrscheinlich übt sie schon mal, wie es ist, mit älteren Männern zusammenzuleben. Ich glaube, sie arbeitet gerade nicht, aber sie nimmt Tanz- und Gesangsstunden. Ich bezweifle nicht, daß sie eine Rolle in dem Musical bekommt.«

»Sie hat genug Ehrgeiz«, pflichtete Esther ihr bei.

»Aber was ist mit dir?« fragte Rosie. »Wann reist du ab?«

»Heute abend«, sagte Esther aufgeregt. »Ich kann es alles immer noch nicht fassen, und ich glaube, Damon auch nicht.«

»Hast du irgendwas von Marcus gehört?« fragte Rosie.

Esther schwieg einen Augenblick. »Nein«, entgegnete sie dann langsam, »und wahrscheinlich werde ich das auch nicht mehr; aber es ist mir egal. Er hat mittlerweile sicher von der Aufführung im Regent's Park gehört, und bestimmt weiß er auch von Damon und mir. Das ist alles, was ich wollte – das und Erfolg.«

»Du Glückspilz«, seufzte Rosie. »Nicht, daß ich je scharf auf Damon gewesen wäre. Er ist mir viel zu ernst. Aber du hast dich von Anfang an in ihn verliebt, nicht wahr?«

»Das stimmt«, gestand Esther.

»Vergiß deine alten Freunde nicht, wenn du berühmt bist«, sagte Rosie.

»Bestimmt nicht«, entgegnete Esther, aber sie wußten beide, daß es so kommen würde.

Auf dem Weg zum Flughafen erzählte Esther von dem Gespräch mit Rosie. »Für alle anderen scheint es doch recht gut gelaufen zu sein«, meinte Damon. »Nur für Christopher war es eine Katastrophe.« Die beiden sahen sich zufrieden an.

Nachdem sie eine Stunde auf dem Flughafen gewartet hatten, wurde ihr Flug endlich aufgerufen, und als sie durch den Terminal gingen, sah Esther eine vertraute Gestalt auf sie zukommen. Es war Marcus, aber er sah anders aus als früher. Sein Haar war lang und strähnig, sein Gesicht blaß und eingefallen, und er hatte seinen alten, selbstsicheren Gang eingebüßt.

Ihre Blicke trafen sich, und Esther wußte, daß sie etwas sagen mußte. »Was machst du denn hier?« fragte sie und war sich nur allzu bewußt, daß Damon hinter ihr stand und seine Hand auf ihrer Schulter ruhte.

»Hast du es nicht gehört?« fragte Marcus.

»Was?«

»Der Film war ein Flop. Für mich ist der Traum vorbei, aber für dich fängt er wohl gerade erst an.« Er versuchte, seine Verbitterung zu verbergen, aber es gelang ihm nicht ganz.

»Das stimmt«, sagte Esther. »Wo ist Claudine?« fügte sie hinzu.

»Noch in Amerika. Ihre Model-Karriere läuft sehr gut ... Sie kommt später nach«, fügte Marcus hastig, aber wenig überzeugend hinzu.

»Ich muß gehen«, sagte Esther nach einer unangenehmen Pause.

»Du siehst großartig aus«, sagte Marcus mit gedämpfter Stimme.

»Ja, das stimmt«, warf Damon glücklich ein. »Schön, dich wiederzusehen, Marcus. Das Leben ist schon komisch, nicht wahr?«

»So kann man es sagen«, meinte Marcus säuerlich.

»Also, melde dich mal«, sagte Esther, und während sie weiterging, drehte sich Damon noch einmal um und lächelte Marcus zu. Marcus starrte ihn düster an, was Damon nachvollziehen konnte, denn er wußte nur allzu genau, daß er aussah und sich fühlte wie die Katze, die die Sahne ausgeschleckt hatte.

Marcus tat ihm nicht leid. Er hatte sich alles selbst zuzuschreiben. Selbst wenn man Talent besaß, hing in ihrem Beruf viel von Glück und Urteilsvermögen ab. Marcus hatte seiner Meinung nach ein schlechtes Urteilsvermögen gezeigt, als er bereit gewesen war, Esther gegen Claudine einzutauschen und nach Hollywood zu gehen, um in einem vermeintlichen Kassenknüller mitzuspielen, bei dem sein Talent vergeudet wurde.

Damon hatte nicht die Absicht, die gleichen Fehler zu machen, genauso wenig wie Esther. In diesem dramatischen Sommer hatten sie beide eine Menge gelernt, und er sah keinen Grund, warum ihre Verbindung nicht sehr lange andauern sollte. Selbst in diesem Augenblick, als er hinter ihr auf das Flugzeug zuging, fühlte er eine Welle der Sehnsucht und konnte es kaum erwarten, bis sie sich wieder lieben würden. Er wollte alles dafür tun, daß die Leidenschaft und die Lust in ihrer Beziehung nie nachließen, und er war sicher, daß Esther die gleiche Hoffnung hegte.

Als sie schließlich über den Atlantik flogen, stießen sie mit Champagner an. »Auf unsere Liebe«, sagte Damon und verschlang Esther dabei mit den Augen. »Möge sie nie zu Ende gehen.«

»Ich will dich. Jetzt«, flüsterte Esther ihm zu, nachdem sie einen Schluck getrunken hatte. »Ich glaube, ich halte es nicht aus.«

»Das ist doch kein Problem«, meinte Damon lässig. »Die Stewardeß bringt uns eine Decke.«